弦断有谁听

陈为人 著

海天出版社（中国·深圳）

图书在版编目（CIP）数据

弦断有谁听 / 陈为人著. — 深圳：海天出版社，
2015.1

ISBN 978-7-5507-1084-9

Ⅰ.①弦… Ⅱ.①陈… Ⅲ.①作家—自杀—研究—世界 Ⅳ.①K815.6

中国版本图书馆CIP数据核字(2014)第104951号

弦断有谁听
XIANDUAN YOUSHUITING

出 品 人　陈新亮
责任编辑　张小娟（xiaojuanz@21cn.com）
责任技编　蔡梅琴
封面设计　Smart 深圳斯迈德设计 0755-83144228

出版发行　海天出版社
地　　址　深圳市彩田南路海天综合大厦　（518033）
网　　址　www.htph.com.cn
订购电话　0755-83460293(批发)　83460397(邮购)
设计制作　深圳市龙墨文化传播有限公司（Tel：0755-83461000）
印　　刷　深圳市新联美术印刷有限公司
开　　本　889mm×1194mm　1/32
印　　张　9.25
字　　数　252千
版　　次　2015年1月第1版
印　　次　2015年1月第1次
定　　价　39.00元

序

    为人兄执意要我为他的新书写一则序，可能是知道我在十多年前写过一篇关于中国现代知识分子自杀文章的缘故，我拖了许久，终于完成了为人兄给我的作业。

    自杀是人类社会长期存在的现象，在社会学界，这早就是经典的研究题目。自杀的原因有多种，如疾病、政治、风俗、宗教等。作家、艺术家的自杀是人类群体中较引人注目的一种现象，因为人们在阅读名人传记时，常常会集中发现此类现象，相对科学界或其他各界来说，这种现象在作家、艺术家群体中很明显，国内外已有相当多学者研究过这个问题。

    我最早注意到这个现象，还是因为关注中国现代知识分子的命运。我在20世纪90年代初给当时的《天涯》杂志写过一则短文，是经韩少功先生之手发出的。后来国内研究这个问题的统计基础大多是建立在这篇小文章的基础上。我当时的判断很简单，在1950到1976年间，中国现代知识分子中的许多人选择了自杀命运，原因可以有多种解释，但判断为主要是这个时代政治严酷，大体符合历史真实，特别是"文革"时期。当时我有一个比较长远的考虑，记得还专门印过一则搜集此类知识分子名录的启事，希望有大量的统计来为历史研究作一佐证，但后来因学术兴趣转移，这个工作也就没有再继续下去。印象中有那么些年，我读书时凡遇到此类现象都要记录下来，广东文辉兄知道我有此意，凡遇此类事实也为我留意，随时告诉我。我发现后来记录的多是较有名的人物，而小人物则较少，主要是因为材料所限，我不可能有大量时间去完成田野调查工作，所以这个题目准备的时间很久，但最终只完成了一篇不成样子的论文，后来在国外发表时，题目也改动得没有学术意味了。我本来是把这一题目当成纯粹社会学的研究题目，但因为事实敏感，也引人关注，读者往往倒不把此类文章看成是社会学研究，而是当成政治研究的文章了，读者常常比作者高明，作者有时候越是要回避的事实，他们却越要直面。

为人兄近年对传记写作颇为用力，硕果累累。这次他选择了几位外国自杀作家为主题，作为传记写作的一种尝试，我以为是非常巧妙的角度。为人兄搜集史料也极为用心，所以就这个题目本身来说能完成到这个程度，我以为是相当不容易的，特别是把具有同样命运的作家集中叙述，这个努力，对传记作家难度不小，但为人兄还是完成了，我以为这是值得祝贺的，我期待他这部特殊的传记作品能引发读者的阅读兴趣。

作为传记作家，为人兄的长处是叙事自如，他已出版的几种传记，如写唐达成、赵树理和山西当代作家的几种，在叙事方面都很成功，这个成功一是叙事详赡，二是叙事中传达个人观点，虽然有时不够节制，不能择地而流，但整个叙事的自由却达到了另外一种丰富，他的这个叙事本领，我认为大体上是为人兄写作的优点，只是再节制一点可能更好。

传记作家选择叙事角度是很见功力的，为人兄在这方面早已有很多出色的工作，但这次的选择，我在肯定他巧妙的同时，也要提一点以后创作中需要注意的问题，这就是题材选择上要多样化，但不可不考虑自己的知识结构和判断能力，本书所涉及的均是外国作家，按对现代传记作家的最高要求，写外国作家需要直接使用外文史料，而这显然是为人兄的短处，虽然这个短处在网络时代已大可弥补，但如果作为最好的传记作家，我们应当有更高的标准。我不知道我这个意见能不能得到为人兄的认可，但我想还是讲出来为好。我最喜欢的还是为人兄写当代作家的几部传记，我以为他得心应手，后来题材扩展得太宽，反而让读者看到了他的短处，不知为人兄是否自觉意识到了这个问题，期待以后能有机会和他再深入交流。

谢　泳

2014年6月15日

于厦门

引言

翻阅中外文学史，会看到一长串文豪大师自杀的名单。在苏联：1925年被认为是普希金继承者的天才诗人叶赛宁上吊自杀；1930年一度被斯大林树为"红色经典诗人"的马雅可夫斯基开枪自杀；1941年为世界文坛所公认的女诗人茨维塔耶娃上吊自杀；1956年苏维埃作协第一书记法捷耶夫开枪自杀。在美国：那个靠着个人奋斗终于跻身上流社会的马仔水手杰克·伦敦，在功成名就后却于1916年一如他自传体小说《马丁·伊登》中的主人公，自杀了；以百折不挠"硬汉"示人的诺贝尔文学奖得主海明威，1961年用猎枪掀开了自己的天灵盖。在日本：作家们的自杀更成为一种"宿命"，芥川龙之介自杀了，加藤道夫自杀了，三岛由纪夫自杀了，日本第一个诺贝尔文学奖得主川端康成也自杀了。在欧洲：也可以开列出一长串名单：英国诗人托马斯·查尔顿、英国女作家弗吉尼亚·伍尔芙、法国短篇小说之王莫泊桑、德国剧作家克莱斯特、匈牙利诗人尤若夫·阿蒂拉，连那个以刻画人物心理而蜚声世界文坛，素有"灵魂猎手"之称的奥地利作家斯蒂芬·茨威格，也无法疗治自己的心理创伤，夫妇双双加入了自杀者行列……亨利希·波尔说："艺术家总是随身携带死亡，正如一个真正的牧师总是伴有祈祷一样。"

在中国，一个人自杀了，这件事要真正得到别人的理解和赞同是很困难的。"好死不如赖活着"。数千年流传下来的传统习俗、儒家道德信奉的是："身体发肤，受之父母，不敢毁伤，孝之始也。"人的肉躯是父母精血所赐，又是父母心血养育。自戕生命，"白发人送黑发人"，乃是离经叛道的大逆。以自我解脱的方式结束生命，拒绝再扮演人生舞台上的任何角色。逃避人世间的一切痛苦、纷争，一了百了地自顾自去也，却把永久的疼痛留诸亲属，这种行为会受到指斥和非议。

"文革"中，自杀是"自绝于人民自绝于党"，是对无产阶级专政的一种"无言对抗"，"以死抗争"。所以，自杀的人必将受到严厉谴责，被批为是"死不改悔"，"带着花岗岩头脑去见上帝"。

中世纪的欧洲，由于基督教的文化背景，对自杀者的制裁是非常严厉的：非但拖尸示众，财产充公，而且连尸体也不准进入公墓。

即便是对自杀者寄予同情，也冠之以"弱者"之名。

鲁迅曾写过两篇论自杀的文章：一篇叫《论秦理

斋夫人事》，一篇叫《论人言可畏》。两篇都对自杀现象作出独具慧眼的剖析。其在《论秦理斋夫人事》中说："诚然，既然自杀了，这就证明他是一个弱者，但是怎么会弱的呢"？"责别人的自杀者，一面责人，一面正也应该向驱人以自杀之途的环境挑战进攻。倘若对于黑暗的主力，不置一词，不发一矢，而只是向'弱者'唠叨不休……他其实乃是杀人者的帮凶而已"。鲁迅不赞成自杀，但也反对以"自杀有罪论"或"自杀懦弱论"来掩饰社会的病症。鲁迅在《论人言可畏》一文中说："然而我想，自杀其实是不很容易，绝没有我们不预备自杀的人所藐视的那么轻而易举的。倘若谁以为容易么，那么，你倒试试看！"章太炎先生也认为，如果不去分析产生自杀念头的社会文化背景和深层心理因素，而一味地不分青红皂白地斥责自杀者，倒很可能会掩盖了促人自杀的社会环境。

孟德斯鸠在《波斯人信札》中说："上天给我生命，这是一种恩赐。但当生命已感受不到这是恩赐，而只是一种苦难时，我有权利退还。因既不存，果亦当废。"丹麦士兵认为死在病榻上或者寿终正寝是奇耻大辱，为逃避这种不名誉的终结，往往采取自杀的形式来结束生命。日本是世界上自杀率最高的国家之一，日本人的剖腹自杀举世闻名，为了维护家族和民族的尊严，他们往往采用剖腹自杀的举动。日本人认为灵魂的部分是在腹腔，那儿是情感蕴藏的内在源泉，剖腹自杀，公开表白心迹，成为胸怀坦荡的证明。

屈原以其壮烈的"汨罗江一投"，为中华文化留下端午节永恒的纪念。他在汨罗江边写的《怀沙》诗中遗言："知死不可让原勿爱兮"！"定心广志余何畏惧兮"。他虽热爱生活热爱生命，希望"与天地齐寿"，但终究在生死的选择中，不愿苟且偷生，以身殉亡楚，以死"留取丹心照汗青"。

古希腊哲人欧里庇得斯有名言："或许谁都知道，生就是死，死就是生。"一个人从生命诞生，也就开始了死亡的历程。"人生自古谁无死"！与其醉生梦死行尸走肉，莫若"头颅掷处，唤醒梦中人"。柏拉图在《斐多篇》中也说："真正爱好哲学的人，无不追求着死和死亡，这很可能不为他人所理解。"生得有尊严，死得有价值，死也成为一种人生的追求。

长期以来，我们更多的是谈论"人生观"，而忽略了"人死观"。为什么这些才华横溢内心丰富热爱生命的作家们，却"视死如归"义无反顾地走向死亡？19世纪法国社会学家爱果尔·杜尔凯姆，专门撰著了《自杀论》，对自杀现象进行了社会学、心理学的剖析。钱锺书说："自杀者决定毁灭自己的过程，是一个'弃置而复依恋，无不可忍而又不忍，欲去还留，难留而又不易去'的痛苦的心理过程。"这些作家们的"死亡情结"，值得我们透过现象看本质。这正是我撰写《弦断有谁听》一书的初衷。

目录
弦断有谁听

目录

弦断有谁听

目录

弦断有谁听

亚历山德罗维奇·法捷耶夫
（1901.12.24 — 1956.5.13）

在革命文艺的祭坛上

代表作品——

《逆流》、《毁灭》、《最后一个乌兑格人》、

《黑色冶金业》、《青年近卫军》。

酒精中毒的社会背景

　　触动我了解法捷耶夫的命运，缘起于唐达成在非常时期的一番话。

　　唐达成是1985年至1989年间中国作家协会的党组书记。他在毅然决然选择"辞职"时说："法捷耶夫自杀了。他是在自己的书房开枪自杀的。热血四溅，溅到了写字台上，溅到了书橱上。我想，那一刻血一定是喷涌而出。'喷涌'是受到了压力，'而出'是压力的释放。苏联政府说，法捷耶夫是死于抑郁、绝望。我总认为，法捷耶夫是死于深深的自悔和自责。斯大林时代，那么多苏联作家的逮捕令都是他签署的。是灵魂的痛苦，咬噬着他的生命。"

　　法捷耶夫是斯大林时代的作家协会主席、总书记。他所著的《青年近卫军》、《毁灭》在我国都有译本，广为流传，颇有影响。1956年5月13日凌晨，莫

斯科作家村法捷耶夫住所响起枪声，当作家弗·伊万诺夫和费定赶到时，看见法捷耶夫侧身躺在床上，血从胸口淌出，一支用旧的蓝钢那干手枪掉在地上。

法捷耶夫的儿子阿列克塞·特瓦尔托夫斯基在《法捷耶夫的生与死》[1]一文中说：

> 为什么亲近的人谁也没有发现父亲的变化呢？1956年5月13日对于我们来说完全是一个普通的日子，但对父亲来说是一个永恒的日子。晚上我们都在二楼睡觉，早上我第一个下楼吃早饭。在那里就座的有我们的用人、彼佳叔叔、外祖母的弟弟叶莆基尼·克尼波维奇。爸爸也下楼了并建议我去散步，目的想让我离开家。外面下着雨，我没有出去。爸爸回到楼上，很快就响起了咔嚓声。谁也没有注意到这是什么声音。过了一会儿，我去叫爸爸吃早饭，推开卧室门，看见爸爸像死人一样躺在床上，胸前溅满了血点，手上还有一把手枪。他向自己的心脏开了枪。

确实没有一点迹象：就在临死前几天，法捷耶夫在给保加利亚作家柳德米尔·斯托亚诺夫的信中还说，要最后完成长篇小说《最后一个乌兑格人》和《黑色冶金业》的写作。

在苏共中央主席团委托苏斯洛夫和谢皮洛夫审定的讣告中说：近年来法捷耶夫的酒精中毒症日益加剧，他"在由此病发作而引起的精神高度抑郁状态中"自杀身死。为了证明这一说法符合事实，在讣告的后面还附上一份医生的诊断书。

阿列克塞·特瓦尔托夫斯基对官方的说法表示了强烈不满，在

【1】崔亚平编译：《法捷耶夫的生与死》，译林网·书里书外访·俄罗斯文字。

接受记者采访时反驳说："所有关于爸爸是一个恶习难改的酒鬼，被关在家里的说法都言过其实。爸爸有时在创作不顺利时，才会狂饮，但我从来没有看到过他喝醉的样子。他死后，尸体解剖中没有发现硬变，在他的血里一点酒精都没有。在他死前三个月，他一滴酒都没沾过。"

儿子维护父亲形象，不愿意再把脏水泼向死者，也是情理之中的事。

其实，苏维埃作家的酗酒是一个十分普遍的现象，是"醉生梦死"的社会问题。在《我们的同时代人》杂志1997年第5期中，记载有这样一个小细节：有一次，斯大林以开玩笑的口吻问肖洛霍夫，他和法捷耶夫每一次狂饮要持续多长时间？肖洛霍夫回答，要持续一个星期。听了肖洛霍夫的话，斯大林嘲讽地对在座的政治局委员们说，让我们做出一个决定，把他们两人的狂饮时间缩短到3天，其余的4天让他们用来写作。

自斯大林逝世之后，法捷耶夫的精神状况一直不佳。他多次入院治疗：1954年住了4个月，1955年住了5个半月，1956年从1月中旬到3月底一直住在医院里。苏共二十大的会议精神，是作家协会派工作人员到医院向他传达的。在《文学问题》2000年第5、6期合刊上，记载着法捷耶夫对前往医院探望的作家利别进斯基说，他得了肝硬化，功能正常的肝脏只剩下四分之一。此外，法捷耶夫还患有严重的失眠症。在自杀前两天，他又对利别进斯基说，出院时作了血液化验，发现血中包含有毒物质。

当然，疾病并不构成法捷耶夫自杀的决定因素，只不过是苏维埃当局顺水推舟的一个托词。

人们一直传说，法捷耶夫自杀前曾写下一份"绝命书"，但这封"绝命书"中的文字，让现任的苏共领导人非常难堪。在清理法捷耶夫自杀现场时，一个民警看到桌上放着一封信，刚要拿起这封信，在一旁的克格勃上校恶狠狠地一把夺过来，厉声说："这是给党中央的信，是你随便乱动的？！"据肖洛霍夫回忆，他曾当面问过赫鲁晓夫，是否有这么一封信？赫鲁晓夫毫不犹豫地回答说："没有任何遗书。"【1】

阿列克塞·特瓦尔托夫斯基在《法捷耶夫的生与死》一文中说：

> 妈妈当时正在国外巡回演出。她回来时，脸上的表情非常可怕。爸爸留下了一封事先写好的信。不允许任何人知道信的内容，它被放到苏共中央档案馆里。传说苏共中央命令销毁这封信。

法捷耶夫究竟为何自杀？在这封神秘的"绝命书"公开前，世人一直对此议论纷纭，莫衷一是。

在事隔30多年之后，1990年《苏共中央通报》第10期上，终于公布了《法捷耶夫遗书》。

鸟之将亡，其鸣也哀；人之临终，其言必真。法捷耶夫在清醒状态写下的"绝命书"，成为我们解析他自杀心理的最好依据和指示"路标"。

绑在了斯大林的战车上

法捷耶夫的"绝命书"有好几个不同的版本。我文中的引文取

【1】转引自茹科夫：《法捷耶夫》，青年近卫军出版社，1989年，第324页。

《情到深处人孤独——世界著名作家自杀心理探秘》[1]一书的译文：

> 我看不到继续活下去的可能，因为我一生为之献身的艺术已经被自信而又无知的领导扼杀了，现在已经不可挽救了。文学界的优秀干部（沙皇的暴吏们连做梦也没有想到会有那么多）或肉体上被消灭，或死去，而这都是由于掌权者们无法无天的暴行所致。最优秀的文学界人士过早夭折，其余的人，那些多少能创造出真正有价值的作品的人也活不过四五十岁。

> 文学（这个最神圣的瑰宝）被官僚们和人民中最落后的人们撕得粉碎，我们这一代人怀着多么自由和坦诚的心情，在列宁时代步入文学界，创造出过多么美好的作品，今后还将创作。列宁死后，他们把我们贬为孩子，他们想消灭我们，用意识形态吓唬我们并把这称作"党性"……

法捷耶夫自杀的1956年，人们还没从专制主义的恐怖阴影中缓过神来。所以法捷耶夫在遗书上把话说得吞吞吐吐含糊其词。但熟悉那个境遇的人们，仍不难辨明其中的弦外之音。

法捷耶夫由于是斯大林选中的苏维埃作家协会的领导人，被人们称为是斯大林的"影子"和"棍子"。在苏共二十大揭露了斯大林30年代肃反扩大化的严重错误后，文学界流言四起，有人说当年某些作家被捕是经法捷耶夫同意的，逮捕令上有法捷耶夫的签字，有人甚至说某某作家是因法捷耶夫的揭发检举而受到镇压的。事实究竟如何呢？

张捷在《法捷耶夫的悲剧》[2]一文中，对法捷耶夫与斯大林的关系作了这样的阐述：

【1】鲍维娜：《情到深处人孤独——世界著名作家自杀心理探秘》，陕西旅游出版社，西安，1993年7月。
【2】张捷：《法捷耶夫的悲剧》，《图书评论报》1988年1月29日。

从目前公布的材料来看，斯大林大致是在20世纪20年代末开始直接介入文学工作的。这时法捷耶夫是最大的文学组织拉普（俄罗斯无产阶级作家协会）的领导人之一。斯大林对拉普一直持批评的态度，对它的多数领导人没有好感，可是对法捷耶夫却比较赏识，这大概是因为看到法捷耶夫有文学才华，同时为人比较正直坦诚的缘故。1932年4月23日，联共（布）中央通过解散各文学团体、组建统一的作家协会的决议，随即成立了以高尔基为主席的筹委会负责召开第一次作家代表大会事宜。斯大林大概是因为认为法捷耶夫可能成为高尔基的最好助手，便于1933年5月同意让他取代沃隆斯基担任筹委会副主席。在1934年召开的第一次苏联作家代表大会上，法捷耶夫当选作协理事会主席团委员。1938年取代斯塔夫斯基担任作协责任书记，成为作家团体的主要领导人。1944年因写作《青年近卫军》和其他原因暂时离开了领导岗位。1946年苏联作协领导机构改组时，根据斯大林的意见法捷耶夫担任了作协总书记。此外，法捷耶夫在1939年召开的联共（布）十八大和1952年召开的联共（布）十九大上两次当选为中央委员。从以上事实来看，斯大林对法捷耶夫是信任和器重的。

蓝英年在《"拉普"总书记阿维尔巴赫》一文中，对法捷耶夫为什么能从当年群星灿烂的苏联文坛脱颖而出，得到斯大林的情有独钟作了这样的记述：

20世纪20年代初苏联文学团体林立，有的拥护布尔什维克，有的反对，有的既不拥护也不反对，但皆以俄罗斯人民的代表自居。经过强迫解散、自行消亡和改组合并，只剩下最具生命力的几个。而其中最具实力的，当属以沃隆斯基为首的山隘派和以阿维尔巴赫为总书记的拉普。拉普存在近10年，组织遍及全俄，受到联共（布）的暗中支持，他们也以"党在文学的核心"自居。他们是一群涉世不深的青年，遵从党的教导，满怀革命豪情，为建立无产阶级文学而奋不顾身。凡有碍于他们事业的便坚决予以打击。但他们毕竟都太年轻，血气方刚，不耐烦冷静分析对方观点，却急于大打出手。这便是至今有人说拉普动辄打棍子的根源。

1926年拉普进入鼎盛时期，成立了以阿维尔巴赫、法捷耶夫、利别进斯基和叶尔米洛夫为核心的新理事会，仍由阿维尔巴赫任总书记。几年后，正当拉普领导人逐渐冷静，反思过去，沿着新路线阔步前进的时候，1932年4月23日联共（布）中央突然做出《关于改组文学艺术团体》的决议，解散所有文艺团体，成立便于统一领导的各协会。决议的中心是解散（俗称消灭）拉普。这绝非拉普不听斯大林的话，恰恰相反，拉普听话到把斯大林的政治报告硬往文学里套的程度。如斯大林1931年6月所做的《新的环境和新的经济建设任务》的报告，拉普立即做出决议，其第一条便是：斯大林讲话中提出的全部问题也是关于无产阶级文学中为列宁主义创作方法而斗争的问题。这时山隘派由于沃隆斯基垮台而奄奄一息，其他流派早已不成气候，只有拉普一枝独秀，并迅猛发展，已遍及全苏。斯大林高瞻远瞩，担心它变成一股政治力量，当机立断，把假想之敌消灭在萌芽之中。除斯大林和政治局几个委员外，没人知道决议是怎么形成的，连高尔基事先也未通消息。……法捷耶夫同年10月在《文学报》上发表系列文章《旧与新》，支持中央决议，批判拉普存在的宗派主义等错误。法捷耶夫的文章不仅惹恼了阿维尔巴赫，还开罪了拉普后台、炙手可热的内务人民委员亚戈达。法捷耶夫到亚戈达家去解释，却遭到亚戈达痛斥。亚戈达骂他出卖朋友，法捷耶夫辩解道："您是老党员，我支持中央有什么错？"但回家后越想越害怕，他知道亚戈达权倾天下，可轻而易举地置他于死地，连夜把他同亚戈达的谈话写成信呈交中央。他这封信对他后来青云直上起了关键作用。

20世纪30年代，正是斯大林走向个人崇拜的10年。在这一重新"洗牌"的关键时期，法捷耶夫做出了人生命运的选择，把自己绑在了斯大林的战车上。

作家田特里亚科夫在《各民族友谊》杂志1988年第9期的小说《狩猎》中，有这样一个耐人寻味的细节：

……高尔基举行例行午宴。斯大林及其忠诚战友光临。

……大家都喝得飘飘然了，大概此刻心情最好的莫如宴会主人了，他动情地说："作家兄弟吵嘴闹意气真不好，不再吵闹该多好啊。"这发自内心的和解的呼吁令在座的人肃然起敬，大家赞许地沉默片刻，都把悲愤的目光转向阿维尔巴赫和法捷耶夫。斯大林手持酒杯或未持酒杯站起来，把两人招到自己跟前。

"不好啊，"他慈父般地说，"太不好啦！讲和总比吵架强。我请你们都伸出手来，握手言和！"

斯大林的请求可非同小可。

法捷耶夫是个心怀坦荡不记仇的人，向阿维尔巴赫迈了一步，伸出手来。可阿维尔巴赫瞪了他一眼，把手慢慢背到身后。法捷耶夫的手悬在空中，在场的人都惊呆了，伟大领袖和导师同法捷耶夫一起陷入尴尬处境。

如果斯大林不及时出卖失败者便不是斯大林。他眯起黄眼睛说："法捷耶夫同志，你太没性格，是个软弱的人。阿维尔巴赫有性格，他能保持自己的尊严，可你不能！"

然而，与斯大林在公开场合所褒贬的背道而驰，那个被赞誉为"有性格"、"能保持尊严"的阿维尔巴赫一再遭贬谪，直至被逮捕，完全消失。而那个"没性格"、"软弱"的法捷耶夫却是越居其上取而代之。

蓝英年在《"拉普"总书记阿维尔巴赫》一文中说：

> 斯大林也曾看中他（阿维尔巴赫），让他把各派割据的文坛逐步统一，以便建立全国统一的各文艺协会。但斯大林发现他个性太强，恐难驾驭，不可长久使用，侯机除掉。西蒙诺夫在回忆录中写道，1950年斯大林谈到拉夫列尼约夫的剧本《美国之音》时说，布尔什维克执政前和执政后对非党作家的态度应有所不同，"这儿有个人，叫什么名字来着？对啦，阿维尔巴赫。起先他还有点用处，后来成了诅咒文学的同位语了。"

托洛茨基曾把苏维埃当年团结的文学家称为"党的同路人"，对于"同路人"，当然会此一时彼一时，随着形势变化而要与时俱进地"走马换将"了。

法捷耶夫既然把自己绑在了斯大林的战车上，倾巢之下，岂有完卵，人们自然把斯大林在30年代对文艺界肃反扩大化的罪责所犯的血腥也要记在法捷耶夫的账上。

成为作家之前先成为革命者

法捷耶夫与斯大林的关系，爱伦堡一针见血地说过这样一句话：法捷耶夫认为，他同斯大林的关系是"士兵同权力无比的总司令的关系"。在法捷耶夫心目中，斯大林就是党的化身，斯大林的意志就是党的意志。军人以服从为天职，理解的要执行，不理解的也要执行。把执行党和斯大林的决定看作自己的责任和义务。

法捷耶夫1901年12月24日出生在一个革命家庭，早在学生时期就参加了地下革命活动，17岁加入布尔什维克党，接着参加了反对外国干涉者和白军的武装斗争，不到20岁成为远东共和国人民革命军某部代理旅政委。1921年出席俄共（布）十大，在参加镇压喀琅施塔得的叛乱中受了伤。国内战争结束后复员，上了大学，成为作家。

法捷耶夫在《答巴西进步报纸记者问》时说："在成为作家之前，我先成为革命者，当我执笔写作的时候，我已经成长为一个布尔什维克。毫无疑问，正是由于这一点，我的创作才成为革命的创作。"

法捷耶夫在《论苏联文学》一文中又说："究竟是什么样的人在领导着人民前进？……他们是和所有的人一样的人，但他们是人民的优秀儿女。"他懂得"党对于人民命运的重要性"。

法捷耶夫在《论苏联文学》一文中还说："作为一个作家，我的诞生应该归功于这个时代。"

法捷耶夫在"绝命书"中写下这样一段文字：

我生来是为实现共产主义而从事具有重大意义创作的人。我从16岁就同党有了联系，我同工人农民生活在一起，上帝赋予我非凡的才华，我也充满只有人民的生活才能产生的最崇高的思想与感情，而人民的生活是同共产主义理想结合在一起的。

法捷耶夫的人生经历，决定了他"文艺为政治服务"的党性原则。

苏维埃的历史进入到1930年代，斯大林取得了对托洛茨基、季诺维也夫、布哈林等政治派别斗争的决定性胜利，开始把目光转到了对文化艺术的关注和控制上。1926年，《新世界》杂志刊登了皮利亚尼克以国防人民委员伏龙芝死在手术台上为背景的小说《不灭的月亮的故事》。伏龙芝的死一直是苏联政坛一个扑朔迷离而又讳莫如深的话题，小说发表后，被敏感地认为是影射了斯大林，"开了以小说反党的先河"。于是，刊登小说的《新世界》杂志被迫停止发行，皮利亚尼克多次检讨和认罪仍得不到宽恕，到1930年代终于被镇压。

此后，一连串的噩运降临文艺界头上：

叶甫盖尼·扎米亚京是内战和新经济政策时期最有独创精神的作家之一，1917年创作的《岛民》引起很大反响，一举成名。1922—1928年六年间，创作了《北方》、《马麦》、《最重要的故事》等作品，展现了其严谨而完美的"表现主义"才华。他意味深长地把大一统专制独裁国度内，人们整齐划一的生活场景描绘得淋漓尽致，不仅"人人平等"，而且按号码分配对象。他的代表作长篇小说《我们》，是20世纪第一部反乌托邦的作品，他具有前瞻性的眼光，有着深刻的启迪意义。有这样价值取向的作家遭遇的命运是不言而喻的——逮捕、入狱、流放……

安·普拉东诺夫是十月革命后从事文学创作的新秀，在20世纪20年代中期成为著名作家。法捷耶夫主编的《文学报》发表了他的短篇小说《起疑心的马卡尔》，受到当政者的指责，从此遭受厄运，淡出文坛。后来普拉东诺夫很有价值的作品《地槽》、《切文古尔镇》，都没能得到出版的机会。

安娜·阿赫马托娃是中国读者熟悉的女诗人。她不仅是诗歌方面，而且也是伦理道德方面的标志性人物。她作品中所展现出的"人性深度"，具有撼人心魄的力量。她的《黄昏》诗集面世以后，就被列入俄罗斯第一流诗人之列。但在20世纪20年代中期以后，她的新诗就被停止出版，以前的诗也不再重印。1946年，苏共中央作出《关于〈星〉和〈列宁格勒〉两杂志》的决议，诗人阿赫玛托娃与作家左琴科一起，又成为一场批判运动的靶子。

马雅可夫斯基创造的"楼梯诗"，成为中国诗人争相效仿的样板。他的两部长诗《列宁》、《好！》，一直被视为苏维埃诗歌的经典。然而，就是像马雅可夫斯基这样"呼唤革命的暴风雨来得更猛烈的海燕"，不仅饱含热情为革命写诗、歌功颂德，而且到通讯社和宣传部门从事别人不屑干的琐事，甚至为宣传画作题词、为商业做广告。就是这样一个"阵营中的人"，由于在大量"莺歌燕舞"的颂诗之外，也写了一些反映社会生活中"阴暗面"的作品，诸如1928年、1929年写的讽刺剧《臭虫》和《澡堂》便遭到批判。剧社被解散，杂志被停刊，已准备好在报刊上刊出的肖像也被撤下来，正在上演的《澡堂》话剧也被停演。作家在不堪重负的精神压力下，于1930年4月14日，开枪自杀了。马雅可夫斯基是一个十分复杂的知识分子现象。马雅可夫斯基一生在诗歌与政治之间穿梭彷徨。他一方面以一个未来主义者的热情和速度，宣传和鼓动革命，而另一方面，他又以他的战斗性诗篇，包括短文和戏剧，批判和否定新政权对革命理想的遮蔽、歪曲、弃置和背叛。在他写作长诗《好！》之后，还曾有过写一部名为《坏》的长诗的打算。法捷耶夫在他死后致信斯大林说："马雅可夫斯基的一生和全部伤口过去是，并永远是应当如何改造而改造又如何困难的例子。"

肖斯塔科维奇为此发出感叹："见风使舵是我们知识分子的特性。正如马雅可夫斯基在剧本《澡堂》中的一个角色说的：'阁下，请下命令，我马上就转。'我确信马雅可夫斯基这是在写他自己。"肖斯塔科维奇还说:"在那些日子里,人人都有些不足为外人道的事情。你总得活下去,而且谁都挨着边缘在走。"

朱正在《换个角度看苏联文学》一文中,记录了法捷耶夫这样的故事:

> (格罗斯曼的)小说《为了正义的事业》也是写斯大林格勒战役的,可是与西蒙诺夫写同一题材的《日日夜夜》大异其趣。它在《新世界》杂志一发表立刻引起前所未有的影响,杂志抢购一空。它对现实的反映是如此真实和深刻。这里只举一个极小极小的情节为例:当一位夸夸其谈的政委到一支在围城中作殊死战的小分队去整顿"游击习气",一位"头上缠着绷带的士兵问道:'政委同志,集体农庄怎么样?战后是不是把它们消灭掉?'"这些困守孤楼的战士都知道自己不久就会战死,说话已无顾忌,就坦率地说出自己对集体农庄制度的厌恶吧。

> 苏联作家协会散文部开会讨论了这部作品,一致推荐它为斯大林文学奖的候选作品,这却惹出大麻烦来了:"布宾诺夫给斯大林写了一封很长的告密信,专拣斯大林不爱听的话说,如说格罗斯曼认为战胜法西斯的功劳应归于普通人,并且其中有不少犹太人。小说没有表现党和斯大林的领导。斯大林看了大怒。下令《真理报》以《论格罗斯曼小说〈为了正义的事业〉》为标题全文发表布宾诺夫的告密信。"

法捷耶夫原本是极为赞赏格罗斯曼的小说《为了正义的事业》,但在斯大林发起的这场批判运动中,法捷耶夫也写了尖锐的批判文章。直到斯大林去世后的第二次作家代表大会上,法捷耶夫才承认自己对格罗斯曼的批评是错误的:"我为我的软弱而懊悔莫及。"

纪念十月革命十周年,马雅可夫斯基朗诵了自己的长诗

《好！》，法捷耶夫并不喜欢这首诗的政治宣传味道。但当得知斯大林称赞"马雅可夫斯基过去是、今后仍是我们苏维埃时代最优秀、最有才华的诗人"后，他又把《好！》奉之为"史诗性的作品"。斯大林欲以马雅可夫斯基取代帕斯捷尔纳克的地位，法捷耶夫尽管对马雅可夫斯基评价不高，但也只好服从。法捷耶夫一面指责帕斯捷尔纳克脱离生活、孤芳自赏，一面在咖啡馆问爱伦堡想不想听真正的诗，然后朗诵的是帕斯捷尔纳克的作品。

人民文学出版社1963年10月出版了法捷耶夫未完成的长篇《最后一个乌兑格人》。磊然在译后记中说了这样一番对法捷耶夫的评价："我们综观法捷耶夫的一生，就不难看出，在他身上，艺术家的生活和革命家的生活是紧密地交织在一起的。他和党的利益是血肉相连的。党性就是帮助法捷耶夫走在苏联文学前列的指南针。"具有嘲讽意味的是，若干年后，索尔仁尼琴在给苏联作家协会的公开信中写道："请你们擦拭一下刻度盘吧"，你们纯属是"一群瞎子为另一群瞎子担当向导"！

1936年2月，女作家玛·沙吉尼扬写信给联共中央书记谢尔巴科夫，要求退出"无益"的作协。谢尔巴科夫给高尔基写信，要作协"狠狠地打击她，好让别人不敢再这么做"。

法捷耶夫虽然身为作协总书记，对作协的工作却起不到主导的作用，既不能参与制定文艺政策，也无权任命作家协会的任何人事。党中央宣传部直接管理文学的创作与出版事宜。中央宣传部部长亚历山德罗夫和两名副部长负责向中央书记报告文学战线的情况。1941年12月，中央书记谢尔巴科夫指示法捷耶夫创办《文学和艺术报》，宣传部规定，报纸的大样应该在出版的前一天印出来送宣传部审查。1942年6月，亚历山德罗夫向谢尔巴科夫"打报告"，指斥该报21期存在严重的错误，并提议要采取补救措施：召开编委会分析错误，撤销皮斯马尼克的主编职务，召开中央一级报纸责任主编会议，并给予具体责任人别列杰夫、叶戈林、奥尔洛夫警告处分。

法捷耶夫看到党对文艺工作管得太具体，影响和束缚了文学艺术的繁荣发展，但又无可奈何。他反对作品粉饰生活、一味歌颂斯大林，却身处其位只能带头参加大合唱。即便作协日常事务，他也无权独自处理，必须看斯大林眼色行事。斯大林对杂志印张、稿酬、作家起居、创作出差、奖金颁发等都亲自过问。仅举一例可作管中窥豹：1948年讨论斯大林奖金授奖名单时，斯大林质问法捷耶夫为什么没有潘菲洛夫的小说《为和平而奋斗》，法捷耶夫回答不够水准，斯大林当众批驳道："我们的看法不同，应当给他。"斯大林文学奖成为斯大林调控文学的杠杆和风向标。

文学艺术完全沦落为政治权力的婢女。

苏维埃倒骑毛驴的张果老

茹科夫在《法捷耶夫》一书中，记载了法捷耶夫对人说过这样一句话："我怕两个人——我的母亲和斯大林，既怕又爱。"这句话一语道破天机，袒露出法捷耶夫对斯大林复杂而又矛盾的心理。

法捷耶夫的儿子阿列克塞·特瓦尔托夫斯基在《法捷耶夫的生与死》一文中有这样一段记录：

> 有人向我讲述，爸爸第一次害怕的事。当时他是《红色处女地》杂志的主编，准备刊登波拉多诺夫的中篇小说《利益》。小说的字里行间表现出能引起人们不满的情绪（后来这

些词语被勾掉了）。在修改中，相反的是，父亲要突出这个思想，强调要在一些地方用黑体字出版。斯大林读了这篇小说，直接在黑体字旁边写道："恶棍！"他把爸爸叫去狠狠地大骂了一通。爸爸脸色苍白地从领袖那离开。

关于对斯大林害怕乃至到恐惧的地步，苏联国歌的作曲者肖斯塔科维奇在回忆录《见证》里讲述了这样一个细节：

斯大林在克里姆林宫有专用的放映室。他喜欢叫全体政治局委员和他一起看电影。有一次领袖和导师冒出一个新念头：为什么不请导演来一起看呢？我们可以向他道谢，如果需要的话，也可以告诉他我们的批评意见和希望。他们把导演带到了克里姆林宫。

电影开始了，斯大林像往常那样坐在后面。那位导演自然并不在看电影，他在仔细听后排有什么动静。他变成了一个大听筒，似乎斯大林座位上的每一个咯吱声都具有决定意义，每一声咳嗽都是在宣布他的命运。电影放映到一半的时候，长期给斯大林当秘书的波斯克列贝舍夫进来了，他手里拿着一些急件走到斯大林身边。当时导演是背向斯大林坐着，不敢回头，因此没看见后面的情况，但他能听到声音。斯大林大声地说："这是什么破烂货？"导演顿时觉得眼前一黑，咕咚一声摔倒在地上。失禁的小便尿湿了他来时新换的裤子。这位导演醒过来以后，别人向他说清楚了他的误会，他们告诉他："斯大林说了，这部片子不坏，我们喜欢这部电影。"

肖斯塔科维奇说："斯大林喜欢听这类故事，喜欢知道他在他的知识分子、他的艺术家中间引起这样的恐惧。"

肖斯塔科维奇还说："据我了解，这样尿裤子的事不止一例，而他们讲起自己露丑的事却都很高兴，在领袖和导师面前尿裤子不是每个人都会发生的事情，这是一种荣誉，一种高级的乐趣，一种高级的奉承……多么可鄙可悲而又可怜的拍马术。"

法捷耶夫的亲密朋友泽林斯基还回忆了这样的情节：

法捷耶夫写《青年近卫军》时，一天，我在他家做客。克里姆林宫信使送来急件，要法捷耶夫次日五点至六点之间到斯大林别墅午餐。法捷耶夫陡然变色，请母亲对信使说他身体不适，无法赴宴，以后当面向斯大林解释。第二天，法捷耶夫却约我到树林里采蘑菇。我在路上对他说："萨沙，我真无法理解你。斯大林并非每天请你赴宴。如对你没必要，你可以谈谈我们大家。在无拘束的气氛中谈谈我们最重要的事是多么难得的机会啊！"没想到法捷耶夫听了火冒三丈："滚你的蛋吧！你无权问我为什么不去赴宴，我应当对斯大林说什么！"我也火了，掉头就往回走。法捷耶夫追上来，抱住我的腰说，"我不去是因为我已满头白发，不想再让别人呵斥、嘲弄。我不是让人把脑袋往瓦盆里按的小猫。贝利亚一定在那里，当着斯大林的面用各种令人发指的问题盘问我。"

接着法捷耶夫又讲了一件一直压在他心头的事。

一天斯大林身穿元帅服召见他。斯大林站在大厅中间，法捷耶夫双手紧贴裤线站在他对面。下面便是他们的谈话。

"听我说，法捷耶夫同志，你应当帮助我们。"

"我是党员，斯大林同志，每个党员都有义务帮助党和国家。"

"你少说废话，什么党员、党员的。我认真对你说，你作为作协领导人应当帮助我们。"

"这是我的责任，斯大林同志。"

"又来了，"斯大林恼怒地说，"你在作协老是'我的责任，我的责任'，可却不肯帮我们同敌人斗争。你是作协领导人，可你知道同什么人一起工作吗？"

"我怎么不知道？我了解我所依靠的人。"

"我们授予你响亮的总书记称号，可你不知道自己周围都是国际大间谍。"

"如果作家当中有间谍我一定揭发。"

"你说的都是废话，"斯大林冷峻地盯着法捷耶夫说，"你算什么总书记，身旁都是国际大间谍。"法捷耶夫惊出一身冷汗，请斯大林说出间谍名字。

"如果你这样没用，我只好提醒你：第一，你最亲密的朋友巴甫连科便是大间谍。第二，你心里清楚，爱伦堡是国际间谍。第三，难道你不知道阿·托尔斯泰是英国间谍？我问你，为什么不向我们报告？现在你可以走了，我没时间再同你谈这个问题，你自己看着办吧！"

法捷耶夫讲到这里竟失声痛哭："我无权不相信党中央总书记的话，但我却不相信，因为这不是事实。斯大林究竟要我干什么？"

斯大林要法捷耶夫清除作协里的"人民敌人"和"间谍"。自1934年作协成立至1953年斯大林逝世，2000名作家被处决、关押、流放。按内务部不成文的规定，逮捕令须经所在部门首脑签字。1946年法捷耶夫担任作协总书记后，非但不能抵制也曾被迫签字。

诬人一顶说不清道不明的"间谍"帽子，成为施以迫害的代名词。还有一个情节也不能遗忘：法捷耶夫与导演梅耶霍德是好朋友，斯大林责备他为梅耶霍德说话，并给他看一份揭发梅耶霍德是间谍头子的材料。梅耶霍德是半年后才被逮捕的，这期间，他见到法捷耶夫仍一无所知，一如既往地热烈友好地握手拥抱。法捷耶夫明知道他死期已近，既不能说明，又无法挽救，心中满溢着"打落门牙和血咽"般的疼痛。

张捷在《法捷耶夫的悲剧》一文中，讲述了法捷耶夫在斯大林30年代大清洗中的另一面：

在这场大清洗中，法捷耶夫思想上是矛盾的。一方面他像当时许多人一样，认为这场运动是必要的；另一方面，当他看到许多他了解的人遭到清洗时，不免对这种做法产生怀疑，站出来替他认为受冤枉的人辩护。1937年，在一次讨论开除利别进斯基党籍的会上，法捷耶夫挺身而出替他说话，愿以党证和脑袋担保他是一个正直的共产党员。当法捷耶夫得知他年轻时和他一起在远东从事地下工作的同志被捕后就去找斯大林，受到了斯大林的批评。尽管如此，他仍然替受怀疑的作家进行解释，尤其在成为作协主要负责人后，更是利用各种办法保护作家。例如1939年上面决定要授予一批作家勋章，斯大林问法捷耶夫和巴甫连科哪些人可以授勋，法捷耶夫把一些本人受怀疑或亲属遭镇压的作家列入名单，这样做，实际上是保护了他们。

但是法捷耶夫的苦心和努力有时不为作家们理解，有人认为他是"通天人物"，神通广大，责备他见死不救。其实他所能起的作用也是有限的。有一次女作家凯特林斯卡娅遭到怀疑，有挨整的危险，她便去找法捷耶夫，法捷耶夫爱莫能助地说："您知道吗，糟糕的是，人家要求我不要过问这些事，坚决要求我这样做。"女诗人别尔戈利茨曾责备法捷耶夫没有救某某人，他听了伤心地回答道："奥丽加（别尔戈利茨的名字。引者注），你最好不要这样说，你可知道我使你避免了多大的灾难。"在这方面曾长期住在苏联、担任过国际革命作家联合会书记、30年代被捕过的匈牙利作家吉达什的话说得比较客观，他说："不，法捷耶夫在他所说的'严酷的时代'里有他的难处。我相信，要是占据他的位置的是另一个人，'严酷的时代'卷走的作家将会多得多。法捷耶夫尽其所能减轻这地震的损失，这是我亲眼见到的，至少他曾不止一次力图减轻它。"

法捷耶夫深切同情那些在大清洗中受到不公正待遇的作家。在这场风暴过去后，他就为他们申诉，帮助他们出版作品和解决生活上的困难。他对著名诗人扎鲍洛茨基的帮助，就是一个突出的例子。扎鲍洛茨基于1938年被捕，1946年获释，但是并未平反。在这种情况下他要出版作品是比较困难的。法捷耶夫欣赏他的才华，建议他把所写的诗编成集子出版，并答应给他写推荐意见。1948年扎鲍洛茨基的诗集由苏联作家出版社出版了，作者在给法捷耶夫的赠书扉页上写道："亲爱的亚历山大·亚历山德罗维奇（法捷耶夫的名字和父名。引者注），让这本小书能使您有时想起它的作者，他对您作为一位作家和一个真正的人怀有深深的敬爱之情。"法捷耶夫还给有关部门写信，称扎鲍洛茨基为"真正的诗人和自己国家的爱国者"，请求对他的案件进行客观的、实事求是的分析和审查，最后扎鲍洛茨基终于在1951年11月得到彻底平反。

丁笃本在《大作家法捷耶夫为什么自杀？》一文中，也记述了法捷耶夫类似的情节：

谁也没有发现法捷耶夫参与30年代迫害作家事件的证据。相反，法捷耶夫对此十分反感，认为这是叶若夫、贝利亚之流犯下的罪行。据苏联作家帕夫连科说，法捷耶夫曾当面向斯大林揭发过贝利亚。战后日丹诺夫组织的文学批判运动明显是错误的，法捷耶夫身为苏共党中央委员和作家协会总书记不仅参与了其事，而且亲自批判过一些作家。对此法捷耶夫有多大责任呢？多数人认为不能苛求于他，他不得不服从上面的命令。此外，苏联作家伊万·茹科夫在1987年第30、31期《星火》杂志发表的连载文章认为："法捷耶夫在对待米·左琴科和安·阿赫马托娃（这是日丹诺夫批判的两个主要作家。引者注）的问题上，表现出最大限度的人道主义和最大限度的正直。"文章还提到，正是由于法捷耶夫的呼吁，阿赫马托娃受牵连的儿子才得以获释。而且有许多人证明，早在苏共二十大召开之前，法捷耶夫就开始为三四十年代蒙受不白之冤的某些作家恢复名誉而奔走。可见，法捷耶夫本人是正直的，但又不能与错误的批判运动脱离干系。为此他内心到底如何痛苦与内疚，在促使他自杀一事中到底起了什么作用，旁人不得而知。

法捷耶夫的儿子阿列克塞·特瓦尔托夫斯基在《法捷耶夫的生与死》一文中说："在死前几个小时法捷耶夫与姐姐谈过话。他说：'别人认为我能对他们有所帮助，其实我什么忙也帮不上。'他只是在极特殊情况下能帮忙，因为正如大家所知道的那样，他是一个不能自主的人，是别人游戏中任人支配的小卒。当然他无限爱戴斯大林，愿把生命献给他，他也担心过自己的家人。"

夏中宪在《法捷耶夫与"持不同政见者"》[1]一文中说：

> 法捷耶夫个性中有一个鲜明的特点，渴望当领袖，他总是想显示自己的超凡性，他从事文学活动伊始就比较注重自己的公众形象。对他来说，成为一个较为完美的人是与为革命服务、为共产主义事业服务融成一体的。他善于克制自己，镇静自如。在公众场合热情洋溢，风度翩翩。在照片上他给人的印象是真诚坦率，性格开朗。然而，为此他付出了多大的努力，

弦断有谁听

【1】夏中宪：《法捷耶夫与"持不同政见者"》，《俄罗斯文艺》2002年第3期。

却鲜为人知。他严于律己，几近苛求，神经总是绷得紧紧的。那著名的法捷耶夫式的笑容往往掩盖了他真正的内心活动。他从来都认为自己具备文坛领导人的素质，而且当之无愧。出于高度的党性原则和责任感，法捷耶夫必须绝对服从上级的指示，表现出政治家严酷的一面。

法捷耶夫犹如中国神话"八仙过海"中那个倒骑毛驴的张果老，一直向往着一个崇高的目标，但身下那个"体制"的坐骑，却背道而驰把他拉向一条事与愿违之路。

墙倒众人推，鼓破众人捶

丁笃本在《大作家法捷耶夫为什么自杀？》一文中，对法捷耶夫的死因作了如是分析：

> 像《简明不列颠百科全书》这类西方权威著作，一般认为法捷耶夫自杀纯系对苏共第二十次代表大会批判斯大林个人迷信的抗议。……斯大林去世时，法捷耶夫曾撰文称斯大林是"有史以来最伟大的人道主义者"，所以当斯大林受到批判后，他想不通自杀了。可以肯定，法捷耶夫在1956年5月13日自杀与3个月前苏共二十大公开批判斯大林、大幅度改变苏联原先的政策路线一事有关。

> ……法捷耶夫一直十分敬仰斯大林，认为30年代镇压无辜是叶若夫和贝利亚背着斯大林干的，因此他对赫鲁晓夫在苏共二十大批判斯大林极为震惊与不安。苏联许多作家认为法捷耶夫主要是对赫鲁晓夫粗暴对待苏联文学感到恼怒……

作者对西方如此简单的分析提出质疑。

法捷耶夫在"绝命书"中写下这样的词语:"我终生为之献身的艺术已被自负而又无知的党的领导人所扼杀,现已无法挽救。……那些靠伟大列宁学说起家的暴发户们使我彻底丧失信心。即使他们以列宁学说发誓,也使我难以信任,因为他们可能比'暴君斯大林'干出更坏的事来。斯大林还多少有点知识,而这些人则是不学无术的。"字里行间流露着对赫鲁晓夫等继任者的强烈不满。

斯大林逝世后,苏联的文坛态势也随着社会政治生活发生了剧变。《新世界》杂志12月号,发表了著名评论家弗·波梅兰采夫的《论文学的真诚》一文,作者大胆而激烈地批评了苏联文学的现状。他指出,创作需要才华,首先要有真诚。有些作品之所以"装腔作势"、"矫揉造作","人物和环境全是凭空捏造出来的",就是因为作者缺乏"真诚"。他指出:"一切公式化,一切非出自作者本意的,都是不真诚的。"而最坏的乃是"粉饰现实"。"粉饰现实"就是"凭空杜撰永庆升平的景象";掩盖生活中实际存在的"丑事和坏事";回避矛盾和斗争。他告诫作家:"你如果总是要看某人脸色行事,你就是个坏作家。"千万不要干"估价行情"的蠢事。他还批评一些评论家"发出的不是声音,而是回声,没有自己的独到见解,而只是四处散播别人授予他的东西"。他甚至说:"那些追随斯大林奖金的颁发而写的文章,一般说来只是点胡椒面,而不是文学的概述。"[1]矛头所向,十分明显是针对作协的现任领导人。

茹科夫的《法捷耶夫》一书记载:法捷耶夫并没有亲耳听苏共

【1】北京大学俄语系俄罗斯苏联文学研究室:《关于〈解冻〉及其思潮》,北京大学出版社,北京,1982年。

二十大上赫鲁晓夫所作反斯大林的秘密报告，他听的是传达。一位作协工作人员这样描述他在听传达时的表情："我不时看看法捷耶夫的脸……他的脸平常都是苍白的，这时似乎蒙上了一层铅灰色，而主要的是两眼饱含着泪水。"他很难想象斯大林会像赫鲁晓夫所说，犯下那么大的罪行？但法捷耶夫根据多年来养成的"党性"原则，又不能不相信新的党中央。

其实，斯大林逝世后，法捷耶夫的思想也发生了某些转变，他并非如西方舆论所言，是要"抱着花岗岩的头脑"去为斯大林殉葬。他对自己多年来担任作协领导的所作所为也有所反省。在作协第八届理事会上作报告时，法捷耶夫所说第一句话便是："我犯了很多错误，也许我的一生便是一连串错误。"法捷耶夫心中也曾升起过对未来的憧憬，他曾对妹妹说："现在可以自由呼吸了。"是一种"如释重负"的感觉。

张捷在《法捷耶夫的悲剧》一文中，讲述了苏共二十大前后，法捷耶夫的思想状况及内心矛盾：

> 斯大林逝世后，苏共新领导立即开始反对个人崇拜，虽然没有公开指名批判斯大林，但是矛头的指向是很清楚的。过去破坏社会主义法制的行为不断被揭露，给法捷耶夫的思想以一定的震动，促使他回顾过去，进行深沉的思考。他在这过程中发现了过去文艺领域的一些问题，尤其是文艺政策上的问题，对如何改进党对文艺的领导产生了一些新的想法。与此同时他也觉得自己把许多时间和精力用在作协的领导工作上而不用在创作上，是对自己的文学才能不负责任的表现，他过去就有这种感觉，这时这种感觉就更强烈了。因此，他一方面决定从行政事务和社会活动中摆脱出来，另一方面接连上书苏共新领导，陈述自己对改革文艺工作领导的意见，因为当时

他对苏共新领导还抱有一定的希望。开头他给苏尔科夫写信，相信苏尔科夫会把他的信转给中央。在这封信里法捷耶夫对创作情况作了悲观的估计，认为最近三四年文学创作不仅没有发展，而且在走下坡路，很少出现可作为典范的作品。他认为主要原因在于有才华的作家忙于作协的领导工作，因此要让全国最优秀的作家从中解脱出来。他表示在写完已着手的小说《黑色冶金业》前不能参加作协的工作（《法捷耶夫书信集》，第429～433页）。苏尔科夫果然把信转给了当时负责意识形态的中央书记波斯彼洛夫，接着他和西蒙诺夫、吉洪诺夫又联名给赫鲁晓夫写信，表示不同意法捷耶夫对文学现状的看法，但建议满足他的要求，解除他作协总书记的职务。

在这之后，法捷耶夫直接向苏共中央主席团以及马林科夫和赫鲁晓夫上书，在短短一两个月内一连写了三份报告，这三份报告的题目是：《关于在领导苏联艺术和文学方面根深蒂固的官僚主义反常做法以及纠正这些缺点的办法》、《关于改进党、国家和社会对文学艺术的领导方法》、《谈〈真理报〉的一篇有害的社论和莫斯科模范艺术剧院的困难状况以及再谈把对艺术的思想创作领导权交给党组织的问题》（指的是《真理报》1953年9月6日发表的题为《论戏剧艺术的新高涨》的社论）。这些报告批评了在领导文艺工作方面的官僚主义做法，提出了一些改进意见，例如他提出把对文艺的思想创作上的领导从国家机构中分离出来，直接交给党组织。苏共中央科学和文化部接到法捷耶夫的报告后，不同意法捷耶夫对文艺工作现状的评价和他提出的改进领导的意见，认为他之所以有这样的看法是由于他"长期脱离创作协会的生活和身体有病"的缘故（见苏共中央科学和文化部给赫鲁晓夫的报告，这份报告以及法捷耶夫的三份报告均载于1999年9月29日《独立报》）。苏共中央领导人对法捷耶夫的报告不予理睬，法捷耶夫几次要求接见，均遭拒绝。这对法捷耶夫是很大的刺激。

1953年10月召开苏联作协理事会第十四次全会，本来要法捷耶夫致开幕词。法捷耶夫写了一个稿子，其中在谈到作协工作的缺点时提到非党作家的积极性发挥得不够、过去受过批判的作家不受重视、作协会员向优秀作家学习得不够等问题。这份稿子在作协理事会党组讨论时受到一部分作家的严厉批评，苏共领导支持这部分作家的意见，认为法捷耶夫的开幕词不符合要求，结果没有让他致开幕词，只作一般的发言。这又是对他的刺激。

在1954年第二次苏联作家代表大会召开前，苏共新领导已决定完全撇开法捷耶夫，撤销其总书记的职位，内定苏尔科夫为作协第一书记。法捷耶夫在自杀前9天给叶尔米洛夫的信中谈到这段往事时说："在代表大会前和代表大会期间，上面曾几次召见我们书记处的党员，有人当着苏斯洛夫和波斯彼洛夫的面，在中央书记们的支持下百般地贬低我和谴责我。"

法捷耶夫由对斯大林俯首帖耳到对新领导处处看不顺眼，从一个极端跳到另一极端。他犯了官场上的一个大忌：对任何当政者而言，今是而昨非，对前任领导还可作出某种程度的批判，而对现任领导却只能歌功颂德。

法捷耶夫的开幕词被否定之后，代表苏联作家协会在会上发言的是法捷耶夫的继任总书记苏尔科夫。他在发言中仍大谈苏联文学的成就，既没有对斯大林时期的文艺政策及其后的"解冻"做出正确评论，也没有对作家协会的工作进行自我批评。

因为苏尔科夫的报告是代表作家协会做的，所以受到在他后面发言的肖洛霍夫的无情抨击：肖洛霍夫指出苏联文学的落后问题。他不同意苏尔科夫以出版了多少书来夸耀文学的成绩，他说苏联有3773人参加作家协会，但大都是"死魂灵"。"在近20年当中，我们出版的富有智慧的好书是有数的"。肖洛霍夫在分析"文学落后的原因"时，一方面批评了大部分作家不同人民交往，不了解生活。在莫斯科大约住着1200个作家，他们生活在"三角形的迷魂阵里：莫斯科——别墅——疗养地"，不到工厂，不到农庄，"白白地浪费生命和才华"。另一方面，尖锐地批评了作家协会，"作家协会一直被看作是一个创作集体，却蜕化成一个行政机构，由利欲熏心的法捷耶夫把持着，他什么都干，就是不帮助作家从事写作"。"为什么过去的15年中，竟没有人告诉他，作家协会不是一个军事组织，更不是一座监狱，没有一个作家再想在总书记法捷耶夫面前立正。"[1] 肖洛霍夫还尖刻地嘲讽说："我们大家从他那里窃取了15年最好的创作年华，到头来既没有了总书记，也没有了作家。"[2] 就是在苏共的二十大上，曾任两届中央委员的法捷耶夫被降格为候补中央委员。

从斯大林逝世的1953年到法捷耶夫自杀的1956年，每逢会议，法捷耶夫都成为作家们的众矢之的。他不仅与新的领导集团关系搞得很僵，与肖洛霍夫、西蒙诺夫、特瓦尔多夫斯基等著名作家也一一反目。处于一种墙倒众人推，鼓破众人捶的境地。

虽然法捷耶夫多次写信要求内务部为三四十年代受迫害的作家平反昭雪。但众多受迫害的作家陆续从劳改营返回莫斯科后，并不领法捷耶夫的情。1938年被捕的女作家安娜·别尔津逢人便

【1】中共中央马克思恩格斯列宁斯大林著作编译局：《苏联共产党第20次代表大会文件汇编》下，人民出版社，北京，1956年。
【2】（苏）肖洛霍夫著，金人等译：《肖洛霍夫文集》第8卷，人民文学出版社，北京，1969年。

说："我们都是萨沙（法捷耶夫的别称）陷害的。"法捷耶夫在作协俱乐部见到别尔津，走过去同她握手，别尔津示威地把手背过去……

法捷耶夫的儿子阿列克塞·特瓦尔托夫斯基在《法捷耶夫的生与死》一文中说："斯大林死后，文化界纷纷揭发父亲并对他进行了人身攻击，这时爸爸非常孤独。所有一切都扭转了。法捷耶夫再也不是那个坚信党的方针正确的人啦。……（赫鲁晓夫）建议法捷耶夫疗养，因为这样就可以说明父亲病了。从此，法捷耶夫被解除了作家协会的领导职务。"

法捷耶夫在"绝命书"中写道："作为作家，我的生命已失去了任何意义，因此我非常高兴地离开这样的生活，就像从丑恶的生活中得到解脱一样。在这样的生活里，落到我头上的是卑鄙行为、谎言和诬蔑。我最后的希望是向管理国家的人们把这一切说出来。但是三年之久他们甚至不能接见我，尽管我多次提出了请求……"

哀莫大于心死。曾经热血沸腾激情似火的法捷耶夫，此时此刻心如死灰。一个把政治生命看得比自然生命更为重要的人，也许在这一刻就已然死去。付诸最终的决绝行为，只是一个偶然的触机。

充满了绝妙辩证哲理的《玄妙的杰作》

丁笃本在《大作家法捷耶夫为什么自杀？》一文中，还写下这样一段文字：

> 法捷耶夫对于自己繁多的行政事务缠身也不胜其烦，他多次抱怨无休止的开会、评奖、汇报、出国访问耗费了他宝贵的

时光，使他的写作计划一再搁浅。就像他在绝命书中所说的，他变成了拉货车的马，干了那么多琐碎的事情，得到的回报却是"吆喝、训斥、说教和各种意识形态罪行"。

创作是一个作家的生命，在创作上法捷耶夫同样陷入痛苦之中。

法捷耶夫在反法西斯卫国战争期间，一直在前线任《真理报》记者。他根据克拉斯诺顿共青团地下组织，反德国法西斯占领军的斗争事迹写成长篇小说《青年近卫军》。小说以富有革命浪漫主义理想主义的笔触，激情描绘了矿区青年和群众在同侵略者斗争中的机智、勇敢及该组织全体成员壮烈牺牲的过程。《青年近卫军》出版后，产生了世界性影响，获1946年斯大林奖金。《青年近卫军》无疑是法捷耶夫的代表作。在莫斯科新处女地的陵园里，法捷耶夫的墓碑上镌刻的就是一组《青年近卫军》的人物浮雕。

法捷耶夫的儿子阿列克塞·特瓦尔托夫斯基说："斯大林开始没有仔细阅读过小说《青年近卫军》，1946年仍然授予该小说'斯大林文学奖'。一年后，他看了《青年近卫军》这部电影，非常愤怒，因为在这部作品中没有体现出党的领导作用。他命令父亲修改这部小说。1947年12月3日《真理报》的一篇文章指出，《青年近卫军》小说中漏掉了一个最主要的，也是决定共青团的生命、成长和工作的因素，这就是党组织的领导与教育作用。父亲不得不对这部小说作修改，增补和修改直至1951年才完成。只有家里人知道，父亲承受多么大的痛苦。"

张捷在《法捷耶夫的悲剧》一文中，对《青年近卫军》成书前后的一波三折作了更为详尽的阐述：

《青年近卫军》有两个版本。1943年法捷耶夫受共青团中央的委托，开始写这部小说。经过一年多的紧张工作，小说于1944年底基本完成，1945年在报刊上连载，1946年出了单行本，这是小说的第一个版本。小说出版后受到读者热烈欢迎，并于当年获得斯大林奖一等奖。接着被拍成电影，在全国各地上映。

但是突然事情发生了转折。1947年秋天，斯大林看了由著名导演格拉西莫夫根据这部小说拍摄的电影后，回想起了小说，发现不仅在电影里，而且在小说里有"一系列不完善的地方"。不久，《真理报》发表题为《"青年近卫军"在小说里和舞台上》的文章，在肯定作者"成功地再现了克拉斯诺顿的英雄们的面貌"的同时指出："小说没有写出能说明共青团的生活、成长和工作的最主要的东西——这就是党和党组织的领导和教育的作用……在法捷耶夫的小说里有个别从事地下工作的布尔什维克——可是没有布尔什维克的地下'管理部门'，没有组织。"与此同时，《文化与生活报》也刊登《在我国舞台上的"青年近卫军"》一文，提出了类似的批评。

确实，在第一个版本里，敌后布尔什维克地下组织的活动及其对"青年近卫军"这一组织的领导和指导写得不够，而实际上党的州委在撤退前对敌后斗争作了具体部署，留下了几百人参加地下工作和游击战争，有专人对"青年近卫军"进行指导。小说《青年近卫军》第一个版本出版后，就有人（其中包括刘季柯夫的女儿）写信向作者提出意见和说明情况，接着有关材料不断发表出来。法捷耶夫那样写，一方面大约是因为在写作时没有充分掌握这方面的材料，对党的地下组织的活动不甚了解。这可从他在写小说前发表的关于"青年近卫军"事迹的特写《永垂不朽》中看出来。他当时这样写道："留在克拉斯诺顿组织反抗德国占领者的斗争的成年人，很快被敌人发现，有的牺牲了，有的只好躲起来。组织对敌斗争的全副重担落到了青年的肩上。于是1942年秋在克拉斯诺顿市形成了一个名叫'青年近卫军'的地下组织。"另一方面是由于法捷耶夫自己有年轻时参加地下活动的经历以及他喜欢用带浪漫主义色彩的抒情笔法，因而对年轻人的生活感到亲切，写起来比较顺手，如同他后来在一次会议上承认的那样，"我迷恋于青年，在他们身上看到了现在、过去和未来。于是在描写上失去了比例的感觉"。

法捷耶夫受批评后，心情是比较复杂的。他曾对维什涅夫斯基说："我将重写小说，一次不成，将写两次、三次。一定执行党的指示。"后来他在改写完毕后又说："你们以为我在读到报上说《青年近卫军》没有正确描写年长一代时心里愉快吗？当然，很不愉快，但是我不能不承认，这批评是客观的……在三个不眠之夜后，我决定像每个作家该做的那样去做——重写自己的书。"

法捷耶夫从1948年起就着手对小说进行修改。由于未能很快确定修改的方案，再加上种种别的原因，其中包括作协的领导工作和繁忙的社会政治活动，修改工作历时三年多，到1951年新的版本才与读者见面。作者对某些章节进行了较大修改，增加了一些新的章节，小说篇幅扩大了，关于党的地下组织活动以及对青年近卫军指导的描写大大加强。新版本问世后，几乎获得一致的好评。

然而在法捷耶夫逝世后，情况又发生了变化。曾在1951年新版本出版后进行过赞扬的西蒙诺夫在《纪念法捷耶夫》一文中批评新版本"把愿望当作现实"，认为"第一个版本具有较大的内在完整性，更加符合最初的意图"。他的意见遭到反驳后，他又承认第二个版本的"合理性"，提出两个版本有"共存"的权利。在这之后，有人赞成第一个版本（例如卡维林），有人则喜欢第二个版本（例如恰尔内、杰缅季耶夫）。这场争论直到80年代末还没有结果。例如研究法捷耶夫的学者鲍博雷金肯定第一个版本，而法捷耶夫的传记作者茹科夫则认为第二个版本更好些。有的人从小说的版本进一步说到法捷耶夫修改小说的工作，认为他修改小说是反常的做法，是浪费时间和精力；有的人进一步断定克拉斯诺顿党的地下活动是斯大林和日丹诺夫的臆测。这实际上是说第二个版本违背历史真实。沙拉莫夫则对作者进行攻击，他说："法捷耶夫根据批评修改了自己已经发表的小说，这证明他不是作家，那种被宣布为英勇精神的东西，实际上是作家的怯懦，是不相信自己本身和不相信自己眼光正确的表现。"

法捷耶夫本人对自己在修改小说上花了这么多时间也曾流露过惋惜之情，根据他的秘书回忆，他曾说过这样的话："你瞧，新增写了10章，如不这样做，我能写一部不比《毁灭》差的中篇小说。"

同一部《青年近卫军》却有两个不同的版本，对比读来是耐人寻味的。这是政治与文学"结缘"背景下所独有的一种文学现象。女批评家伊万诺娃彻底否定法捷耶夫的《青年近卫军》："未必能找到一个自愿的读者。"

法捷耶夫还有一部终其一生也没完成的长篇《最后一个乌兑格人》。早在20世纪20年代，法捷耶夫就开始构思这部小说，他在1950年的一封信中说：他动手写《最后一个乌兑格人》还在写《毁灭》之前。小说的前几章于1929年开始在《十月》杂志上连载，到1940年，断断续续完成了四部（计划写六部）。我国人民文学出版社在1963年出版了未完成本。译者磊然处于当年的言说语境，在译后记中说了这样一番赞颂的话："《最后一个乌兑格人》主要的和卓越的特点就是党的主题。在苏联文学中，把党的主题放在这种样式的作品中心的，法捷耶夫是第一个。"法捷耶夫以高度自觉的党性，进行着文艺为政治服务的尝试。

但是这种试图以形象图解概念，违背创作规律的尝试，注定将以失败告终。法捷耶夫在《为了好的质量，为了技巧》一文中，流露出了内心的苦闷："在《最后一个乌兑格人》里面，我想要表达一个重要的思想，写出一部综合的东西，但是工作进展缓慢、不顺手：许多细节挤了进来，人物的形象不能发展成为典型，形象的轮廓模糊不清。"法捷耶夫在《和初学写作者谈谈我的文学经验》中也说出了类似的悲叹："我动笔写《最后一个乌兑格人》，写了好几十次，可是每次都没写好。……我要借这件事告诉大家：如果要写一部包含着像我所想出来的那样复杂思想的长篇小说，显然必须具有比我更多的艺术素养。"1951年在庆祝他50寿辰的晚会上，法捷耶夫说："我自己并不满意这部小说，因此打算把它重写。"在1954年的一封信中，法捷耶夫又说他要大大地改写《最后一个乌兑格人》。

法捷耶夫从1920年代开始动手写这部小说，到1956年自杀身亡，在此前后20多年的漫长写作过程中，时代精神发生着沧海桑田的巨变，法捷耶夫数度面临"山重水复疑无路"的困境，他极力想与时俱进，追随时代精神，倾注了几乎可说毕生的心血，然而终究也没能完成。显然，创作的客观规律非人的意志可逆转，非艺术功力所能及！

法捷耶夫"绝笔于获麟"的最后一部小说的写作，可能是"压垮骆驼的最后一根稻草"。1951年主管工业的马林科夫把法捷耶夫召去："冶金部门有一个伟大的发明，你若能写出来就是对党做出重大贡献。"法捷耶夫真心愿为党和人民服务，接受了这一任务，深入基层体验生活，准备开始进入创作。

张捷在《法捷耶夫的悲剧》一文中，讲述了法捷耶夫最后这部小说的写作：

> 他开始写一部反映工人阶级生活的长篇小说《黑色冶金业》。小说的主要冲突之一是一种新炼钢方法的实验以及围绕它的革新和保守、先进与落后之间的斗争，这是以某炼钢厂的真人真事为依据的。……法捷耶夫以极大的热情开始做各种准备工作，收集了大量材料，读了两本关于炼钢的教科书和许多小册子，去过9个炼钢厂体验生活，研究了一些专家和先进工作者的传记。他对这部小说寄予很大希望，在给苏尔科夫的信中说，这部小说将成为他"一生中所写得最好的作品"，将是"献给人民、党和苏联文学的一份真正的礼物"（《法捷耶夫书信集》，第432页）。1954年发表了已写成的8章，本来预定在这一年完成，但是由于种种原因，完成的日期一再推迟。如果这部小说能顺利完成并得到肯定的话，那将是对思想陷入苦闷之中的法捷耶夫的莫大安慰，会使他想到自己还能有所作为，活着还有意义，也许会使他打消自杀的念头。

> 但是不幸的事情发生了。新的炼钢方法的试验遇到了挫折，事故频繁发生，最后黑色冶金工业部决定停止试验。于是流言四起，原来不主张进行试验的人被认为是正确的，进行革新和试验的人被说成"冒险家"和"骗子"，一切都颠倒了过来。这对法捷耶夫的打击是很大的。他已无法按原来的构思写下去了，重起炉灶又谈何容易，况且他又身体有病，创作力已不像过去那样旺盛。这就使他陷入深深的绝望之中。他在1955

年10月给年轻时代的女友科列斯尼科娃的信中讲了这件事。同时也同不少作家谈到自己遭到的不幸。根据作家弗谢沃洛德·伊万诺夫的妻子回忆，有一次法捷耶夫到他们家来，一见面就说："老兄！我完了。作为一个作家我完了。尽管我有创作经验和生活经验，我却不能一眼看出，分不清真假。"

临自杀前不久，法捷耶夫一怒之下，一把火烧毁了自己的手稿。这是绝望的火，焚毁一切的火。"纸船明烛照天烧"。

法捷耶夫在两种极端矛盾的创作观念创作方式中备受煎熬的经历，让人想起巴尔扎克的小说名篇《玄妙的杰作》。

马克思曾向恩格斯推荐巴尔扎克的《玄妙的杰作》。马克思说："这真是一篇杰作，其间充满了绝妙的辩证哲理。"

《玄妙的杰作》讲述了一个极有才华的画家，他在两种画派间犹豫不决无所适从，最后走向惨烈毁灭的人生经历。小说中有这样一段描绘：

> 你在两种流派之间犹疑不定，在图像和色彩之间，在德国老画师的细致的冷漠、简洁的刚硬，同意大利画家们的耀眼的热情、幸福的狂潮之间犹疑不定。你想同时模仿汉斯·霍尔宾和提善，阿尔布雷希特·杜雷尔和保泉·韦罗内兹。当然，这是一个很大的野心！可是结果如何呢？你既没有刚硬严谨的魅力，又没有明暗的诱人魔力。……到处都有这种不幸的犹疑不决的痕迹。如果你觉得你的天才没有足够的力量把这两种敌对的手法融化在一起的话，那就需要坦率地选择其中一种，以便获得统一。

《玄妙的杰作》有一个绝妙的结尾：这一天才画家，原本画出了一幅杰出的作品，但他在两种风格、两个流派间犹疑不定，以这一画法在他的作品上抹一笔，又觉得不好，以另一画法在作品上再涂一块。左顾右盼左右为难，花费十年的心血。最后，当天才画家将自己的"杰作"展示于人们时，人们看到的只是涂抹着厚厚一层油彩的画布。

小说的结尾，老画家说了这样一段话：

> 老头子注视了他的画布一会儿，他跟跄了："一无所有！一无所有！费了十年的苦功一无所有！"
>
> 他坐下来哭了。
>
> "我原来是一个傻瓜，一个疯子！我既没有天才，也没有能力……我走着走着，为走路而走路！我一点东西也没有创造出来！"

最后的结局：天才老画家一把火烧毁了他的"杰作"，然后自己也凄迷地死去。

美谛克成为法捷耶夫的写照

命运的冥冥之中，似乎总有一种说不清道不明的"鬼斧神工"，抑或"阴差阳错"？法捷耶夫的成名作是《毁灭》，成也萧何，败也萧何，这成为一个魔咒和谶语。

鲁迅早在1931年就翻译了法捷耶夫的这部名著，并给予它高度评价，称它为"一部纪念碑的小说"[1]。鲁迅还这样赞扬："铁的人物和血的战斗，实在够使描写多愁善感的才子和千娇百媚的佳人的所谓'美文'，在这面前淡到毫无踪影。"

[1] 鲁迅：《二心集·关于翻译的通信》，人民文学出版社，北京，1958年，第163页。

毛泽东在《在延安文艺座谈会上的讲话》中，也把《毁灭》作为无产阶级革命文学的"样板"，极为赞赏地说："只写了一支很小的游击队，它并没有想去投合旧世界读者的趣味，但是却产生了全世界的影响……"【1】

几十年来，无产阶级的主流话语系统对《毁灭》一书作出这样的"定评"："……是法捷耶夫亲身参加革命斗争实践的产物。它以苏维埃国内战争为题材，以共产党员的战斗生活为主要描写对象。《毁灭》生动再现1919年远东南乌苏里边区游击队斗争生活：共产党员莱奋生率游击队与穷凶极恶的日本干涉军和白匪科尔却克展开浴血奋战，因寡不敌众，几乎全军覆没，但幸存的19名战士仍忠贞不屈坚持斗争，终于杀出重围。小说精心刻画了莱奋生这一光辉形象，也鞭挞了美谛克极端资产阶级个人主义的动摇叛卖。"《毁灭》与高尔基的《母亲》、富尔曼诺夫的《夏伯阳》、奥斯特洛夫斯基的《钢铁是怎样炼成的》等著作，成为无产阶级文学的奠基之作。

瞿秋白在与鲁迅关于《毁灭》翻译的通信中说："《毁灭》的主题是新的人的产生。……《毁灭》的'新人'，是当前战斗的迫切的任务：在斗争过程之中去创造，去锻炼，去改造成一种新式的人物，和木罗米加、美谛克等等不同的人物。这可是现在的人，是一些人，是做群众之中的骨干的人，而不是一般的人类，不是笼统的人类，正是群众之中的一些人，领导的人，新的整个人类的先辈……"

无产阶级的革命文艺，从诞生之日起就承担着塑造英雄人物的使命。恩格斯在《诗歌和散文中的德国社会主义》一文中指出，无产阶级文学要"歌颂倔强的、叱咤风云的和革命的无产者"。主

【1】《毛泽东选集》，人民出版社，北京，1964年，第833页。

张革命文学作品要描写新人形象，要有"火一般的热情"。此后，以高尔基为首的"社会主义现实主义"作家，就开始了把"世俗的人"改造成"新的人"、"大写的人"的无产阶级英雄人物的塑造。

《毁灭》中着力塑造的核心人物是莱奋生，他以一种"对于新的、美的、强的、善的人类的渴望"的先驱者的形象出现，是典型的无产阶级英雄人物的代表。

鲁迅在《译后记》中，对法捷耶夫笔下的莱奋生作了这样的评价：

> ……莱奋生本人，也正是一个知识分子——袭击队中最有教养的人。本书里面只说起他先前是一个瘦弱的犹太小孩，曾经帮了他那终生梦想发财的父亲卖旧货。幼年的时候，因为照相，要他凝视照相镜，人们曾诬骗他说将有小鸟从中飞出，然而终于没有，使他感到很大的失望和悲哀。就是到了省悟这一类的欺人之谈，也支付了许多经验的代价。但大抵已不能回忆，因为个人的私事，已被称为"先驱者莱奋生"的莱奋生的历年积下的层累所掩蔽，不很分明了。

> 当然，他也并非完美无缺，也有平常人一样的感情和弱点。

《毁灭》中有这样描绘莱奋生的几段文字[1]：

> 唔，然而他（莱奋生）也是没有什么了不得的学问的人呵。单是狡猾罢了。就在想着将我们当作踏脚，来挣自己的地位。自然，您总以为他是很有勇气、很有才能的队长吧？哼，岂有此理！——都是我们自己幻想的……

> 在克服这些一切的缺陷的困穷中，就有着自己生活的根本底意义，倘若他那里没有强大的，别的什么希望也不能比拟

---

[1] 引自鲁迅译本，人民文学出版社，北京，1952年。

的，那么对于新的、美的、强的、善的人类的渴望，莱奋生便是一个别的人了。但当几万万人被逼得只好过着这样原始的，可怜的，无意义的穷困的生活之间，又怎能谈得到新的、美的人类呢？

驱使着这些人们者，决非单是自己保存的感情，乃是另外的，不下于此的重要本能，借了这个，他们才将所忍耐着的一切，连死，都售给最后的目的……然而这本能之生活于人们中，是藏在他们的细小、平常的要求和顾虑下面的，这因为个人是要吃，要睡，而个人是孱弱的缘故。看起来，这些人们就好像担任些平常的、细小的杂务，感觉自己的弱小，而将自己的最大的顾虑，则委之于较强的人们似的。

因为大家都怀着尊敬和恐怖对他看——却没有同情。在这瞬间，他觉得自己是居部队之上的敌对的力……

在神圣的光环下，我们一而再再而三地发生着对"领袖人物"的误读。

鲁迅在《译后记》中这样评价书中的"革命先驱者"：

这就使莱奋生必然底和穷困的大众联结，而成为他们的先驱。人们也以为他除了来做队长之外，更无适宜的位置了。

莱奋生以"较强"者和这些大众前行，他就于审慎周详之外，还必须自专谋划，藏匿感情，获得信仰，甚至于当危急之际，还要施行权力了。

然而，莱奋生不但有时动摇，有时失措，部队也终于受日本军和科尔却克军的围击，150人只剩了19人，可以说，是全部毁灭了。……这和现在世间通行的主角无不超绝，事业无不圆满的小说一比较，实在是一部令人扫兴的书。平和的改革家之在静待神人一般的先驱，君子一般的大众者，其实就是为了惩于世间有这样的事实。美谛克初到农民队的夏勒图巴部下去的时候，也曾感到这一种幻灭的——

"周围的人们，和从他奔放的想象所造成的，是全不相同的人物……"

但作者即刻给以说明道——

"因此他们就并非书本上的人物，却是真的活的人。"

由此可见，法捷耶夫初入写作之道，遵循现实主义的原则，笔下并非那个"大写的人"，而是还原为一个活灵活现的，有血有肉的人。

鲁迅在《译后记》中还写道：

解剖得最深刻的、恐怕要算对于外来知识分子——首先自然是高中学生美谛克了。他反对毒死病人，而并无更好的计谋，反对劫粮，而仍吃劫来的猪肉（因为肚子饿）。他以为别人都办得不对，但自己也无办法，也觉得自己不行，而别人却更不行。于是这不行的他，也就成为高尚，成为孤独了。

《毁灭》一书对美谛克作了这样的描绘：

……我相信，我是一个不够格的，不中用的队员……我实在是什么也不会做，什么也不知道的……我在这里，和谁也合不来，谁也不帮助我，但这是我的错处吗？我用了直心肠对人，但我所见到的却是粗暴，对于我的玩笑、揶揄……现在我已经不相信人了，我知道，如果我再强些，人们就会听我，怕我的，因为在这里，谁也只向着这件事，谁也只想着这件事，就是装满自己的大肚子……我常常竟至于这样地感到，假使他们万一在明天为科尔却克所带领，他们便会和现在一样地服待他，和现在一样地法外的凶残地对人，然而我不能这样，简直不能这样……

《毁灭》中的美谛克的形象，是一个有着矛盾性格，有着复杂心理的人物。书中所展示的是一个"小资产阶级知识分子"从参加革命，接受改造到最终毁灭的过程。

鲁迅在《译后记》中说："这两人一相比较，便觉得美谛克还有淳厚的地方。弗理契'代序'中谓作者连写美谛克，也令人感到有些爱护之处者，大约就为此。"

法捷耶夫在《毁灭》一书中，是把两个主要人物美谛克和莱奋生对比着写的。

瞿秋白在给鲁迅的通信中说："你的译文，的确是非常忠实的，'决不欺骗读者'这一句话，决不是广告！"鲁迅在20世纪30年代翻译《毁灭》时，忠实于原著，并没有后来的理论家评论家们强加给本书的那么多意识形态色彩。

法捷耶夫在《我怎样写长篇小说〈毁灭〉》的创作谈中说："我属于那样的作家，他们在自己的创作工作中主要是依靠活的现实经验，依靠自己本身的经验……我的作品，《毁灭》和《最后一个乌兑格人》是根据内战的素材写成的，我自己就是通过内战的试练，特别是游击斗争的试练。"

鲁迅在翻译时也感受到这一点："……不但泰茄的景色，夜袭的情形，非身历者不能描写，即开枪和调马之术，书中但以烘托美谛克的受窘者，也都是得于实际的经验，决非幻想的文人所能著笔的。"

生活之树常青。忠实于生活的现实主义作品，是能够超越人为的尘埋，让人从中窥视到历史的真相。

博客名为"视今视昔"的撰写《美谛克与法捷耶夫》一文，把美谛克与法捷耶夫进行了"链接"：

　　在以往的意见里，美谛克是一个被否定的角色，甚至是一个小丑！他是小资产阶级知识分子的代表，是该受批判的人物。

然而随着时代的进步，人们对于很多问题有了新的反思和认识。那些"内战"究竟给人们带来了什么？在残酷的战争中，人怎样才能保持自己的良知？在肉与铁的倾轧中，失败的肯定是肉，而这失败的竟没有我们珍惜的和哀悼的吗？谁该对这一切负责？是战争，还是美谛克？其实这一切，帕斯捷尔纳克的《日瓦戈医生》已经作了回答。

战争是残酷的！往往由不得我们以"人性"的血肉去对"兽性"的枪口。鲁迅的深刻正在这里……中国的革命文学家和批评家常要求描写美满的革命，完全的革命人，意见固然是高超完善之极了，但他们也因此终于是乌托邦主义者。

——如果说有罪恶，罪恶在于"原因"，在于造成这原因的社会，及其社会的统治者。

那么，抛开作者对美谛克否定的描写外，在战争的倾轧中，弱小无助的小知识分子美谛克究竟是怎样的人呢？

——美谛克中学毕业就积极参加城市斗争，然后又怀着理想加入了更为艰苦的游击队。他是有理想有热情的青年。他看不上农民的自私，也看不上工人的粗野。他是一个文明程度较高的人，因此他与其他人格格不入。

——美谛克长得英俊，他的英俊使同是游击队员的木罗式加的妻子华里亚移情别恋。美谛克也爱上了她，因为胆怯，因为她为人妻，美谛克一直不敢吐露真情。

——美谛克知道自己小资的弱点，他想改造自己，向同志们靠拢。他把衣袖卷起来，好让自己的皮肤给太阳晒黑，好让自己像个真正的游击队员。尽管这很幼稚，但也说明了他的真诚向往。他的缺点也是明显的，比如，他对分给自己一匹温和的老马而满腹怨愤，喂马不认真，马儿经常饿着渴着跑路。他很少给马搞卫生，马的遍身长起了疥疮。因此，大家都说他是一个"傲慢而懒惰的人"。虽然他也学会了跟人顶嘴，不怕人，晒黑了皮肤，衣服穿得邋里邋遢，在表面变得跟大伙一样，可思想感情仍和大家格格不入。他好像是个"异类"。

——当革命遇到艰难，没有吃的，有人提出，去抢劫朝鲜人，这实在是"无法之法"，美谛克反对！认为这是不道德的。然而当抢劫成功后，按鲁迅的说法，他"同食无法中之法所得的果子——朝鲜人的猪肉——为什么呢，因为他饿着"！

——重伤者弗洛罗夫疼痛难挨，有人要给他服毒，以结束其生命，免除其痛苦。美谛克认为这不对，太残忍。最后，作为矿工的弗洛罗夫托孤于友，毅然服毒。

——美谛克看不惯莱奋生的说一不二的绝对权威，也看不惯一些人对他的低三下四、唯命是从。因此他说，"我常常竟至于这样地感到，假使他们万一在明天为科尔却克（即高尔察克，白军司令）所带领，他们便会和现在一样地服侍他，和现在一样地法外的凶残地对人，然而我不能这样，简直不能这样……"美谛克是个自尊的有强烈个性意识和自我主见的人。

就这样，美谛克成了"懒惰的，没志气的人物，这不结子的空花"，"以伪善掩盖着卑鄙、怯懦的真面目的小资产阶级知识分子"。

……可以说，《毁灭》集中了法捷耶夫的人生经验，集中了他对生活、对各种人、对战争、对战争中人的命运的思考。虽然在意识形态强大力量的影响下，作者对美谛克采取了批判的否定的态度，但是同样不可否认的是，在美谛克身上，有着法捷耶夫的影子，折射出法捷耶夫的思想、情感、个性和所有人生的思考，无论这思考是出于自我改造、向真正的"工农革命"靠拢、荡涤小资产阶级知识分子的"坏毛病"，还是在时代大潮下裹挟、迷失或投靠的仓惶。其实，命运交给法捷耶夫和美谛克的"场景"是一样的，而他们二人的性格、经历和情感，乃至于结局，都具有极大的相似性。

法捷耶夫在《毁灭》的创作中，对美谛克最后结局的安排也是耐人寻味的。

法捷耶夫说，"在写作《毁灭》时，我初次遇到这样的事情，就是从前思考过的东西有许多无论怎样也放不进作品去。我也遇到这样的事情，就是在写作过程中出现了我从前连想都没有想到的新情况。比方，照我最初的构思，美谛克应当自杀：可是当我开始写这个形象的时候，我逐渐相信：他不能而且也不应自杀……在作者用最初几笔勾画出主人公们的行动、心理、外表、态度之后，这个或那个主人公就仿佛开始自己来修正原来的构思……结果是：如果作品的主人公为艺术家所正确地了解，那么，在某种程度上他自己就会带领艺术家向前走。"最后，美谛克是"连自杀的勇气都没有"，而是背叛了革命。

法捷耶夫与美谛克，以非常相似的人生轨迹走完了他们的生命之路。法捷耶夫和美谛克一样是令人同情的。他们生不逢时，被抛在一个不合时宜的时间和地点。他们有着雷同的人性局限，比如懦弱、优柔；他们也有着类似的令人崇敬的优点，比如善良、自省、憧憬自由理想、哪怕牺牲自己也不危害他人等等！他们既不是天使，也不是恶魔，他们并不是"大写的人"，他们只是"芸芸众生"。

当然，我们并不能把作品中的人物与作者本身完全等同。但是正如尼采所说："一个艺术家所塑造的形象并不就是他自己，然而，他显然怀着挚爱所依恋的形象系列，的确说出了艺术家自己的一点东西。"我们从美谛克的身上，读出了法捷耶夫的心理内容。

法捷耶夫的儿子阿列克塞·特瓦尔托夫斯基在《法捷耶夫的生与死》一文中说："我父亲是一个才华横溢的人，但当时的思想体系的局限性阻碍他成为大作家。今天人们几乎忘记了他，连学校的教科书也没有列入法捷耶夫的名字。大概，要深入了解他本人和他的才华，还需要时间吧。"

法捷耶夫大概自己也始料不及，深刻孕育于真实之中，他笔下的美谛克形象，竟成为他人生命运的一个缩影。法捷耶夫之死，用自己的生命历程，构成了一部从《青年近卫军》到《毁灭》的革命文艺的史话。

法捷耶夫的人生悲剧，为人们亮出了一面前车覆辙的"镜鉴"。

厄内斯特·米勒尔·海明威
（*1899.7.21 — 1961.7.2*）

自杀是塑造英雄形象的绝笔

代表作品——

《老人与海》、《乞力马扎罗的雪》、

《永别了，武器》、《丧钟为谁而鸣》。

"硬汉"的自杀令人瞠目结舌

1961年7月1日是个星期六，厄内斯特·海明威的妻子玛丽，陪同丈夫从梅奥诊所检查治疗后回到凯奇姆镇。在整个检查治疗过程中，海明威始终显得郁郁不乐。玛丽误认为他是因为连续不断的治疗弄得很疲乏的缘故。吃晚饭时，海明威的脸色平静，气氛一如往常。饭后，玛丽因旅途劳累，想早点休息。盥洗后，她进了自己的卧室。

也许是玛丽心中还存志忐，也许是一种冥冥中的鬼使神差，就在准备解衣就寝时，玛丽心中突然涌起与海明威热恋时常唱的那首意大利歌曲《人家叫我金发女郎》。出于一种莫名的复杂心理，玛丽又匆匆返身走回丈夫的卧室："我要送你一件礼物。"海明威正在刷牙，玛丽就站在他旁边，把这首歌轻声唱给他听。海明威听着听着，连忙漱了漱口，跟着玛丽唱完最后一段。

玛丽事后回想，这一举止究竟是一种什么心理的驱使？

就在这年4月里的一天，玛丽走下楼来，她蓦然间发现丈夫正站在客厅里的枪架前怔怔发呆。海明威身上穿着那件他们称之为

"皇帝的龙袍"的意大利浴衣，手里拿着一支猎枪，窗台上放着两颗子弹。玛丽试图与他谈话，他紧绷着脸不吭声，痴呆呆地凝视着窗外春意盎然的山林景色，手中紧紧地握着那支猎枪不放……

厄内斯特·海明威在小说《非洲的青山》中，通过主人公之口曾极力赞美猎枪："那种建造精美，能够治疗失眠，消除悔恨，医治癌症，避免破产，且只需指尖轻轻一按就能从无法忍受的境地炸出一条出路的工具。"玛丽心中有了一种不祥的感觉。

卡洛斯·贝克在《迷惘者的一生——海明威传》[1]一书中记载了海明威自杀前不久发生的情节：

> 现在除了再送他去梅耶医疗中心外，没有别的办法了。
>
> ……飞机驾驶员拉里约翰逊已做好准备用一架轻便四座飞机送厄内斯特去罗切斯特。唐安德森和太阳谷医院的一位护士琼妮陪厄内斯特回家拿衣服用品。汽车在厄内斯特家的后门停下，他们走出车来。厄内斯特对他们狐疑地笑了一笑说，唐和琼妮不必跟他进屋，他知道东西放在什么地方，用不了多久就可回来。唐低声回答说他们得看护他。厄内斯特径直朝厨房方向走去，他家的女佣正在做饭。他匆忙走下一截阶梯来到客厅，穿过厅堂来到放枪的地方，立即抓起一支枪，装进两颗子弹，然后咔嚓一声把膛机扣上。当厄内斯特正把枪口对准喉咙准备开枪的时候，唐安德森一个箭步跑上前去，一边说，"别这样，爸爸！（关系亲密的人对海明威的昵称）"他用力想从厄内斯特的手里把枪夺过去。尽管唐安德森个子高大，有手劲，他一时没能把枪夺到手。琼妮后来说，当时厄内斯特满脸杀气，手里死死抓着枪不放。最后，唐安德森终于把枪闩打

【1】（美）卡洛斯·贝克著，林基海译：《迷惘者的一生——海明威传》，湖南文艺出版社，长沙，1987年。

自杀是塑造英雄形象的绝笔

49

开，连忙叫琼妮把枪膛里的子弹取出来。厄内斯特被迫坐在沙发椅上，两眼露出凶光，绷紧着脸，一声不吭地坐着。玛丽闻讯走下楼来，像以前那样细声细气地劝他，厄内斯特仍然默不作声。琼妮立刻打电话把赛维尔医生叫来。接着他们把厄内斯特送回太阳谷医院，让他服用镇静剂卧床休息。

卡洛斯·贝克在书中，还记载了飞机送厄内斯特·海明威去医院途中发生的一件事：

快到中午的时候，飞机从海莱航行了550公里之后在雷彼得城的飞机场降落加油。飞机在起飞前没有检查磁力机，现在驾驶员把飞机滑行到停机库，调换一个磁力机。厄内斯特走下飞机松一松筋骨。他大步流星地朝飞机场的停机库那边走，唐安德森紧紧地跟在他后面。厄内斯特到处寻找枪支和子弹，把机库内的屉子和工具箱都翻遍了，口里咕咕哝哝地说，人们一般都把枪支藏在这些地方。他甚至在停放的汽车仪表板上的小贮藏柜里找。

经过一段时间的治疗，厄内斯特·海明威情绪已经恢复平静，主治医师在得到海明威保证不自杀的承诺后，批准他出院。由于厄内斯特·海明威有过两次试图自杀的先例，玛丽回到家后，把所有打猎的枪支都锁到地下室里。

厄内斯特·海明威在1959年的夏天，就是自杀的两年前，还信誓旦旦地说：自杀会在孩子们身上留下阴影。他认为自杀是一种自私而且懦弱的行为。他对罗伯特·曼宁说：自杀"这是每个人的权利，但这里面既有一定的自我主义，也要在一定程度考虑他人的心情"。他坚持说他不能忍受自杀，对此也毫不同情。他还与克拉拉·施皮格尔约定：无论谁要自杀，必须互相通报。

在那段时日，玛丽对海明威格外柔情似水，鼓励丈夫不要灰心丧气，他仍然是世界上最棒的男子汉，还一再提醒他要多想想孩子们，以唤起海明威为父为夫的责任感。

也许，玛丽是希望通过幸福时光的一首歌，激发丈夫美好的回忆，增强生活的勇气。海明威的唱和，使玛丽长舒了一口气：看来一切都很正常，没有任何异常不祥的迹象。玛丽与海明威吻别后放心地去睡了。玛丽绝没有想到这却是她和丈夫的最后诀别。

卡洛斯·贝克在书中，记载下那个"黑色星期天"的清晨：

> 星期天，黎明比往常来得早一点，天上无云亮灿灿的。厄内斯特像往常一样很早就醒来了。起床后，他披上那件大红的"皇帝袍"，沿着铺了地毯的楼梯走下楼来……他知道枪支都被收藏起来放到地下室去了。但是他知道钥匙放在厨房水槽上面的窗台上。他拿了钥匙，蹑手蹑脚走下通往地下室的楼梯，轻轻地打开门锁。门一打开一股潮湿的霉气向他扑来。他挑选了一支双管猎枪，他从子弹匣子里取出几颗子弹，重新把门关好锁上，离开地下室，回到客厅。此时，即使他看到户外明媚的阳光，也改变不了他的决心。他横过客厅来到耳房休息处，这是一间只有7尺长5尺宽像个小神殿一样的房间。墙上嵌着橡木，地板上镶着光滑的花砖。他多年来恪守一个信条："活着，则应勇敢地活下去"。现在他又有另一个信条："面临死亡，则应勇敢地死去"……

海明威找出的是自己平生最喜爱的那支镶银双筒猎枪。他轻轻擦拭抚摩了一会儿，他准备向心爱的猎枪告别，也向这个已经让他绝望的世界告别。海明威用手理理下巴上的大胡子，那带着深深伤痕和皱纹的脸上露出一丝忧郁的微笑。他长长地吐了口气，举起双筒猎枪，有些笨拙地将枪口插进嘴里——他从容不迫地举起手臂，同时用手指勾动了两个扳机……

厄内斯特·海明威在参加西班牙内战期间，曾对约里斯·欧文斯说："自杀最有效的办法不是把枪对准太阳穴，而是将枪对准嘴。"海明威在选择自杀方式和采用自杀姿态时，脑子里在刹那间可曾涌起这句话？

"砰"的一声枪响，震撼了整幢房屋。被枪声惊醒的玛丽从床上一跃而起，她怀着一种不祥的预感飞奔下楼。还没下完楼梯，玛丽就停下了脚步——她被眼前惨不忍睹的可怕景象惊呆了！楼下地板上满是血迹，海明威伸开手脚躺在那里，他的整个头部几乎没有了，只剩下一个嘴、一个下巴和一部分面颊；躯体还在往外冒血，身旁是他生前最喜爱的双筒猎枪，另外有一些碎骨片……

厄内斯特·海明威的一枪，不仅把玛丽打蒙了，可以说是把整个美国整个世界都打得瞠目结舌。20世纪美国最著名的小说家奥多内斯说："海明威一死，人们马上意识到，某种至关重要的东西骤然间从这个世界上消失了。把我们的生命也给毁了。如今我也是个死人了。"

海明威的自杀简直令世人不可思议，甚至怀疑是不是又是海明威"创作"的一个"戏剧性效果"？

海明威从来不说"新年快乐"，因为他说，每一个新年的到来，都使人郁闷地想到自己又向坟墓迈进了一步。当海明威在战场上受了伤，他每天都要忍受灼疼把那只受伤的手臂放在灯火上烘烤，为的是尽快恢复健康返回战场。他还试着用左手持枪射击，把枪托顶在自己的右胸上，弄得胸部青一块紫一块的。他自鸣得意地写道："生命是不朽的。"这样一个热爱生命的人，会走上自我了断之路？

海明威14岁走进拳击场，被打得满脸淌血，但就是不肯倒下去认输；海明威19岁初上战场，他身中240多块弹片，仍冒着生命

危险救护一个受伤战友到安全地带；海明威晚年曾两次发生飞机失事，新闻媒体已经为他发布了讣告和悼词，可他仍能"奇迹般"地重新起死回生……这样的一个"硬汉"，会选择走自杀的"懦夫"之路？

海明威的创作之路，经历了无数次的退稿和冷嘲热讽，仍能矢志不渝"咬定青山不放松"，直到摘取了文学王冠上的钻石——1954年诺贝尔文学奖。在此人生辉煌的巅峰，他会甘心让生命戛然而止？

…… ……

在《午夜巴黎》中扮演了海明威的克雷·斯托说："我认为海明威依旧以各种方式抓住人们的想象。"克雷·斯托还说，"我想，很多男人都对他的男子气概念念不忘。而一些女性，也会认为那很有吸引力。"人们还发明了一个新词儿，叫做"海明威方式"（Heming Way），用以唤起渐渐黯淡的雄性气质。20世纪的前半叶，海明威成为许多北美青年争相模仿的偶像。

海明威在《圣诞节的礼物》一书中写道："因为我也是一个人，就我所知，世界上最复杂的事物莫过于一个人的一生。"雨果有一句被人频繁使用的名言：有一种景象比海洋更壮观，那就是天空；有一种景象比天空更壮观，那就是人的内心世界。人的内心世界是一座迷宫，一个斯芬克司之谜，一道哥德巴赫猜想。其全部的复杂性来自于无比的丰富性。

一个"硬汉"走上自杀之路的心理轨迹，值得我们以弗洛伊德的"精神分析法"为借鉴，去作出哲学社会学层面的解读。

与生俱来的"英雄情结"

卡洛斯·贝克在《迷惘者的一生——海明威传》一书中，对厄内斯特·海明威的童年作了这样的描述：

> 他母亲说，厄内斯特2岁的时候，"长得胖乎乎的，看起来像个5岁的孩子。头发淡黄，前额剪成刘海式，发端卷曲，蓬蓬松松搭在头上，皮肤赤褐色，看起来十分健壮。栗色眼睛，眉毛浓黑，一张不大不小的口，脸颊两边各有个酒窝"。当他母亲叫他作"荷兰玩具娃娃"时，他一边跺着脚，一边大声叫嚷，"我不是荷兰玩具娃娃，我是波尼·比尔。砰！我要开枪打死菲蒂。"

> 后来带他去看波尼·比尔的西部电影，他很快模仿影片中牛仔的动作，骑在普林斯的背上让大人给他拍照。

> "当有人问他害怕什么的时候，"他母亲说，"他大声地回答，他什么也不怕。"他的愿望是要把他当作大人看待。

他肩上扛着一支半新不旧的老式步枪，两眼望着前方，正步前进。他能背诵坦尼生（英国著名浪漫派诗人）"小分队向前冲"的诗句，并把自己比作士兵，把拾来的木片、木棍比作大口径短枪、长枪、来复枪、左轮和手枪等。他所表现出来的勇敢和坚韧精神给他双亲留下深刻的印象。

有一天小厄内斯特跑进他外祖父的房间，十分高兴地告诉霍尔，他是如何赤手空拳将一匹脱缰逃跑的马拦住，牵回家的。他的外祖父听了很高兴，并对他女儿葛莱丝说："丫头，你听我说，这孩子总有一天会有名声的。如果他遇事多动脑筋，走正道，将来准能出人头地。但若纵容自己，走邪路，将来坐牢也一定有他的份。"

无论什么事，他都喜欢加上戏剧的色彩，喜欢编造故事。而在每个故事中他自己总是以一个恃强凌弱的英雄人物出现。1912年3月他第一次登台表演节目，那时他正读第七级英文班。演出内容是"罗宾汉"绿林好汉。他身披长褂，脚着带扣长靴，头戴丝绒帽，嘴边饰着假胡子，手拿一把自制的长长拉弓，模拟着正从树林中的空旷地带走过。

卡洛斯·贝克在书中还记载了厄内斯特·海明威的一次"英雄救美"行为：

……把一个矮胖的喜欢打扮的爱尔兰人叫做"可爱丽奥"。厄内斯特曾因保护这个人不受人欺负而发生了一次事故。事情是这样，一个星期六晚，他们在第十七号大街一家小餐馆吃完晚饭，一个气势汹汹的卡车司机走上前来拨弄丽奥的领带，欺负他。厄内斯特猛地一拳击过去，一下把装着纸烟的玻璃橱砸烂了。他的手被碎玻璃刮出了一道很深的口子，后来用绷带扎上。为了此事，他好几天感到很得意。

自杀是塑造英雄形象的绝笔

中国有句古语："三岁看大，七岁看老。"从海明威这些童年的印记中，我们看到了海明威身上与生俱来的"英雄情结"。

海明威的祖父和外祖父都参加过美国的南北战争，海明威从小就羡慕祖辈的"战士的勇敢"；海明威的父亲也是一个生活中的强者，他喜好打猎、拳击等也是受到父亲的影响。海明威的嫡亲叔父威罗毕，百年前就来我国山西省传教行医，并且创办了有名的学府铭贤书院。威罗毕童年时代在农忙中右手食指不慎给玉米脱粒机轧断，经过8年刻苦锻炼，他终于成为一名技艺高超的外科医师，甚至传说这位叔父曾经为西藏活佛达赖喇嘛治过病。所以海明威12岁时，曾一度梦想继承叔父和父亲的事业，当名医生……也许，人的生命中有着"根深蒂固"的遗传基因！

战场是英雄展示的舞台

卡洛斯·贝克在《迷惘者的一生——海明威传》一书中，这样描绘了战场上的青年厄内斯特·海明威：

奥军在河对岸发射了榴霰弹，相当于装5加仑液体的罐子那么大，直径大约420毫米，里面尽是铁皮片和其它金属废料。只要碰到硬的物体，榴霰弹就自行爆炸，具有强大的平面杀伤力。……敌军发射的榴霰弹发出沙沙的声音，接着火光一闪，宛如炼铁高炉的门一下打开，一声巨响，只见一阵白光，随之而来的就是红色的火焰。厄内斯特回忆说："我没法呼吸，可是我感到窒息……地面被炸开了，一根木柱打中我的前额。恍惚中我似乎听到别人的叫喊声。我准备向叫的方向走去，可一步也挪不动。双腿十分沉重，仿佛穿了橡皮靴子一样，靴子里似乎有暖暖的水在流淌。"

厄内斯特身边躺着一个人，已经失去知觉，离他不远的地方也躺着一个人，受了重伤，十分凄凉地大声哭着。厄内斯特慢慢地向他摸去，先摸到那人的脖子，接着摸到他的腿。厄内斯特用力把那人扶起来，让他趴在自己的背上，然后摇摇晃晃地爬向指挥所。才走了不到50码，敌人一阵重机枪扫射，一颗子弹射中他右腿关节，他立刻感到一阵冰凉，打了个趔趄，摔倒了，背上仍背着那个伤员。后来他糊里糊涂不知最后那100米的距离是怎样走完的，不过他终于把伤员送到了指挥所，然后他便失去了知觉。为此，他获得了意大利的最高荣誉奖——战斗英雄银质奖章。

海明威后来回忆说：当时他周围都是一些死去的和严重受伤奄奄一息的战友，这似乎让人觉得死去比活着更合理。他脑子里曾闪过一个念头，用手枪把自己打死。

那时的青年海明威血气方刚，充满了理想主义的浪漫色彩。他用充满爱国主义的激情给父母写信说："我们都准备献出我们的生命，但只有少数人中选，对这些少数被选中献出了生命的人也无须给予殊荣，因为他们是幸运儿……为祖国献身人的母亲是世界上最值得骄傲的人，也是最幸福的人。"他在给父母的信中还这样写道："在这次战争里，我没有看到英雄……所有的英雄都死了。在战场上，死亡易如反掌，这是我亲眼所见，千真万确的事。我如果要死，早已死了，不会等到现在，因为那是轻而易举的事……一个人与其让自己到了晚年，身体衰败，理想破灭，慢慢死去，不如在年轻时候，理想尚未形成，趁火光一闪，快快活活地死去好得多。"

海明威受伤后，他父亲写了一封信，问他准备什么时候回家。他在复信中说：他的军人职责要求他等战争结束了才能回家。世界上没有哪一国的军队会接受像他这样脚伤腿残的人，但只要战争还在继续，他就决心留在意大利奉陪到底。

谈到战场上死亡之事，海明威还讲述了这样一个情节：有一天，海明威的战友琴克引用了莎士比亚的话，这几句话出自莎士比亚《亨利四世》的台词："死对我来说无所谓，反正人一生只死一次，上帝要我怎么死，我就怎么死。今年死了，明年就不会再死。"海明威听说后引起强烈共鸣，他让战友把它写在纸条上，把它背熟了，作为自己的座右铭，在记者对他的访谈中多次提起。后来海明威在《弗朗西斯·麦康伯短促的幸福生活》中，借助威尔逊之口，说出了与莎士比亚大同小异的话："说实话，我一点也不在乎。人只能死一回，咱们都欠上帝一条命，不管怎么样，反正今年死了的明年就不会再死。"

海明威这些"视死如归"的高谈阔论豪言壮语，当时都是发自肺腑的英雄主义告白！

卡洛斯·贝克在《迷惘者的一生——海明威传》一书中，还记载了海明威在二战中的一个细节：

朗哈姆后来写道：正当牛排端上桌来，突然一颗88毫米的炮弹打穿了海明威对面的那道墙，接着又穿过另一道墙，但没爆炸……88毫米炮弹的飞行速度几乎和光速相等，所以人们还来不及做出反应它就到了你的跟前。转瞬间我部下的人都躲到一个贮藏马铃薯的地窖里去了……我是最后一个来到楼梯头的。我回头一看，海明威仍坐在桌子旁边不动声色地用刀子切着牛排。我大声喊他快躲到地窖里去。但他不听。我转身走到他那里同他理论起来。蓦地，又一颗炮弹穿墙而过。他仍继续吃他的牛排。我们又争论开来。可他无动于衷。我坐了下来。这时第三颗炮弹又穿墙而过。我要他把那顶该死的钢盔戴上。他不听。于是我也把自己的钢盔摘下来。我们边吃牛排边争论。他又重复他平时最爱说的那个道理——除非炮弹直接打中你，否则你待在什么地方都一样安全。

海明威从战场返回美国后，被当作战斗英雄受到媒体的热捧和民众的欢迎。一个叫露丝蒂安的女记者为《奥克派克报》对海明威作了一次访谈。她发现海明威愿意谈自己战场上的"壮举"，但是不愿意人们称他为英雄。他说："我上战场，是因为我想去。我身体好，国家需要我。我上战场，做我所应该做的事。在那里所做的一切，都是我应尽的职责。"他认为：战争是"一场伟大的运动"，而且表示："一旦形势需要他，他就重返战场。"

露丝蒂安在《奥克派克报》上登了对海明威的访谈文章后，来拜访海明威的人络绎不绝，要他谈谈在意大利战场上的情况。海明威还到学校去举办讲座，演讲中他把随身带来的战利品展示给大家看：一个奥地利军用钢盔，一支左轮手枪，一只打照明弹用的手枪，还有那天夜里他受伤时穿的那条裤子。他的同学卡罗琳·贝格莱在作介绍时称他为著名的海明威。他在开场白中说，当一个人受惊吓时，什么话也讲不出来。接着他谈到7月份迫击炮弹爆炸时他受惊的情况。当谈到他背着伤员回指挥所时，他把他那条沾过鲜血的裤子拿给大家看。

卡洛斯·贝克说："此时的厄内斯特感到自己的身价地位比以前高了。会见和谈话不无夸张和虚构。记者说他大腿上有27个伤疤，证明他所受的痛苦和折磨比起那些腿里没有弹片的士兵来要严重得多。记者还认为厄内斯特在10月份的大部分时间里和11月初在格拉巴山附近同敌人打过仗。厄内斯特对他这个说法没有加以否认。"

那一刻，海明威一定是沉浸于一种英雄主义的幸福感中。他在给父亲写的信中说："身上受伤会给你带来一种满足感。"

海明威不是个书斋式的作家，他有着强烈的"参与意识"。

1942年到1944年，海明威驾驶着由政府出钱装备了武器和通讯设施的"皮拉尔号"巡逻在大西洋海岸，成为一艘伪装的反潜艇的兵舰。虽然"皮拉尔号"始终未与德国潜艇发生战斗，但海明威的报告可能帮助海军侦察到了一些潜水艇的位置并把它们炸沉，因而得到了美国国防部的表彰。

在第二次世界大战后期，海明威随巴顿将军的第一军第四步兵师一起行动，参加了诺曼底登陆、解放巴黎和凸地战役。阿瑟·华尔多恩在《海明威生平》一文中写道："他描述自己大胆勇敢未免夸大或者歪曲，但他的行动确实更像战士，而不大像记者。"

战场是英雄的摇篮，海明威的一生都向往甚至可以说是渴望着战斗，并建立战功。

海明威的子女对记者说："我终于琢磨出为什么战争结束后爸爸脾气反而不好了，因为不打仗他就没有机会显示自己的勇气。"

斗牛成为命运拼搏的象征

1923年夏天，海明威到西班牙旅游时，第一次观看了斗牛，从此就迷恋上了这项富有刺激性的运动。盎格鲁—撒克逊人认为，斗牛是残酷的，也是不人道的。马戏场上的小丑，是用自己的滑稽取悦观众；而斗牛场上的斗牛士，则是以生命来刺激观众。海明威否定了人们对斗牛的指责，他认为，斗牛具有悲剧意义上的美学价值。他说："它是我见到的最漂亮的事物，它比干其他任何事情需要更大的勇气和技能。特别需要勇气，就像在一场大战中坐在场外看戏，对你来说什么也没有发生。"海明威还说，"公牛是有意豢养来杀害人类的唯一动物，并以人畜之间的生死搏斗深深吸引人类。这是你能了解生与死的唯一场所。在战争已经过去的今天，暴死往往发生在斗牛场，我打算去学，去写，从非常简单的事情开始。所有事情中最简单和最基本的就是横死。"

　　海明威有许多脍炙人口的小说诸如《午后之死》、《世界之都》、《五万元》、《杀人者》、《在我们的时代里》和《危险的夏天》等，描述的都是与斗牛有关的内容。海明威欣赏狩猎、拳击、斗牛等意外事故的刺激和那种"甜甜的血腥味"。海明威在《没有被斗败的人》里，描述了一位年老力衰的老斗牛士曼纽尔[1]精彩的斗牛场面：

　　　　那个小个子男人坐在那儿看着曼纽尔。

　　　　"我还以为它们送了你的命呢。"他说。

　　　　"我刚从医院里出来。"曼纽尔说。

　　　　"我听说他们把你的腿锯了。"雷塔纳说。

　　　　"没有，"曼纽尔说，"腿好好的。"

　　　　"你干吗不找个职业，干点其它活儿？"他问。

　　　　"我不想干其它活儿，"曼纽尔说，"我是个斗牛士。"

　　　　"对，你在场上的时候才是个斗牛士。"雷塔纳说。

　　　　曼纽尔笑了。

　　曼纽尔就是这样一个"过了气"的斗牛士。然而他不服老，还是舍不得剪掉脑后那根斗牛士象征的"小辫儿"。虽然，几十年的

【1】（美）海明威著，文光译：《海明威短篇小说选》，上海译文出版社，上海，1981年。

自杀是塑造英雄形象的绝笔

61

斗牛生涯，他深知斗牛场上的凶险，但他无法拒绝斗牛场的召唤，义无反顾地要求上"战场"。

海明威在《没有被斗败的人》里，描绘了曼纽尔这个老斗牛士的生命绝唱：

曼纽尔朝公牛走去。公牛看着他，它的眼睛很敏锐。……他一边左手握巾右手握剑朝它走去，一边盯着牛蹄子。牛不收拢蹄子是不可能往前冲的。现在它正呆呆地四个蹄子分开站着。

………………

他拿着红巾，左手握着剑，把那条红巾在牛面前展开，他呼唤着牛。

牛看看他。

他凶狠地往后一仰，摇晃着展开的红法兰绒。

公牛看到了红巾。在弧光灯下，那条红巾鲜红鲜红的。公牛把蹄子并拢了。

它冲了过来。呼！牛冲来的时候，曼纽尔转了个身，举起红巾，让红巾从牛角上过去，从头掠过宽阔的牛背一直到尾巴。公牛这一次冲得四脚腾空。曼纽尔没有动。

这一下结束的时候，公牛像条转过墙角的猫似的转了个身，把脸朝着曼纽尔。

它又采取攻势了。它的那种迟钝的状态消失了。曼纽尔看到又有鲜血亮闪闪地从黑色的肩膀淌下来，顺着牛腿往下滴。他把剑从红巾上拔出来，握在右手。左手把红巾握得低低的，他偏向左边。唤了一声牛。牛腿并拢了，牛眼睛盯着红巾。牛冲了过来！

他见牛冲过来，便顺势一转，把红巾在公牛前面挥过去，他双脚站稳，剑跟着那曲线，在弧光灯下闪出一点亮光。……

公牛从他旁边经过，它那发烫的黑身体擦过了他的胸膛。

该死的，太近了，曼纽尔想……

在场地中央，弧光灯下，曼纽尔面对着公牛跪着，当他双手举起红巾的时候，公牛又翘着尾巴冲过来了。

曼纽尔一转身躲开了，当牛再次冲过来的时候，他把红巾绕着自己挥了半圈，把牛也逗得跪了下来。

……………

曼纽尔站起身来，左手拿着红巾，右手握着剑，接受了从黑漆漆的观众席上发出的喝彩声。

公牛不再跪着，却弓起身子，站在那儿等待，头低低地耷拉着。

……牛站着，四脚分开，望着红巾。曼纽尔用左手挥巾。公牛眼睛盯着红巾看。沉重的身体由脚支撑着。它的头垂下了，但不算太低。

曼纽尔朝它提起红巾。公牛还是不动。只是用眼睛注视着。

它像铅铸似的，曼纽尔想。它宽阔而壮实，它骨架很好，它会经受得住的。

他用斗牛的术语想着。有时候他头脑在想事，心里却并不出现那特定的术语，他并没有意识到自己头脑在想事，这是他的本能和他的知识在自动地起作用，他的脑子在慢慢地用言语的形式表达着、想着。关于公牛的那一套他全都懂。他用不着去想。他只消做那该做的事就行了。他的眼睛注意着一切，他的身体做出必要的反应，不用思考。他要是动脑筋想，那他就要完蛋了。

如今，他面对着公牛，同时意识到许多事情。牛角就在那儿，一个裂开，另一个又尖又光滑，他得侧着身子朝左边那个角又快又准地迫近，放下红巾，叫牛跟着红巾下去，然后在牛角上面扑过去，把剑扎进像一个5比塞塔硬币那么大的一小块地方。那地方就在脖子后面，两块隆起的肩胛之间。他必须做所有这一切，然后必须从两个牛角中间缩回身子。他意识到必须做所有这一切，但是他唯一的念头是以这几个字表现出来："又快又准。"

他又快又准地扑到牛身上。

一下冲撞，他感到自己腾空了。他腾起来到了牛身上的时候，把剑往下扎，剑从他手里飞了出去。他摔到地上，牛俯身在他上面。曼纽尔躺在地上，用他穿着便鞋的双脚踢着牛的嘴和鼻子。踢着，踢着，牛在寻他，有时太兴奋看不见他了，有时用头撞他，有时用角抵着沙地。曼纽尔像一个使球不落地的人似的踢着，叫公牛没法很准地用角抵他。

曼纽尔感到背上有风，那是别人在挥动披风引牛，后来牛走开了，从他身上一跃而过。它的肚子闪过去的时候，只见一片黑暗。牛甚至没踩在他身上。

曼纽尔站了起来，捡起红巾……公牛追着帆布，刚冲了一半，就停了下来。它又采取守势。曼纽尔拿着剑和红巾，朝它走去。曼纽尔在它面前挥动红巾。公牛就是不冲。

曼纽尔侧身朝着公牛，顺着下垂的剑锋瞄准地方。公牛一动不动，仿佛站在那儿死掉了，再也不能向前冲似的。

曼纽尔踮起脚尖，顺着钢剑瞄准，猛扎下去。

又是一下冲撞，他只觉得自己给猛地一下顶了回来，重重地摔倒在沙地上。这次可没机会踢了。牛在他上面。曼纽尔躺在那儿，像死了似的，头伏在胳臂上，牛在抵他。抵他的背，抵他那埋在沙土里的脸。他感觉到牛角戳进他交绕着的胳臂中间的沙土里。牛抵着他的腰。他把脸埋进沙土里。牛角抵穿他的一个袖子，牛把袖子扯了下来。曼纽尔给挑了起来甩掉了，牛便去追披风。

曼纽尔爬起身，找到剑和红巾，用拇指试了试剑头，跑到围栏那儿去换一把剑。

……曼纽尔又朝牛跑过去，用手帕擦着被血染污的脸。……牛站在那儿，在一场搏斗以后，又变得迟钝和发呆了。

曼纽尔拿着红巾朝它走去。他停住脚步，挥动红巾。牛没有反应。他在牛嘴跟前把红巾从右到左，从左到右地摆动。牛用眼睛盯着红巾，身子跟着红巾转动，可是它不冲。它在等曼纽尔。

曼纽尔着急了。除了走过去，没别的办法。又快又准。他侧着身子挨近公牛，把红巾横在身前，猛地一扑。他把剑扎下去的时候，身子往左一闪避开牛角。公牛打他身边冲过去，剑飞到了空中，在弧光灯下闪闪发光，带着红把儿掉在了沙地上。

曼纽尔跑过去，捡起剑。剑折弯了，他把它放在膝头上扳扳直。

…… ……

公牛就在那儿。它现在离围栏很近。该死的牛。也许它真的全身都是骨头。也许没什么地方可以让剑扎进去。真倒霉，没地方！他偏要扎进去让他们瞧瞧。

他挥动着红巾试了试，公牛不动。曼纽尔像剁肉似的把红巾在公牛面前一前一后地挥动着。还是一动不动。

他收起红巾，拔出剑，侧身往牛身上扎下去。他感到他把剑插进去的时候，剑弯了，他用全身力量压在上面，剑飞到了空中，翻了个身掉进观众当中。剑弹出去的时候，曼纽尔身子一闪，躲开了牛角。

…… ……

公牛就在那儿。跟以前一样。好吧，你这讨厌的、可恶的杂种！

曼纽尔把红巾在公牛的黑嘴跟前挥动着。

牛一动不动。

你不动！好！他跨前一步把杆子的尖头塞进公牛潮湿的嘴。

他往回跳的时候，公牛扑到他身上，他在一个座椅上绊了一下，就在这时候，他感到牛角抵进了他的身子，抵进了他的腰部……

他站起身来，咳嗽着，感到好像粉身碎骨，死掉了似的。这个讨厌的杂种！

"把剑给我，"他大声叫道，"把那东西给我。"……

"上医务所去吧，老兄，"他说，"别做他妈的傻瓜了。"

"走开，"曼纽尔说，"该死的，给我走开。"

…… ……

公牛站在那儿，庞大而且站得很稳。

好吧，你这杂种！曼纽尔把剑从红巾中抽出来，用同样的动作瞄准，扑到牛身上去。他觉得剑一路扎下去，一直扎到其护圈。四个手指和他的拇指都伸进了牛的身子，鲜血热乎乎地涌到他的指关节上，他骑在牛身上。

他伏在牛身上的时候，牛跟跟跄跄似乎要倒下；接着他站到了地上。他望着，公牛先是慢慢地向一边倒翻在地；接着突然就四脚朝天了。

……他挣扎着站起来，又开始咳嗽了。他再坐下来，咳嗽着。有人过来，扶他站直。

他们抬着他，穿过场子到医务所去……

让这手术台见鬼去吧！他以前在许多手术台上躺过。他不会死。要死的话，会有一个神父在场。

舒里托对他说了些什么。举着剪刀。

对了，他们要剪掉他的辫子。他们要剪掉他的小辫子。

曼纽尔在手术台上坐了起来。医生气愤地往后退了一步。有人抓住他，扶着他。

"你不能干这样的事，铁手。"他说。

"好吧，"舒里托说，"我不剪。我是开玩笑。"

"我干得好，"曼纽尔说，"我只是不走运罢了。"

…… ……

医生的助手把个圆锥形的东西罩在曼纽尔脸上，他深深地吸着……

文如其人。作者在作品的主人公身上，总是寄寓着自己的思想感情和思维逻辑。从曼纽尔宁死不屈永不言败的形象中，我们看到了海明威的身影。海明威说："一个人并不是生来要给打败的。你尽可以消灭他，可就是打不败他。"海明威还说，"生活与斗牛差不多。不是你战胜牛，就是牛挑死你。"斗牛成为生存搏斗的一种象征。

在海明威笔下描绘道：竞争一开始，牛突然低下头伸出牛角，快速奔驰，使你紧张得喘不过气来。斗牛满足了海明威近距离观察死亡了解死亡本质的心理。斗牛使生命处于绷紧了弦的状态。他最喜欢的是牛被激怒后适时地杀死和竞赛中偶然失误而造成斗牛士受伤的感情波澜，这两种令人战栗的美都使他更深刻地感受到痛苦和哀怜的感情。他曾对菲茨杰拉德说，斗牛不仅要有勇气，还应该创造出一种罕见的"压力下的优美风度"。他认为斗牛士和观众都是通过征服恐惧来支配死亡，然后就可以从死亡的恐惧中解脱出来。海明威说："斗牛是艺术家面临死亡艺术威胁的唯一艺术，在这种艺术中表演的精彩程度取决于斗牛士的荣誉感。"海明威认为自己从斗牛中发现了死亡与创作之间的密切联系。对死亡的蔑视，就等于是战胜了死亡。海明威还说："当一个人在与死亡抗衡时，他为自己具有超凡脱俗的品质而感到快乐，这种品质就是给予。"

海明威还发表了这样的观点："我对格雷格不满的地方是他对斗牛和拳击一窍不通。这两样东西是衡量男人勇猛和气魄的。"

海明威还与妻子商议好，生下儿子就叫尼卡塔·威拉尔塔（一个著名斗牛士的名字）。

对战争的反思：从《永别了，武器》到《丧钟为谁而鸣》

1950年，海明威抱怨人们：《滔滔双心河》已经发表25年了，但是一直还没有人读懂它的寓意。

海明威的许多小说都带有自传性质。《滔滔双心河》中的主人公就是《印第安人营寨》里的那个小男孩。他长大了，去前线打仗负了伤，回到了密执安北部高原悉尼附近的福克斯河。小说中海明威把福克斯河改名为"双心河"是有其用意的。他后来解释说："改动这条河既不是出于无知，也不是粗心大意，而是'滔滔双心河'这个名称更富有寓意。"孔子曰："仁者乐山，智者乐水。"

"双心河"大概寓意了海明威心理的转折。

对战争的"痛定思痛"，使得海明威从英雄主义的激情中冷静下来。原来那种"燃烧的激情"，与后来创作的《永别了，武器》一书中所表现出的惨痛的幻灭感、苍凉感形成了强烈反差。

在《永别了，武器》一书中，他通过主人公的内心独白说："什么神圣、光荣、牺牲这些空泛的字眼，我一听就害臊"，"我可没见到什么神圣的东西，光荣的东西也没有什么光荣，至于牺牲，那就像芝加哥的屠宰场，不同的是肉拿来埋掉罢了。"

1942年时，海明威回忆说："我最初一次上战场，完完全全是个麻木不仁的呆子"，"我还记得，当时我认为我们是反抗的一方，奥地利人是侵略的一方"。

海明威写过《一篇有关死者的博物学论著》，文中对战争中的死亡现象作了这样的描述：

> 你在死者身上首先看到的是打得真够惨的，竟死得像畜生。有的受了点轻伤，这点伤连兔子受了都不会送命。他们受了点轻伤就像兔子有时中了三四粒似乎连皮肤都擦不破的霰弹微粒那样送了命。另外一些人像猫那样死去，脑袋开了花，脑子里有铁片，还活活躺了两天，像脑子里挨了颗枪子的猫一样，蜷缩在煤箱里，等到你割下它们的脑袋后才死。也许那时猫还死不了，据说猫有九条命呢，我也说不清，不过大多数人死得像畜生一般，不像人。我从来没看见过一件所谓自然死亡的事例，所以我就把这归罪于战争。
>
> 关于死者的性别问题，事实上是你见惯了死者都是男人，所以见到死了一个女人就万分震惊。我第一次看见死者性别颠倒是在意大利米兰近郊的一家军火厂爆炸之后。……我们就受命在附近和周围田野里搜寻尸体。我们找到了大批尸体，抬到

临时停尸所，必须承认，老实说，看到这些死者男的少，女的多，我还真大为震惊呢。在当时，女人还没开始剪短发，如欧美近来几年时兴的那样，而最令人不安的事是看到死者留这种长发，也许因为这事最令人不习惯吧，然而更令人不安的是，死者中难得有不留长发的。我记得我们彻彻底底搜寻全尸之后又搜集残骸。这些残骸有许多都是从军火厂四周重重围着的铁丝篱上取下来的，还有一些是从军火厂的残存部分上取下来的，我们捡到许多这种断肢残体，无非充分证明烈性炸药无比强大的威力。不少残骸还是在老远的田野里找到的呢，都是被自身体重抛得这么老远。

卡洛斯·贝克在《迷惘者的一生——海明威传》一书中，还记载了这样两个细节：

他们看到公路上有一个美国士兵的尸体，已经被车辆碾轧得不像人样了。更令他触目惊心的是在村镇外边有一具被磷光火焰烧焦了的德国士兵的尸体，一只饿狗正在吃尸体上面的肉。这样的景象，这样的气味，无论谁看到或闻到，都会在脑海里留下很深的记忆。厄内斯特永远也不会忘记这种可怕的场面。

厄内斯特说，他在弗塞尔塔受伤后，他的阴囊表面因敌人的迫击炮弹的剧烈爆炸而受伤感染。后来他遇到一些生殖器受了伤的士兵。他脑子里开始考虑这么一个问题。假如一个男人的阴茎被损坏了，而阴囊、睾丸和输精管仍完美无缺，那么他活在世上还有什么意思呢？

《永别了，武器》这部小说富有强烈的反战情绪。小说分成两部分：第一部分是告别战争；第二部分是告别爱情。1976年诺贝尔文学奖得主，美国作家索尔·贝娄在授奖仪式上说："海明威可以说是那些在伍德罗·威尔逊和其他大言不惭的政治家鼓舞下参加了第一次世界大战的士兵的代言人。这些政治家的豪言壮语究竟起了什么作用？这应当用满铺在战壕里的僵硬的年轻人的尸体来衡量。"

海明威在《赌徒、修女和收音机》一文中，还写有这样的文字：

宗教是人民的鸦片，他相信这话……音乐是人民的鸦片，这位喝了酒会头晕的老兄可没有想到。现在经济问题是人民的鸦片；在意大利和德国，这种人民的鸦片同爱国主义这种人民的鸦片联系在一起。

弗雷泽先生想，革命不是鸦片。革命是一种感情的净化，是一种只能被暴政延长的欣喜。鸦片是用在革命前和革命后的。他想得真好，有点太好了。

墨索里尼和希特勒都自称是"社会主义者"，他们就是利用意大利和德国的经济萧条，煽动起人民的不满情绪而得以登台的。海明威讲述过他与墨索里尼几次见面所留下的印象。

海明威在为《绅士》杂志写的《注意下一次战争：一封措词严肃的信》中还说了这样一番话："任何独裁者和蛊惑人心的政客，当他们无法实现夸夸其谈的计划或治理国家不得法而引起人民不满时，他们就设法向人民大谈特谈爱国主义，分散人民的注意力，把他们引上邪路，使大家相信发动战争的好处。世界上就是有那么一种人总是在策划战争，发动战争。"

海明威在告别武器，告别战争之后，又有了告别革命的意味！

海明威的母亲回忆说："我还记得他这样说，爱国主义往往被走投无路的暴徒和恶棍所利用。他是那样的慷慨激昂，认为只有世界爱国主义才是正确的。"

海明威所说的"世界爱国主义"，大概就是指一种博爱精神，爱整个人类。

海明威在《丧钟为谁而鸣》一书中，把对战争反思的人道主义思想表达得更为明确。海明威在书中刻画了一个"草莽英雄"式的革命者巴勃罗的形象。巴勃罗原本是一个马贩子，给军队和斗牛场供应马匹。革命爆发后，巴勃罗率众在家乡小镇"起义"，攻打了民防军的兵营，并把逮捕的所有人毫不留情地都予以处死。表现出坚定的革命性。后来，为了完成组织交给的炸桥任务，招募了"五个兄弟"和五匹马，但在完成炸桥任务后，为了让自己的人能骑上马迅速撤离，巴勃罗返身一梭子把那五个刚才还兄弟相称的人杀死。与此形成鲜明对照的是他还描绘了老向导安塞尔莫的形象：他为了完成革命任务，连杀了敌人内心也受到深深的谴责，想不出战后该怎样才能来赎这份罪，因为他感到自己天主教的信仰已遭到亵渎。老向导安塞尔莫就在对人的爱恨之间备受煎熬。而在主人公罗伯特·乔丹身上，我们看到了更多海明威的影子。海明威借助罗伯特·乔丹之口，说出自己："不是个马克思主义者，而是反法西斯主义者"，这就为自己热诚参加西班牙内战划清了分野。

海明威还讲述了他为《丧钟为谁而鸣》一书取名的过程：一开始，他想取名为《未被发现的国家》，但觉得还不满意。其后他用了整整两天的时间，翻阅了《圣经》和莎士比亚作品都没有找到合适的名称。他又找来《牛津英语散文集》，在随便翻阅约翰·堂恩（美国诗人及教士）诗作的时候，《祈祷文集》中的一段话突然引发了海明威的共鸣，觉得符合他《丧钟为谁而鸣》一书"人类不是生活在孤岛上"的主题思想。这就是海明威写在《丧钟为谁而鸣》一书题记中的那段话：

> 谁都不是一座岛屿，自成一体；每个人都是那广袤大陆的一部分。如果海浪冲刷掉一个土块，欧洲就少了一点；如果一个海角，如果你朋友或你自己的庄园被冲掉，也是如此。任何

人的死亡使我受到损失，因为我包孕在人类之中。所以别去打听丧钟为谁所鸣，它为你敲响。

字里行间，让人感受到海明威所要表达的"人类共有一个地球"，是人类共同生存的地方的理念。这是海明威认识战争思想的升华。

"迷惘的一代"的代言人

海明威不是个思想型的作家，他是跟着感觉走的人，以感性支配理性。他参加第一次世界大战并受伤后，目睹了西方文明的崩溃。他感到自己过去抱持的价值观审美观都遭到颠覆。这种断裂和反差在他身上发生了强烈折射。他环顾周围，发现绝大多数人还生活在战前那种陈旧而虚妄的价值观里。他感到迷惘，感到了觉醒后又无路可走的悲哀。海明威正是在情绪极度混乱的情况下写成《太阳照常升起》。该书描绘了一种"巨大的精神崩溃"，描绘了"思想上丧失了指导目标的一代人"，描绘了"受时代、命运或勇气驱使而导致狂热的一代人"。

《太阳照常升起》描写了一群参加过欧洲大战的青年艺术家，流落在巴黎的情景。他们是"精神的漂泊者"，他们在精神价值的图标上寻找不到自己的位置，反正是"我觉得好的就是道德，我觉得不好的就是不道德"（海明威语）。他们苦闷，生活漫无目的，成天喝酒、钓鱼、看斗牛，有时堕入三角恋爱，发生无谓的争吵。他们形骸放浪，心里咀嚼的却是空虚和落寞。杰克·巴恩斯由于战争丧失了性功能，却极力帮助他所爱的勃莱特·阿什利从别的男人那里得到欢乐；勃莱特·阿什利最后决定放弃她的斗牛士情人，为的是自己能从那烦闷的生活中得到解脱；迈克·坎普贝尔竭力把日子过得舒服些，以此表示自己对各方面的破产满不在乎；罗梅罗在掌握斗牛艺术过程中得到心灵的净化；罗伯特·科恩那可怜的压抑的好胜心和不安全感使他变得狂妄自大，自我中心而又幼稚迂腐……

小说原本定名《费尔斯塔》，这是西班牙和拉美一些国家以游行和舞蹈来狂欢的一个宗教节日。海明威不愿用这么一个外语名，后来在查特雷斯旅行时，把它改名为《垮掉的一代》。海明威写了一个前言，说明这一名字的由来和涵义：那年夏天，他们到爱因县的一个乡村去，在旅行途中，他们的汽车坏了，遇到一个年轻人，手脚麻利，修得既快又好。他们问老板这个修理工是哪里招来的，老板回答是自己培养的。他说，这些乡村青年吃得苦也下功夫学，不像现时的那些城市青年，简直朽木不可雕，完全是"垮掉的一代"。海明威引用了格特鲁德斯坦恩的话："你们都属于垮掉了的一代里的人。"

处于信念崩塌价值转变社会转型时期，表现出弥漫于社会的虚无浮躁情绪。我们对这种情绪并不陌生：似乎"看破红尘"却是什么也"看不明白"；看什么都是"像云像雾又像风"；一抬脚就是"跟着感觉走"，一思索就是"你别无选择"；于是乎只有醉生梦死行尸走肉，今朝有酒今朝醉；看似趾高气扬飞扬跋扈"我是流氓我怕谁"，实则坐卧不安焦躁终日，恨不能"过把瘾就死"。调侃人生游戏人生，解构崇高解构信仰。小说中的人物差不多都是看不到希望的"迷惘的一代"。这些人物的心灵深处充满了玩世不恭和对传统价值观念深感幻灭的悲剧情调。这种莫名的彷徨情绪引起了战后不少青年的共鸣，使作者成为"迷惘的一代"的代言人。正因此，卡洛斯·贝克把海明威的传记命名为《迷惘者的一生》。

由于海明威在《太阳照常升起》一书中，逼真地描绘出"垮掉的一代"的众生相，自然触犯了"众怒"。在一个丑陋的现实中，说出真相总是让人恼羞成怒的。住在塞纳河东岸的人，几乎都熟悉布雷特·阿瑟莱、迈克·坎普贝尔、罗伯特·科恩这类人。有的人还察觉到书中的布雷多克斯和他的妻子就是福特马多克斯和史蒂拉波温。有的人还对书中康特米波坡普罗斯究竟是拿谁作了原型争论不休。总之海明威身边的人一个个都出来对号入座。唐斯蒂华特看到书中有个人物叫比尔哥登，认定就是自己的漫画像，对海明威很是不满；凯蒂康涅尔看了这本书气愤极了，把书放在她的床垫下整整压了三天……海明威的父母由于他把周围的朋友几乎都惹翻了，也甚为不快。他父亲给他邮寄了一份文学文摘书评杂志，用红蓝铅笔把书中谴责他的话都勾勒出来，并劝诫儿子今后应该"多创作一些思想内容层次较高的作品来"。海明威的母亲因为听说儿子的书是"这一年里最坏的一本书"，而更为震怒。她给儿子写信说："你总不至于忘记做人要高尚和自尊吧？你应该懂得选用文雅的词汇而不仅仅是那几个骂人的字眼。也许你找不到的好词语，我可以帮你找到。"还说，"人间不是地狱，人间是天堂。在这个天堂里到处都有人们创造的美好的东西。"还有一个小细节：有些读过他《太阳照常升起》这本书的人，无比气愤地扬言要刺杀他。其中有个叫哈洛德罗布的人，据说正持枪在到处找海明威。

　　海明威把他的第一部小说集题名为《我们的时代》。任何能够传世的作品，必然是作者生活时代的写照。由于海明威在《太阳照常升起》一书中真实地反映了一个时代的情绪，也就感染了那个时代的人们。在北美，成千上万的青年，模仿着海明威书中的"英雄"人物，说话时微微张开嘴，声音从嘴角挤出来，有力而含糊，给人以一种特别的印象。在欧洲，人们也非常推崇《太阳照常升起》这本书。海明威在巴黎的影响已大大超出原来的那个"文学小圈子"，史密斯学院的女学生在模仿书中人物布雷特夫人的一举一动……著名评论家伯金斯意味深长地说，"太阳已经升起来了……而且稳步上升，越升越高。"

1920年海明威在对《明星报》的谈话中说道："要真正了解一个人，只有到他伤心得大声哭泣的时候。哭泣就像化学反应，当一个人大声哭泣的时候，他内心的东西就充分显现了出来。"他还说："我可喜欢看到人家喝得烂醉如泥。人，只有当他喝醉了才能真正感到自己的存在。我喜欢喝得酩酊大醉。"

据卡洛斯·贝克在《迷惘者的一生——海明威传》一书中记载：海明威在《有的和没有的》删掉的一章里，描绘了他同时代诗人哈特·克莱恩痛苦自杀的情景：哈特·克莱恩童年生活在一个父母经常吵架的家庭，他为了逃避这种生活而躲到"世界上最有趣的疯人院"巴黎去度过一些发疯胡闹的日子。他放荡的生活方式——搞同性恋、酗酒打架，使人对他侧目而视。他也厌倦了这种生活，终于在1932年4月27日的中午，冲上轮船的甲板，纵身跳进了茫茫无际的加勒比海。水手给他扔下救生衣，他没有要；爱人痛心疾首的呼唤，也没能使他回头，他走得那样坚决而无痛苦。

海明威的这段描述，有着自己的强烈共鸣。在写作《太阳照常升起》一书时，海明威处于人生情绪的最低点，时时萦绕着自杀的念头。他在一个黑色硬皮笔记本上写道："每当我情绪不好，总想到死亡，想到用各种方法去结束自己的生命。我认为，除去像睡一般死去的方式外，最好的死亡方式是夜里坐船跳海。因为这种方式显然死得干脆，情状也不可怕。只消一跳了事，而迅速腾跳对我来说是易如反掌的事。另外，人们也不知道到底发生了什么事，没留下任何痕迹，不需要人们料理后事，甚至可能会受到人们的称赞。"

也许，自杀情结成为海明威这个"迷惘者"一生无法摆脱的阴影和魔魇。

写作是拳击台上的一场较量

海明威也喜欢拳击。他与一个人较劲时，最喜欢采用的方式就是"拉出去练练"，与人比赛打一场拳击。他最痛恨的就是失败，他把自己的写作也看作是拳击台上的竞技。他说："在我们这个时代里作家要做的事情是写出前人没有写出的作品或超过已去世的作家写出来的东西。"他与这些假想中作家较量的拳击台是纸上，他要在这个战场把他们一个个击倒。

海明威写过一篇《拳击家》的小说，里面有这样的描述：

"你是条硬汉子吧？"

"不是。"尼克答道。

"你们这些小伙子全都是硬汉。"

"不硬不行啊。"尼克说道。

"我就是这么说来着。"

那人瞧着尼克，笑了。在火光下尼克看到他的脸破了相。鼻子是塌下去的，眼睛成了两条细缝，两片嘴唇奇形怪状。尼克没有一下子把这些全看清，他只是看到这人的脸庞长得怪，又毁了形，就像个大花脸，在火光下神色同死尸一样。

"你不喜欢我这副嘴脸吗？"那人问道。

尼克不好意思了。

"哪儿的话。"他说。

"瞧!"那人脱了帽。

他只有一个耳朵,牢牢贴在脑袋半边。另一个耳朵只剩下个耳根。

"看见过这样的长相吗?"

"没见过。"尼克说道。他看了有点恶心。

"我受得了。难道你以为我受不了,小伙子?"那人说道。

"没的事!"

"他们的拳头落在我身上都开了花,可谁也伤不了我。"那小个儿说道。

你只要走上拳击台,不论打得你怎样毁容破相,只要精神不倒,你就总会站起来。拳击场上的胜负,不是看你被击倒的次数,而是看你在规定的时间里是否站立了起来。

海明威说:"我开始写作时并未大叫大嚷,可是我超过了屠格涅夫先生;接着我严格训练我自己,又超过了莫泊桑先生;我和司汤达先生打了两回平局,我自己觉得在第二回合里我还是占了上风。"

海明威争强好胜的个性,使他在写作上,与同时代的作家们总是处于一种"较劲"状态。

卡洛斯·贝克在《迷惘者的一生——海明威传》一书中,记述了海明威与世界级传记小说家欧文·斯通交往时的情景:

当"法国之岛"邮轮快起航的时候,海明威夫妇静悄悄地避开记者,想径直上船。可是他立刻被他的一位老朋友欧文·斯通认出来了。欧文·斯通正带着他的妻子到意大利去以便开始写他的书《痛苦与狂喜》。"我一直注意着你,"厄内斯特直截了当地说,"你干得很不错嘛!"斯通带着取乐的口吻对厄内斯特说，船上的小书店里陈列了九本他著的书，而海明威的书只有三本。厄内斯特听了脸刷地涨得通红，怒容满面。第二天上午，那书店里摆出来的书中有六本是斯通的，六本是海明威的。轮船上放了几部电影，其中一部是斯通的小说《生活的欲望》[1]改编的。电影才放了一半，厄内斯特就走了。走前，他轻轻向斯通表示歉意说，"我看我自己的电影，看一部要坐三次才看完。"

卡洛斯·贝克在《迷惘者的一生——海明威传》一书中，还记述了海明威与1949年诺贝尔文学奖得主福克纳交往的情景：

> 当他在报上看到威廉·福克纳说他是懦夫时，他一下火冒三丈。

> ……原来，福克纳有次给密西西比大学的学生作报告，谈到当代美国最佳著作家的时候，提到沃尔夫、多斯帕索斯、厄斯金卡尔德威、海明威和福克纳自己。福克纳接着提出了他的所谓"辉煌的失败"的论点。他说，沃尔夫因为过于大胆，所以招来了"惨败"，他有时写出来的文章臃肿无味；多斯帕索斯出于文体上的要求，因而作品显得苍白无力；海明威是他们中的最后一个，他缺乏摆脱危险处境的勇气……

> 厄内斯特受到辱骂，十分恼火，他立刻把有关文章从报上剪下来寄给朗哈姆将军，要求他把他在1944年在战场上的表现如实地写信告诉福克纳。朗哈姆于是原原本本地把厄内斯特的情况作了详尽的介绍，末了还加上他自己的结论。他说，"毫无疑问，厄内斯特是我所接触的人中最为勇敢的。"福克纳接信后给朗哈姆写信作了解释，同时写信给海明威向他道歉。他

【1】中译本为：（美）欧文·斯通著、常涛译：《渴望生活：梵高传》，北京十月文艺出版社，北京，2008年。

在信中写道，"我干了一件蠢事，我得250元的稿费。我原先没想到报纸会发表我的讲话……我向来认为人言可畏，自认不背后议论别人。这次是我最后的一次教训。但愿你不会过多地介意。不过，我无论何时何地都愿意再次向你表示歉意。"

福克纳早于海明威先得到了诺贝尔文学奖，据卡洛斯·贝克在海明威的传记中记载，海明威在得知这一消息后很是不以为然："他对一位记者说，福克纳是'狗娘养的'。在他的眼里，福克纳大部分的书都是'圣殿和悬塔'。他的《熊》一书还值得一看，还有一些关于黑人的故事也写得不错，但他的《意话》一书却不堪卒读，比起中国重庆把大粪运到宜昌的粪码头发出的臭气还要臭。"

海明威曾说过这样一句话，自己的天地是广阔的大海，不愿"憋"在福克纳的那个小县城。还说："福克纳所熟悉的鱼只是低级的鲇鱼。"这话就说得有了抬高自己贬抑别人的含沙射影意味。难道这也是海明威"塑造"英雄形象需要寻找的"陪衬"？

海明威在创作谈中说过这样的话："一个认真的作家要同死去的作家比高低。"他还说，"这好比长跑运动员争的是计时表上的时间，而不仅仅是要超过同他一起赛跑的人。他要是不同时间赛，他永远不会知道自己可以达到什么速度。"

海明威在诺贝尔文学奖授奖仪式的书面发言中说："对于一个真正的作家来说，他应该永远尝试去做那些从来没有人做过或者他人没有做成的事。"他在《非洲的青山》中还借主人公之口说："新的名著不能从前人的名著里转化出来。"海明威的一生都在孜孜以求"天行健，君子当自强不息"。

海明威常常拿自己与文学史上的大师相比，他认为除了莎士比亚和托尔斯泰无法企及外，他把自己列为紧随这两大"冠军"之后的十四五位文学大师之列。这种超越前人的强烈意识，在海明威身上表现得非常显著。

董衡巽在《海明威的启示》[1]一文中作出这样的分析：

海明威是一个重复自己的小说家，他笔下的版图不小，从美国写到法国、意大利，从南美洲写到非洲，然而他的世界却不大，他始终没有超越自己的精神经历。他的每一部作品几乎都是拔高了的自传。……年轻时代的海明威能够扬长避短，他虽然在"尼克"、渔翁、猎人、斗牛士身上处处留下自己的身影，却能在不断深化、升华之中发展自己的优势。他反复锤炼，求得坚实中的流动，决不勉强自己去描写并不擅长的广阔的社会生活。但是成名之后，他的自信度飞速超过了他的清醒度。他无限夸大自己的长处，无视自己的短处。这个时候，他最需要什么？最需要批评……一些有眼力的批评家指出海明威中期的作品在重复自己时停止了前进。这是为他"而鸣"的警钟。他是怎样反应的呢？他辱骂这些批评家都是些"趴在文学身上的虱子"，"联邦调查局的小角色"，"弗洛伊德和荣格的废料"（《海明威书信选》1952年2月21日致华莱士梅耶的信）。他把批评家当作敌人，以为他们妨碍他去抢座位、争名次。他拿出一副拳击冠军的派头，高高举起裁判员的手，当众宣布自己"击败"了所有的同时代对手。

历史上有多少名字起初是靠作品维护名声，而后来是靠名声维护作品……此后，他的自我感觉越来越好。不论他成了"国际性人物"还是"势利的俗物"（海明威的小儿子格瑞戈里·海明威《回忆爸爸》）。反正，他停止了艺术的开拓，无力在更高的层次上重复自己。

海明威走到了自己彼德定律的尽头。

【1】董衡巽：《海明威的启示》，《国外文学》，1995年第1期。

自杀是塑造英雄形象的绝笔

海明威对朋友叫苦说:"等你写完一本书,知道吗,你就等于死过一回"。"可没人明白你是死了,人们仅仅看到你的生活态度"。海明威写书极其投入,每写一本书,海明威就被累死一次。他早晨天一亮就开始写作,一直写到中午。有时为了把一个字眼搞准确,他要修改39遍才满意。一天中,要耗掉2支2号的硬铅笔。尤其当一部小说即将完成,他像冲刺一般写下去,一天写作20个小时,只躺在椅子上闭一会儿眼睛。海明威放任的冒险生活,只是对严苛写作的一种调剂。他在没命地写完之后,必须没命地玩、放松,才有精力去赴另一次死亡之约——下一本书的写作。

海明威说过这样的话:"一个作家智力上最好的训练,是走出去上吊,因为要写得好,有不可思议的困难,他要毫不留情地贬低自己,一生中强迫自己写得更好。一个作家是一口井,抽出的水,又何尝不是作家的血汗?"

卡洛斯·贝克在海明威的传记中说:"司各脱和海明威其他的朋友所不了解的是,海明威思想上的钟摆正在有规律地大幅度摆动着,从狂妄自大(极度自信)这一端摆向忧郁(失去信心)那一端。伊凡卡斯金把他的苦恼和折磨说成是:'一个健康的身体上长着一个不健康的脑袋。'海明威目前思想中不健康的因素是,他壮志未酬,却要早死。他在写那篇描写一位作家在非洲大陆上即将死去的文章时,他心里明白,他在攀登个人的基里曼查罗(乞力马扎罗)山时,最多只能到达半山腰的斜坡下方。"卡洛斯·贝克在海明威的传记中称之为"基里曼查罗(乞力马扎罗)的斜坡"。

《乞力马扎罗的雪》是海明威的另一部闻名遐迩的传世之作。主人公是一个作家,因写不出"他该写"的作品而奚落自己。海明威在书首的题记写道:"乞力马扎罗是一座海拔19710英尺的常年积雪的高山，据说它是非洲最高的一座山。西高峰叫马塞人[1]的'鄂阿奇—鄂阿伊'，即上帝的庙殿。在西高峰的近旁，有一具已经风干冻僵的豹子的尸体。豹子到这样高寒的地方来寻找什么，没有人做过解释。"

海明威在诺贝尔奖获奖感言中曾这样叙述自己的心情："如果是一位出色的作家，他就必须面对永恒，否则每天都会走下坡路。对于一个真正的作家来说，每写完一本书只是标志着他要写出更高水平的书的开始。"海明威向往或者说瞄准的是——"上帝的庙殿"。丧失了飞翔能力的鸡鸭们，怎能理解鹰击长空的志向。

马斯洛在其哲学著作中提出"山脚体验"和"峰巅体验"的人生概念。一个作家总是不会满足于已经征服的高峰，总是不断不懈地向未知高峰发起冲击，"无限风光在险峰"！然而，艺术的高峰是没有止境的，高处不胜寒，不一定哪次就栽倒在了某个半山坡上。

海明威失去了继续向新的高峰冲击的生命力。

自杀是塑造英雄形象的绝笔

战场上的那次炸裂，严重危害到了海明威的脑子，一个明显的后果就是："长期失眠，黑夜上床必须点着灯，入睡后被噩梦折磨，旧病发作起来，理性失去控制，无法制止忧虑和恐惧。"他的这种切肤之感表现在他的作品里，失眠的人处处出现：《太阳照常升起》中的杰克·柏尼斯，《永别了，武器》中的弗瑞德里克·亨利，涅克·阿丹姆斯，《赌徒、修女和收音机》中的弗莱才先生，

【1】肯尼亚和坦桑尼亚的一种游牧狩猎民族。

《乞力马扎罗的雪》中的哈利和《一个干净明亮的地方》中的老年侍者等等，都患失眠症，害怕黑夜。

卡洛斯·贝克在《迷惘者的一生》中，对海明威的"失眠"有很多描绘：

> 那天夜间，我们躺在房间地板上，我听着蚕在吃桑叶。蚕就养在桑叶架上，整夜你都听得见蚕在吃桑叶，还有蚕粪在桑叶间掉落的声音。我本人并不想要睡觉，因为长期以来我一直知道如果我在暗处闭上眼，忘乎所以，我的灵魂就会出窍。自从夜间挨了炸以来，我那样已经好久了，只感到灵魂出了窍，走掉了再回来。我尽量不去想这事，可是从此每到夜间，就在我快要睡着那时刻，灵魂就开始出窍了。我只有花好大的工夫才制止得了。尽管如今我深信灵魂绝不会真的出窍了……

海明威还在小说《我躺下》中，描绘了主人公对付失眠的办法：默默背诵《圣经·旧约全书·诗篇》："我躺下酣睡，我睡醒起来，主都在扶持我……""可是，有几天夜间，我连祷告词都忘了。我想来想去只想到'在地上如同天上'半句，于是只好从头想起，完全没法记住。我只得承认自己记不得了，放弃做祈祷，试试想些别的事。所以有几天夜间我就尽量回想世界上一切走兽的名称，想完了再想飞禽，想完了再想鱼类，再想国名、城市名和各种各样食品名以及我所记得的芝加哥街名，等到我根本什么都想不起来了，这时我就光听着。我不记得有哪一夜一点听不到什么声音。"

海明威在小说《一个干净明亮的地方》中，通过老年侍者之口，说了这样一番话：

> "我同情那种不想睡觉的人，同情那种夜里要有亮光的人"；"大概又只是失眠。许多人一定都失眠。"

> "他怕什么？他不是怕，也不是发慌。他心里很有数，这

是虚无缥缈。全是虚无缥缈，人也是虚无缥缈的。……可是，他知道一切都是虚无缥缈的，一切都是为了虚无缥缈，虚无缥缈，为了虚无缥缈。我们的虚无缥缈就在虚无缥缈中，虚无缥缈是你的名字，你的王国也叫虚无缥缈，你将是虚无缥缈中的虚无缥缈，因为原来就是虚无缥缈。给我们这个虚无缥缈吧，我们日常的虚无缥缈，虚无缥缈是我们的，我们的虚无缥缈，因为我们是虚无缥缈的，我们的虚无缥缈，我们无不在虚无缥缈中，可是，把我们打虚无缥缈中拯救出来吧；为了虚无缥缈。欢呼全是虚无缥缈的虚无缥缈，虚无缥缈与汝同在。"

原文即如此絮絮叨叨地说着车轱辘话，它反映着人的一种精神状况。

《一个干净明亮的地方》中还说：正因了这个"虚无缥缈"，"上个星期他想自杀"。

海德格尔说：人的焦虑有两种，一种是有固定原因的焦虑，一种是毫无由来的焦虑。前一种焦虑随着原因的解除而不再焦虑；而后一种焦虑由于没有任何由来，所以也就无计可消除，"才下眉头，又上心头"。正是这种没着没落的"虚无缥缈"的焦虑，使人想到以自杀来解脱。

菲利普·扬在出版于1966年的最新研究著作《厄内斯特·海明威：重新考虑》一书中，说了这样一段话："迫击炮的碎弹片成了残酷世界破坏力量的比喻，海明威和他的主人公成了寻求生存道路的，受伤人类的象征。"

赛维斯医生经过检查得出的结论是：每当海明威工作顺利，心情愉快时，他的血压就正常；每当他精神苦恼，忧虑焦急时，血压就升高。高时可达到危险的程度。11月底，他的血压达到高压252，低压125。引起血压升高的原因自然是心理上的焦虑。

据马塞林回忆，海明威年轻时就特别喜欢读斯蒂文森的《自杀俱乐部》。他从1919年10月在战争中受伤恢复过来之后，就表达着一种信念直至生命的终结："有多好……走到外面的光天化日之下，要比你自己的身体烂掉、衰老、幻灭要好得多。"他无法忍受不能工作不能写作的病榻生活。

1928年之后，自杀的主题在海明威的作品中越来越突出。1930年代，他在《午后之死》、《一个干净明亮的地方》、《有的和没有的》以及《丧钟为谁而鸣》等作品中，都涉及自杀问题。他被西班牙的狂热崇拜死亡和"自杀中的许多趣事"迷住了。在写斗牛的书中，他感悟地写道："生活中无论何事都是无可救药的，死亡是所有不幸的至高无上的解救方法。"他还认为，"受伤的斗牛士与其被伤痛折磨，还不如用死去来维护自己的尊严，这样更幸福些。"就是说在他看来在还能主宰自己时，有勇气自杀，比经受身体的屈辱和心理的恐惧要幸福得多。

凡是生存中的强悍者，都会尊崇尼采的"超人哲学"。海明威赞同尼采的观点："适时而死。死在幸福之峰巅者最光荣。"尼采对"老年与死亡"说过这样一段话："为什么对一个感觉自己力量在减少的年事已高的人来说，耐心等待他缓慢的衰竭和寿终正寝比十分有意识地为自己设定一个目标更受到赞赏？在这种情况下，自杀是一种自然而很可理解的行为。这种行为作为理性的胜利完全应该唤起敬畏，而且已经在那些时代里唤起过：当时希腊哲学的为首者与最正直的罗马爱国者都往往自杀而死。相反，胆战心惊地去看医生，以最痛苦的生活方式一天又一天地继续艰难度日，没有力量接近自己的生活目标，这要不受尊重得多。"

海明威自写出《老人与海》荣获诺贝尔奖之后，似乎耗尽了他生命的最后能量。他近期自传性作品《流动的圣餐》的创作陷入了困境，电疗致使他记忆力衰竭。藐视死亡和懦弱自杀，看来是截然相反的对待人生的态度。但是，对于陷入绝境走投无路，面对非人力可抗拒的因素，已不可能维持一个人尊严的底线之时，自杀也不失为一种抗争的手段。为了不至于面对失败的尴尬境遇，先行进行"自我了断"，也不失为一种悲壮。也许，是他担心自己被打败，而毁灭了自己。

海明威一生孜孜不倦追求着生命的质量，不能有尊严地活着就不如死去。

卡洛斯·贝克在《迷惘者的一生》中，还讲述了海明威自杀前这样两个细节：

> 蒙塔纳州立大学两位英语教授事先不知道厄内斯特当前的情况，找他去米索拉讲学。有几个月以前见过海明威的人，这时看到他的外貌不禁大吃一惊。其中有个叫贝特斯基的人说，"在我们记忆中的海明威，能够同眼前这个人相一致的地方，只有他那张涨得红红的脸。就是这张脸也显得特别苍白无神，一点也经不起风雨的摧残。我们感到特别惊讶的是他的手脚变得枯瘦……他走起路来，样子好像不止六十一岁，给人的感觉是他疲惫不堪，十分脆弱。同样令人奇怪的是他讲话的功能大大削弱了。他只能急促地、断断续续地讲些不太成句的话。他根本不愿意谈到他的写作。我们也不勉强他。"

> 12月里的一天，他外出回家，头上戴着一顶礼帽。他小心谨慎地取下帽子，接着把后脑勺的头发往前面梳，以便把秃顶遮盖起来。开始他显得有点不自在，喝了两杯酒后话头就来了。他谈起在非洲飞机发生事故的生动场面。可是当他记不起那些猎物的名称的时候，他急得流下泪来。大家知道，他记忆力的衰退是由于接受电疗的结果。然而，他的神经错乱并没有

彻底治好。

为什么人们向遗体告别时，对遗体还要整容化妆；为什么在选择遗照时，不会用生命最后历程的病容照，而要选精神面貌好的照片？海明威竭尽毕生之力为世人展示的"硬汉形象"，不愿意功亏一篑毁于一旦。

卡洛斯·贝克在《迷惘者的一生》中，还做了这样的记载：

> 几乎完全停止写作了，偶尔给朋友写几封回信。2月份，玛丽要他写几句话附在送给肯尼迪总统的书上面。她买回一些纸，裁成所需要的宽度和长度。随后他开始在客厅里的长桌上写。他整整忙了一天，中间只停下来吃中餐。桌上放着二十几张写过的纸。显然，全部不合格。这时房子里气氛十分紧张。玛丽耐着性子等着，后来索性到外面去散步。可是当她散步回来，他还在那里不停地写。……厄内斯特辛酸地说，他再也不能写作了——不可能有新的作品了。说到这里，泪水禁不住夺眶而出，淌流在双颊上。

对于一个真正的作家来说，写作就是他的生命。

作家史铁生曾说过这样一句话："人为什么要写作？最简要的回答就是'为了不至于自杀'。"也许，此话不仅是饱受高位截瘫和尿毒症双重折磨的史铁生对自己命运的态度，也恰恰可以作为对海明威自杀缘由的诠释。

人无权决定自己的生，但可以选择死。

海明威去世前一天，在给他的渔民老友富恩特斯的信中说："人生最大的满足不是对自己地位、收入、爱情、婚姻、家庭生活的满足，而是对自己的满足。"现状已经无法满足一个硬汉对生命的期待。

海明威用悲壮的自杀，完成了塑造英雄形象的绝笔！

弗拉基米尔·弗拉基米罗维奇·马雅可夫斯基
（ *1893.7.19 — 1930.4.14* ）

精神分裂缘于深刻的内心矛盾

代表作品——

《我发现美洲》、《百老汇》、《穿裤子的
云》、《列宁》。

零落成泥碾作尘

1930年4月14日，随着一声枪响，被称为苏维埃"红色经典诗人"的马雅可夫斯基告别了人世。马雅克夫斯基曾说："人必须选择一种生活，并且有勇气坚持下去。"言犹在耳，他却没有勇气活下去了。

诗人自杀的消息一经传开，人们一度怀疑这一消息的真实性。阿达莫维奇说："谁都可能自杀，惟独他不会。"卢那察尔斯基说："把自杀的念头与这么一个人联系起来几乎是不可思议的。"马尔金说："他的死无论如何也无法与一个最忠诚于革命的形象相吻合。"究竟是什么原因，使得马雅可夫斯基举起手枪对准了自己的头颅呢？

1925年12月28日叶赛宁自缢身亡。因为他是自杀，虽然那时苏维埃还没有"自绝于人民自绝于党"的说法，但也对"叶赛宁小资产阶级情调"展开了一场全国性的批判运动。在这场批判运动中，马雅可夫斯基表现十分活跃，多次发表演讲，还写了一首诗《致叶赛宁》：

你去了，

　　　获得了所谓的

　　　　　超升。

一片空虚……

　　　你飞着，

　　　　　钻进群星。

再没有预支稿费，

　　　也没有啤酒馆，——

从此清醒。

叶赛宁的绝笔诗里有这样的诗句：

生活中死亡并不算新奇

而活着当然更不是奇迹。

马雅可夫斯基在《致叶赛宁》一诗的末尾，针对这两句诗尖刻地写道：

在这人世间

　　　死去

　　　　　并不困难，

创造生活

　　　可要困难得多。

马雅可夫斯基诗中反映生死观的警句，一时成为广为传播的名言。令人感到惊悚而不可思议的是，叶赛宁逝世5年后，就是这个对叶赛宁自杀提出强烈批判的马雅可夫斯基，竟然步其后尘而开枪自杀，他当年责难叶赛宁的话竟成为写照自己的谶言。

马克·斯洛宁在《苏维埃俄罗斯文学》一书中，对马雅可夫斯基与叶赛宁对比地作出评价："农民诗人叶赛宁反映的是受害者的悲剧，而弗拉基米尔·马雅可夫斯基则表达了胜利者的骄纵与希望。叶赛宁体现了失败与挫折，而马雅可夫斯基则讴歌力量与胜利。但是他们的命运却是相同的：两人都以自杀了结自己的生命。"[1]

同床异梦却是殊途同归。这成为苏维埃作家的宿命？

1930年4月26日，诗人尸骨未寒，"拉普"领导人阿维尔巴赫、叶尔米洛夫、法捷耶夫等人，联名写信给苏共领导斯大林和莫洛托夫，并抄送分管文艺的斯捷茨基，表达了强烈的批判倾向："诗人马雅可夫斯基的自杀激化了苏联作家界和部分青年人中的病态现象。近日来许多同志发表文章，表达了一些只能助长不健康情绪的想法……"

已经流亡国外的托洛茨基在《马雅可夫斯基的自杀》中写道："关于马雅可夫斯基自杀的官方报道是以'书记处'校订过的审判记录似的语言匆匆宣布的：马雅可夫斯基的自杀'……与诗人的文学和社会活动没有任何联系'。这就是说，马雅可夫斯基出于自愿的死与他的生活是无关的，或者说他的生活同他革命诗歌的创作无关，一句话，他的死只是警察制度下的一桩奇闻。这是不真实、不该有，也是不明智的解释！'生活之舟已经搁浅'——马雅可夫斯基临死前在一首诗中这样评述自己的个人生活。这意味着，为避开难以忍受的个人痛苦，'社会活动和文学活动'已不再有足够的力量将他超脱于日常生活之上。这怎么能说是'没有任何联系'呢？"

苏维埃当政者如此匆匆做出这样的"舆论导向"，就有了掩耳盗铃，"此地无银三百两"的意味。

马雅可夫斯基自杀至今已逾80个年头，但关于其自杀的原因，

【1】（美）马克·斯洛宁著，浦立民等译：《苏维埃俄罗斯文学》，上海译文出版社，上海，1983年，第17页。

连篇累牍不断有新材料披露，却是各执一词众说纷纭。

有一种说法是：马雅可夫斯基终身未娶，一直与奥西普·布里克、莉莉娅·布里克夫妇之间维持着一种奇特的"二夫共妻"的"三角关系"。由于马雅可夫斯基终于无法再忍受奥西普·布里克，使得这一原本相安无事的"家庭结构"面临破裂；马雅可夫斯基在巴黎访问时，遇到了俄裔塔吉雅娜·雅科夫列娃，她的美貌和风度让马雅可夫斯基一见钟情，塔吉雅娜对这位身材魁伟、才华出众的诗人也动了心。两人双双堕入爱河。马雅可夫斯基称塔吉雅娜"是拯救自己的唯一救星"。他热切地想赶往巴黎与塔吉雅娜组建起自己的家庭，以摆脱莉莉娅·布里克给他心灵投下的阴影。然而，此前曾多次顺利出国访问演讲的马雅可夫斯基，却第一次遭到"拒发护照"。结果，心上人认为马雅可夫斯基是找借口食诺，愤而嫁给了一个外国人；诗人马雅可夫斯基是个多情的种子，在他自杀的前一年，结识了莫斯科高尔基模范剧院的女演员波隆斯卡娅，两人一经接触立马放电，成为热恋的情人关系。但在此后，马雅可夫斯基几次提出，要求波隆斯卡娅离婚和他组成新家庭，而波隆斯卡娅推三阻四迟迟不予明确答复，以至两人的关系由热变冷，发生了难以愈合的裂痕……情场上的一次次失意让诗人燃烧的心如死灰。于是，把马雅可夫斯基的自杀归结于爱情危机。

又有一种说法是：布尔什维克党内与马雅可夫斯基关系最为亲密的是托洛茨基，马雅可夫斯基写出长诗《好！》，在一片指斥责难声中，唯有托洛茨基力排众议给予好评，然而这年2月，托洛茨基被以"贝壳流放"的形式驱逐出境。布哈林是马雅可夫斯基一直崇敬的布尔什维克党的领导，由于与斯大林在经济政策上发生分歧，是年11月，布哈林被逐出政治局。1917年以来一直担任教育人民委员（苏维埃初期文化艺术领域一直是归教育人民委员会主管）之职的卢那察尔斯基，是马雅可夫斯基的好朋友，曾给予他很大支持，但于9月12日，以"对意识形态管理软弱无力"被免职。就此拉开了文化艺术领域的"冰封时期"……把马雅可夫斯基的自杀归结于政治原因。

还有一种说法是：天才少年马雅可夫斯基终于"江郎才尽"，在创作上陷入困境。马雅可夫斯基的新诗再产生不了过去的轰动效应，而遭到来自方方面面的攻击和否定。他寄予很大希望的剧作《澡堂》，首次演出即以失败告终。宣扬诗人的《创作20周年展》也被莫名其妙地取消。曾与他风雨同舟的文友，一个个因文艺观发生争吵而分道扬镳……把马雅可夫斯基的自杀归结于对创作枯竭的惶恐。

中国诗人海子1987年写下《马雅可夫斯基自传》一诗，对诗人的一生作出诗性的概括：

> 微微发紫的光线里一个胎儿、一朵向日葵
> 诗人在小镇一角度完一生
> 在那家残破的灯下
> 旅馆破旧

石头流动

梨花阵阵

迟钝和内心冲突

一棵梨子树，梨花阵阵

头盖骨龟裂——箭壶愚蠢摇动

火烧山地　白色梨花阵阵

刮去遍体鳞伤

一切噪音进入我的语言

化成诗歌与音乐　梨花阵阵

在我弃绝生活的日子里

黑脑袋——杀死了我

以我血为生　背负冰凉斧刃

黑脑袋　长出一片胳膊

挥舞一片胳膊

露出一切牙齿、匕首

黑头里垒满了石头

像青铜一样站着

站到最后　站到末日。

　　"梨花阵阵"成为"飘落成泥碾作尘"的隐喻。两年后，海子也卧轨自杀了。这显然不是用墨水写出的文字，这是"心有灵犀一点通"的生命共鸣。

　　崔卫平在《海子神话》一文中对海子之死作出了剖析：海子的自杀是"自我的分裂、断裂"。"只有在这种自我分裂的意义上，我们才能理解海子的矛盾：天空和大地、天堂和地狱、黑暗和光明，彼此对立的两极在他身上同时存在，并各自沿着自己的方向无限延伸开去。这是生长的断裂"。也许，由此及彼触类旁通，以中国诗人海子为投影，我们窥探到马雅可夫斯基的内心矛盾。

G·M·海德对马雅可夫斯基说过一句名言："世界上被人引用最多、理解最少的作家之一。"

爱情不是生命的杀手

匈牙利诗人裴多菲有名句："生命诚可贵，爱情价更高。"也许对充溢着浪漫主义激情的诗人而言，为了爱情舍弃生命是顺理成章的事情。马雅可夫斯基在写给莉莉娅·布里克的情书中说："我爱你，爱你，不管出现什么情况；我过去爱你，现在爱你，将来还会爱你，不管你对我粗暴还是温柔，不管你是我的还是别人的。无论如何我都爱你。阿门……爱是生命，是主要的东西。因为有爱，诗句得以挥洒，事业得以发展。爱是万物之心。假如心停止跳动，一切都将枯萎，都将变得多余而无用。没有你（并非"外出时"没有你，而是内心没有你），我的生命便告终结。"

马雅可夫斯基对莉莉娅的爱刻骨铭心。马雅可夫斯基把他与莉莉娅相识的那一天，称作他一生"最高兴的日子"。自1915年始，在此后长达15年的时间中，马雅可夫斯基写给莉莉娅的情书多达125封，并且把自己的几乎所有诗作题献给莉莉娅。由此可见，莉莉娅·布里克在马雅可夫斯基的生命中举足轻重。

蓝英年在《马雅可夫斯基是怎样被偶像化的》[1]一文中，描述了马雅可夫斯基与奥西普·布里克、莉莉娅·布里克夫妇之间奇

【1】蓝英年：《马雅可夫斯基是怎样被偶像化的》，引自《冷月葬之手魂》，学苑出版社，北京，1999年。

特的"三角关系"：

马雅可夫斯基的情妇不止一个，但同他时间最长的要数莉莉娅·布里克了。他们从1915年相识到1930年马雅可夫斯基自杀，关系一直极为密切。先是马雅可夫斯基爱上有夫之妇的莉莉娅·布里克，莉莉娅被他的苦苦追求所打动，心里也燃起了爱情火焰。莉莉娅不想对丈夫奥西普·布里克隐瞒，便告诉了他。"我告诉他马雅可夫斯基和我相爱后，"莉莉娅在回忆录中写道，"我们三人便决定永不分开。那时马雅可夫斯基和奥西普是亲密的朋友，被相投的思想爱好和共同的工作结合在一起。正因为如此，所以我们在精神上和大部分时间在领域上度过我们的一生。"最后这句话说得有些隐晦，不如马雅可夫斯基的研究者科洛斯科夫来得直截了当：三人同居。他们的理论根据便是车尔尼雪夫斯基的《怎么办？》。20年代末未来派诗人、艺术家时兴这种生活方式。后来同未来派决裂的女画家拉文斯卡娅在《同马雅可夫斯基会面》中写道："妒忌——'资产阶级偏见'。'妻子同丈夫的相好友好'。'好妻子为丈夫物色合适的心上人，而丈夫则向妻子推荐自己的伙伴'。正常的家庭被视为小市民的狭隘性。这一切由莉莉娅身体力行，奥西普从思想意识上支持。"另一位著名的未来派女画家西尼亚科娃写道，"马雅可夫斯基和莉莉娅·布里克已经同居，马雅可夫斯基说'莉莉娅是我妻子'，她不许他这样说，说道：'我的丈夫只是奥西普，你只不过是情人。'他想同她结为夫妻，但遭莉莉娅拒绝。这是她亲口对我说的。而她一生都认为，她唯一的丈夫只是奥西普·布里克。就是现在她谈起奥西普时仍说这是她的丈夫。"这里要插上一句，莉莉娅活了87岁，正式嫁过布里克、普里马科夫和卡塔尼扬三个丈夫。

马雅可夫斯基无法摆脱"资产阶级偏见",不甘于情人地位,渴望建立家庭,为此同莉莉娅几次吵翻,赌气搬往别处。马雅可夫斯基知道无法同莉莉娅结为夫妻,便想同别的女人结婚,但莉莉娅也不允许。这更多是基于物质考虑,因为她和奥西普靠马雅可夫斯基的稿费生活。马雅可夫斯基有意同娜塔莎·布留哈年科结婚,把莉莉娅吓坏了,她整天焦躁不安,对别人说:"我决不允许他离开我到别人家去,而他自己也不需要。"1928年10月马雅可夫斯基在巴黎结识了俄国少女塔吉雅娜·雅科夫列娃,立即被她的美貌和风度迷住,塔吉雅娜对这位身材魁伟、才华出众的诗人也动了心,但他们接触的时间不长,马雅可夫斯基很快便回国了。临行前他给花店留下笔钱,请花店每天给塔吉雅娜送一束鲜花。1929年春天,马雅可夫斯基再度来到巴黎,短暂的别离促使感情成熟,重逢之后便难分难舍。他们商定秋天在巴黎结婚,马雅可夫斯基先回国料理出版事宜,10月再来。马雅可夫斯基一回国,莉莉娅便把莫斯科高尔基模范剧院的女演员波隆斯卡娅介绍给他,暗中希望这位有夫之妇的女演员能拢住他的心,成为他的情妇。但马雅可夫斯基执意秋天到巴黎同塔吉雅娜结婚。自1922年至1929年9次出国访问的马雅可夫斯基,万万没料到第10次出国申请竟遭拒绝。而阻碍他出国结婚的正是莉莉娅。莉莉娅·布里克为何如此神通广大?因为她有位炙手可热的"朋友"阿格拉诺夫。阿格拉诺夫是何许人呢?内务人民委员亚戈达手下的一名干将,镇压"反革命分子"功勋卓著的刽子手。阿格拉诺夫常同文化人交往,同未来派的关系尤为密切,时常拜访布里克夫妇,仿佛附庸风雅,实则探察知识分子情绪。1923年至1929年任国家政治保密总局机密处主任,曾是奥西普·布里克的顶头上司。

奥西普1920年加入肃反委员会，后虽退出，但同以后不断更名的国家安全部关系密切。阿格拉诺夫同莉莉娅的关系不止亲密，还是她的情人之一，在他垮台前一直是莉莉娅的靠山。他常到布里克家去，自然认识马雅可夫斯基，并自诩为他的知音，至于马雅可夫斯基同阿格拉诺夫关系如何，说不清楚，尚未见到有关材料。

马雅可夫斯基与莉莉娅·布里克的关系，几十年来一直是苏维埃文学史上的一个禁区。郑体武教授在《马雅可夫斯基与莉丽·布里克通信集》【1】（不同译者用字略有不同，本文采用蓝英年的译名）一书的前言中说："长期以来，前苏联正统的马雅可夫斯基专家始终对诗人与布里克的恋情讳莫如深。他们认为莉丽·布里克有损马雅可夫斯基作为政治诗人和社会主义现实主义者的形象，为了突出马雅可夫斯基创作的现实主义性质、'非未来主义'性质，他们故意将诗人同1910年代、1920年代的文学环境割裂开来。另外，他们还认为，马雅可夫斯基与布里克夫妇同居一宅是道德上的堕落，与革命诗人的生平不相称。"要么是十全十美的圣徒，要么是万劫不复的魔鬼，这类掩盖历史真相，随意褒贬人物的做法，是20世纪革命文学的"惯例"。诗人沦落为意识形态的工具。

莫斯科高尔基模范剧院的韦罗妮卡·波隆斯卡娅，是马雅可夫斯基生命最后时刻的见证人。她于1938年写了回忆，但半个世纪以来一直保存在马雅可夫斯基博物馆中，直到前不久才公示于众，刊登在发行量极少，仅供文艺批评家和文艺研究人员阅读的《文艺问题》上。

【1】郑敏宇、蒋勇敏、赵秋艳译：《爱是万物之心：马雅可夫斯基与莉丽·布里克通信集》，学林出版社，上海，1998年。

波隆斯卡娅这样记述了她的回忆：[1]

他完全不像昨天那个马雅可夫斯基，在文学协会里他说起话来是那样生硬，如市场的喧哗，喋喋不休。现在感到我有些不好意思，他又是那样的和蔼，谈论着那些最简单、最普通的事情[2]。他时而详细打听剧院的情况，时而提醒我注意往来的行人，时而又给我讲着国外的新鲜事儿。尽管我们在大街上的交谈只是些只言片语，但我从中窥测出这位著名艺术家那尖锐的洞察力、远大的思想。我能和这样的人走在一起，简直太高兴了。我惘然若失，极度不好意思，我内心感到很幸福，并且下意识地感到，如果这个人愿意的话，那他就一定会闯进我的生活。

他说起话来低沉有力。他兴奋地极有特色地讲述着自己的作品，在讲述喜剧对话诗时极富幽默感。我感到马雅可夫斯基不但是位杰出的诗人，而且还富有极高的演员天赋。[3]

我被他的天才和魅力征服了。

弗拉基米尔·弗拉基米罗维奇从我的表情上窥到了我的内心，而我却无法用三言两语描述我的兴奋之情。他很高兴，在房间里踱着步，照了照镜子问道："你喜欢我写的诗吗？韦罗妮卡·维托尔多夫娜。"

当听到我肯定的答复后，他突然紧紧地抱住了我。我反抗，他却很惊讶，像孩子一样抱怨着，绷着脸，阴郁地说：

"唉，好了，我真是自讨没趣，我再不会这样了。你呀，可真

【1】（苏）韦罗妮卡·波隆斯卡娅著，段洁滨编译。
【2】马雅可夫斯基在《穿裤子的云》中，写有这样的诗句："粗鲁的人在定音鼓上敲打爱情/温情的人演奏爱情用小提琴。"马雅可夫斯身后，多有文友说他，与人争论时充满了火药味，而一与女子说话，就变得柔情似水。马雅可夫斯基是用小提琴细腻地演奏爱情。
【3】有评论这样写道："这个仅仅活了37岁的苏联诗人，喜欢在人们聚集的地方当众朗诵：他声音洪亮，才思敏捷，那时候的年轻人无论男女都疯了一样的爱他，他们跟着他一起朗诵，就像今天的'追星族'跟着歌星一起哼唱。"

是个爱耍小性子的人。"

……记得是在一个冬天，有一次我们乘他的车去彼得罗夫斯克——拉祖莫夫斯克。天气冷极了，我简直被冻僵了。我们走出汽车，在雪地上跑跑步，摔倒在雪地里。弗拉基米尔·弗拉基米罗维奇高兴极了，他用一根小木棍在一个结了冰的池塘里画了一颗被箭射中的心，然后写上"诺拉—瓦洛佳"。

在返回的路上，我第一次听到他说出了"我爱你"。

马雅可夫斯基对妻子莉莉·尤里耶夫娜（不同译者译名上的差异，即莉莉娅·布里克）总是温柔的和关心的。每次她来，他都送她一簇鲜花。他喜欢送她各种小礼物。他从国外带回过一辆汽车，后来这车完全归莉莉·尤里耶夫娜使用了。莉莉·尤里耶夫娜对马雅可夫斯基也很好，很和善，只是有点求全责备和独断专行。她常为一些小事找碴，发神经，责备他不会关心人。

马雅可夫斯基对我说，他很爱莉莉·尤里耶夫娜，为了莉莉他自杀过两次，一次是对着心脏开枪的，只是枪没打响。

我感到莉莉·尤里耶夫娜对马雅可夫斯基的浪漫生活是不关心的，甚至是有点袒护的，比如他跟我的最初阶段。如果有人说话过深而伤及了马雅可夫斯基，就会使她感到不安，她总想成为他唯一的心上人。

从高加索回到莫斯科后，在车站上那次会面，使我明白马雅可夫斯基很爱我，我很幸福。我们经常约会，这是非常高兴的事。

从前他对我丈夫很和蔼，而现在却很嫉妒，挑剔。我很难把他从这种状态中解脱出来……

我和马雅可夫斯基经常见面，但每次见面几乎都是在公共场所，因为我丈夫已经疑心我们，虽然扬申对马雅可夫斯基仍然很好。

1930年初时，弗拉基米尔·弗拉基米罗维奇曾要我和扬申离婚，要我离开舞台，成为他的妻子。我推迟了此事，我对弗拉基米尔·弗拉基米罗维奇说，我会成为他妻子的，但不是现在。

他问我：这会成为真的吗？他能相信吗？为此他能想些什么？做些什么？我回答说，他能想也能去做。

此后，"能想能做"几乎成了我们说话的暗语。在我们见面的协会里，假如他心中不快，就会提出"能想什么能做什么"这样的问题，当得到我肯定的答复后，他的心情才平静下来。

"能想能做"最现实的做法就是他登记准备在艺术剧院对面的作家宫里要一套住宅，并决定我们将来去那里居住。

在一些庸俗者看来，马雅可夫斯基是个流氓，在对待妇女的问题上是个下流的家伙。我记得，当我和他会面时，许多"同情者"都劝我，努力使我相信马雅可夫斯基是个坏人，是个粗鲁而又厚颜无耻之徒，当然这是完全不对的。不道德地对待女人，我在他那里从来没有遇到过。我不忌讳地说，马雅可夫斯基确实是个浪漫主义者，他喜欢虚构，但这并不意味着他就是个好追逐女人的人。

我每次和马雅可夫斯基分手，他都留给我一些东西，如戒指、手套、头巾等。

有一次他拿来一条四角围巾，然后把它撕成两个三角巾，一块我总是戴着，另一块，他把它放在卢比扬卡住处的一盏灯上，并说，他只要在房间里一看见这盏灯，就会很舒服，好像那是我的一部分同他在一起。

又有一次，我俩玩纸牌，结果我输了，他罚我喝酒，我给他拿了一盒酒杯，酒杯极易打碎，一会儿就只剩下两个了。马雅可夫斯基很迷信地摆弄着这两个酒杯说，这两个完好的酒杯对他来说是我们关系的象征，还说假如其中有一个碎了，那我们就分手，他总是亲自小心地擦洗这两只杯子。

……扬申同意了，他仍坐在那里，而我们两去了卢比扬卡。在卢比扬卡他说，他不能忍受谎言，不能容忍我这样做，并说我们之间的一切到此结束了。他把我的戒指、围巾全都给了我，然后说，早晨有一个酒杯已经碎了，这大概是心使然，第二个酒杯也在墙上摔碎了。他还对我说了许多愚蠢的话。我哭了，马雅可夫斯基走到我身边，我们两又重新和好了。

但这和好只是暂时的，第二天我们又吵了起来。

我感到我们的关系到了破裂的边缘，我请求他不要再来打扰我了。这样一来我们之间就变得相互仇视了，这是4月11日的事。

4月12日我白天有演出，幕间休息时，我被叫去接电话，是马雅可夫斯基打来的，他当时很激动，说正独自一人在卢比扬卡，心情很不好……不是一时不好，而是一生都不好……他说只有我才能帮助他解脱困境，他坐在桌旁，四周摆放着各种文具：墨水瓶、灯、铅笔、书等。我在时，这些东西是必不可少的，我一不在，这些东西就全成了摆设。

4月13日的白天我们没见面，吃中午饭时他给我打来了电话，要我14号早晨去赛马场。我说我要和扬申及莫斯科高尔基艺术剧院的学生们一起去，因为我们已经商定好，并请他按我们预先约好的那样：别再来赛马场了，别再见面了。

晚上，我和扬申到卡塔耶夫那里去了，原来马雅可夫斯基已经在那里了，他阴沉着脸，像是喝醉了酒。开始我俩坐在桌旁，一直在互相解释，但情况很不妙，因为我们的这种解释引起了来客的好奇心，围观的人越来越多，扬申对一切都明白了，并做好了当众出丑的准备。

我俩开始在他的记事本上互相递条子，我们彼此都写了许多让对方生气的、诋毁对方的懊丧话。

然后马雅可夫斯基到另一个房间去了，他坐在桌旁，继续喝着香槟酒。我跟在他身后进去，坐在他旁边的安乐椅上，抚摸着他的头发说："要爱惜你那双长了疥的脚。"

他说要在大家都在场时对扬申说明我俩之间的关系。

他很愚蠢，竭力凌辱我。他对我的凌辱和贬低突然停止了，我明白了，此时我面前的弗拉基米尔完全是一个不幸的病人。他可能会马上做出可怕的蠢事，做出与自己的身份完全不符的事。

我劝他，求他平静下来，我是那样的温柔。但我的温柔使他生气，使他气愤若狂。他抽出手枪说要自杀，并威胁说也打死我。他把枪对准了我。我明白了，我的到来使他的精神更加不安了。

在前厅，马雅可夫斯基突然很和善地看着我，请求道："诺拉奇卡，来摸一摸我的头发吧，你是个很好的人……"

马雅可夫斯基写过一首《天空，在烟雾中》[1]：

　　　被遗忘的蓝色的天空，

【1】马雅可夫斯基的诗为著名的阶梯诗，因编辑时无法找到其原阶递格式，故有些诗按通常诗的格式排版。

精神分裂缘于深刻的内心矛盾

仿佛衣衫褴褛的逃亡者般的乌云，

我都把它们拿来渲染这最后的爱情。

这爱情鲜艳夺目，

就像痨病患者脸上的红晕。

诗歌总是一种情绪的宣泄。

马雅可夫斯基未完成的最后一首诗叫《已经过了一点》：

已经过了一点。你一定已就寝

银河在夜里流泄着银光

我并不急，没有理由

用电报的闪电打搅你

而且，如他们所说，事情已了结

爱之船已撞上生命的礁石沉没

你我互不相欠，何必开列

彼此的苦难，创痛，忧伤。

你瞧世界变得如此沉静

夜晚用星星的献礼包裹天空

在这样的时刻，一个人会想起身

向时代，历史，宇宙说话……

从诗中，我们似乎也能读出诗人在临终前复杂而矛盾的心理潜意识。

波隆斯卡娅的回忆里，记述了诗人最后的时刻：

4月14日早晨，马雅可夫斯基乘出租车出去了，看上去他的情绪很不好。

这是一个明朗、阳光灿烂的4月天，已经完全是春天了。

我说我10点30分有个重要排练，我要准时到场。我该去排练了，我一定要去，我先去排练，然后回家对扬申说明一切，

弦断有谁听

晚上再回来。马雅可夫斯基不同意，他坚持己见，我再次回答说我不能按他的意见办。

于是，我走出房间，刚迈出正门没几步，就传来了枪声，我两腿发软，喊着跑向楼道，我一定要进去。我觉得当我决定进去时，似乎过了很长时间，但我进去只是一刹那的工夫，房间里的火药味还没有完全散去。

他的双眼还睁着，看着我，竭力要抬起头。他好像想说点什么，但眼睛已经发直了。

脸、脖子比平常显得更红了，接着头也低下了，脸慢慢地也变白了。

人们跑来，不知是谁去打电话，又有人对我说："快去叫辆救急马车来。"

我什么也没来得及想，就向院子里跑去，跳上一辆迎面驶来的轿式马车。此时楼梯上不知谁喊了句："晚了，已经死了。"

也许，从现象上看，马雅可夫斯基是死于爱情的幻灭。但这样对一个有着丰富内心活动的人来说就过于简单了。对于一个有理想有信念有追求的"红色经典诗人"而言，革命是第一位的，不可能把爱情置于革命之上。裴多菲的诗句在"生命诚可贵，爱情价更高"两句之后，是那句分量最重的"若为自由故，二者皆可抛"。波隆斯卡娅十分清楚自己在马雅可夫斯基心目中的地位，她在回忆中说："我相信，弗拉基米尔·弗拉基米罗维奇情绪低落以及他悲剧般的死因不是由于我们的相互关系所致。我们之间的一些小争执只是使他不快的许多事情中的小插曲。"

红色经典诗人的政治情结

季娜伊达在《再读马雅可夫斯基》[1]一文中，有一段对马雅可夫斯基墓地的描绘：

在莫斯科新圣母公墓的一处地方，在一片灰色和白色的墓碑中间，有一方极为耀眼的深紫红色墓碑，那是马雅可夫斯基的。那深紫红色的中央依然是马雅可夫斯基那个怒目而视的头像。这深紫红色是生者对死者的理解和纪念，对于那些把他安葬在这个神圣地方的同代人来说，马雅可夫斯基永远是红色的，生前死后就该永远和红色在一起。

在墨绿和灰白组成的墓地世界里，在生者和死者对话的肃穆和寂静中，这深紫红色显得过于喧闹和不协调。马雅可夫斯基生活的时代是个瞬息万变的岁月……这是一段极为复杂的历史时期，就连苏维埃政权的领导人对这场革命的解释和指导方针都不相同，随时都在发生变化。当时，大家都热血沸腾，都相信用凯歌行进的方式，走直接过渡的道路，很快就能建成共产主义社会。谁也不怀疑革命的、武力的、"红色恐怖"的手段能解决一切问题。这是一个充满着尖锐的斗争和弥漫着美好未来的强烈愿望的时代。

马雅可夫斯基写过一首名叫《赠耐特同志》的诗。耐特，拉脱维亚人，一个坚定的革命者，曾任苏联外交信使。他在一次执行任务时遭敌特袭击而牺牲。马雅可夫斯基在诗中，通过对耐特无比崇

【1】（俄）季娜伊达：《再读马雅可夫斯基》，引自网络"少年中国评论·革命文艺"。

敬的描绘，抒发着自己心中的革命理想主义激情：

从书本学到

共产主义的信仰，

只算中等成绩。

书本嘛，

要写些什么话，

还不容易？

可是这个

把"幻梦"变活的实例，

却显示了

有血有肉的

共产主义。

我们遵照铁的誓言，

可以上十字架，

可以冒机枪扫射，

决不后退，

誓叫世界上

没有俄国、

没有拉脱维亚，

实现一个大同的

人类社会。

我们血管里奔流的

不是水，

而是血。

迎着枪口的狂吠，

我们挺进不歇。

季娜伊达在《再读马雅可夫斯基》一文中，还写着这样的字句：

在1917—1920年间，马雅可夫斯基歌颂的就是这样的革命。他心中的革命就是一首进行曲："尽情欢乐！尽情歌唱！我们的血管里充满春色。心儿啊！将战鼓敲响！我们的胸膛是一面铜锣。"而在国内战争打得十分激烈，"战时共产主义"政策也执行得热火朝天的时候，对马雅可夫斯基来说，革命就是公社，"公社决不能被征服"，"挺起英勇的胸脯前进！看无数旗帜满天飞舞"！在这样一个激情的年代，马雅可夫斯基对敌人的愤怒也就自然而然在诗行中迸发了出来："摆开队伍前进！这里用不着说空话，住口，演说家！该是你讲话，毛瑟枪同志。我厌恶亚当和夏娃留下的法律，赶开历史这些瘦弱的老马。"当然，从这些诗行里我们不难发现，马雅可夫斯基的激情是和毛瑟枪连在一起的，他对未来的渴望是和虚无主义不可分的。

《向左进行曲》可以说是代表了他这一时期思想的典型。"向左！向左！向左！"的呼号是马雅可夫斯基内心深处的渴望，也是那个时代人群的倾向性思潮……

这是"激情燃烧的岁月"。"左倾"幼稚病是革命初期的"流行病"。

马雅可夫斯基把俄国十月革命称为"我的革命"，这绝非一纸冠冕堂皇的宣言，而是诗人个性的真诚流露，是诗人一生身体力行的实践。对于马雅可夫斯基来说，诗歌与革命密不可分，革命不仅是作为诗歌的内容与诗歌结合在一起，而且还代表着他对诗歌形式的艺术追求。帕斯捷尔纳克评价说："他的革命性完全是一种富有个性的革命性。这种革命性不仅由种种历史事件所决定，也是由他个人的精神、气质、思想、声调所决定的……也许将来的历史学家会充分肯定这一点，并且为马雅可夫斯基的革命性建立一座丰碑。"[1]

苏维埃教育人民委员阿纳托利·卢那察尔斯基与马雅可夫斯基可称为"知音"。他在任期间，给予马雅可夫斯基很大帮助和支持。卢那察尔斯基1931年4月14日在共产主义学院马雅可夫斯基纪念晚会上，发表了名为《革新家马雅可夫斯基》的演讲[2]：

> 人们屡次着重指出，马雅可夫斯基走向无产阶级的道路不是偶然的。这就是说，马雅可夫斯基本身具有一些因素，促使他必定要朝着这个方向发展——因为生活在我们这个时代的人很多，诗人也不少，然而并不是一切人和一切诗人都走上这条道路了。但是如果没有我们的时代，马雅可夫斯基所具有的这些因素也不会使他获致这样的结果——因为任何人的道路都并不取决于他本身，每个人的道路都在最大的程度上取决于环境和时代。我们谈马雅可夫斯基的生活和创作道路，就要谈作为个人的马雅可夫斯基如何碰到了一个伟大社会现象的无产阶级革命。

> 马雅可夫斯基很早便成了一般的革命家。他常常把革命看作某种合乎希望而又模糊不清的大好事。他还不能给革命下一个更确切的定义，但是他知道，总之这是一个打破可恶的现状和创造他所希望的光辉未来的巨大过程。这一过程进行得愈迅速、愈激烈、愈严酷，巨人马雅可夫斯基也愈痛快。这时他碰到了无产阶级、十月革命、弗·伊·列宁，他在他的生活道路上碰到这些伟大现象，最初他还在稍远的地方观察他们，他

【1】岳凤麟：《马雅可夫斯基》，四川人民出版社，成都，2005年。
【2】（苏）卢那察尔斯基：《卢那察尔斯基论文学》，人民文学出版社，北京，1978年，第389页、第396页。

精神分裂缘于深刻的内心矛盾

看出了，是啊，我的位置正在这里，是啊，这才是我所渴望的——直接实现伟大的改造的过程！于是，他极力去迎接这个运动，决定尽可能做一个完善的无产阶级诗人。

俞晶荷在《马雅可夫斯基与革命》[1]一文中，对马雅可夫斯基的革命经历有这样的记载：

> 几乎在十月革命爆发前10年，马雅可夫斯基就已经开始了他的地下革命活动，这时正是1905年以后的革命低潮时期，革命者看不到成功的希望，却随时面临着被捕、坐牢、流放的危险。1908年初，马雅可夫斯基加入了社会民主党（布尔什维克），在莫斯科负责地下政治宣传工作，虽然只有十四五岁，却已经在全市代表大会上当选为莫斯科委员会的委员。从1908年3月到1910年1月，马雅可夫斯基相继三次入狱。在狱中他是政治犯的首领，带领大伙儿与监狱当局对抗。但在第三次出狱后，他不再做地下工作，从组织上脱离了布尔什维克党，后来也没有再入党。关于他的党籍问题，诗人在1930年3月的一次文学晚会上有过解释，他说："虽然我没有党证，但我总不让自己和党分离，并认为执行布尔什维克党的一切决议是自己的义务。"

> 1923年，他把原未来派的一些诗人重新集合起来，组建了列夫——左翼艺术阵线。列夫的任务是团结"左派"力量，巩固"左派"艺术。后来列夫发生分裂，他于1929年组建了一个新的文学团体——莱夫（革命艺术阵线）。从名称上就可以看出这个组织的政治倾向。

> 1930年2月，在生命结束前不久，他又申请加入了拉普（俄罗斯无产阶级作家协会）。

【1】俞晶荷：《马雅可夫斯基与革命》，引自网络"上海外语大学·外国文学研究"。

曾是青年近卫军出版社编辑，后任《莫斯科晚报》负责人的列昂尼德·姆列钦在《和马雅可夫斯基的最后一次会见》一文中，有这样一段记录：

　　　　在我们谈话的整个过程中，我一直很想向马雅可夫斯基提一个问题，但又总下不了决心，害怕他会有太尖锐的反应。最后我终于鼓足了勇气："弗拉基米尔·弗拉基米罗维奇，既然您这么看不起'拉普'派，和他们战斗，那您为什么又加入了'拉普'协会呢？"

　　　　马雅可夫斯基回答得很安详："请不要把'拉普'和'拉普派分子'混为一谈，不要把人和原则混为一谈。什么也不能把我和革命分开，不能把我和党分开。这条路不是任何人强加给我的，而是我自己早就选择好了的。

　　　　"要是党认为'拉普'能最好地表达它的观点并为它带来好处，那我就要同'拉普'站在一起。"

　　诗人的一系列文学活动表明，马雅可夫斯基对革命的赤诚是始终不渝的。对于他来说，革命决不是投机事业，革命不只是政治工作，革命就是艺术，革命就是生命。正如瞿秋白所说：他"以革命为生活，呼吸革命，寝馈革命"。

　　马雅可夫斯基是一个极出色的革命鼓动家，他自己创作自己朗诵的诗歌，极富有感染力。列昂尼德·姆列钦在《和马雅可夫斯基的最后一次会见》一文中，对他的朗诵作了这样的描绘：

　　　　他还是一个出色的演说家，有一副洪亮的大嗓门。据说，他对共鸣的威力很感兴趣，曾躲在酒瓮里练习过朗诵诗歌。他对我说，他早就知道自己诗的形式最适于高声朗诵，他就是这样吸引读者的。

　　　　我想起了在文艺界名人俱乐部开张的那一天，我第一次听到马雅可夫斯基朗诵长诗《放开喉咙歌唱》序篇的情景。

　　　那天全场充满了节日气氛，像是盛大的宴会，轻松而热烈。各界最知名的艺术家都竞相在文艺界名人的小圈子里（厅不大，最多只能容下150人左右）献艺……

马雅可夫斯基不仅饱含热情地写诗为革命鼓与呼，而且到通讯社和宣传部门从事别人不屑干的琐事，甚至为宣传画作题词。从1919年10月到1922年2月，马雅可夫斯基投身于"罗斯塔之窗"的工作。罗斯塔是俄罗斯电讯社的俄文缩写，"罗斯塔之窗"就是该电讯社举办的一种以诗配画的形式进行时事宣传的橱窗。这是一种群众性的宣传鼓动工作。诗人在两年4个月的时间里创作了大约3000幅招贴画，写了6000首短诗。诗人工作极其勤奋，一天工作16小时、18小时是家常便饭。马雅可夫斯基在"罗斯塔之窗"工作，"不是为了载入史册和荣誉"，他抱持着"艺术应当为大众服务"的信念，真心诚意地想在革命工作实践中开拓出新文学的道路，他说："革命诗人的工作不限于书本。大会讲演、战地歌谣、日常鼓动传单、生动的无线电广播和闪耀在电车两侧的标语——都是有同等意义的，有时还是最珍贵的诗歌典范。"他曾风趣地对那些象牙塔里的文学大师发出挑战：您不是吹嘘自己精通语言吗？——那么劳驾，请您写一份《地方委员会关于清扫院内垃圾的决议》给大家当范文吧。

马雅可夫斯基说："我写诗是为了革命的需要！"

只要是革命需要，马雅可夫斯基甚至热衷于为商业做广告。从1923年到1925年间，马雅可夫斯基共写了300篇广告诗，发表在报纸杂志上，印在糖果包装纸上，他自豪地把写广告诗当成"诗人的副业"，称其为"经济鼓动诗"。让我们不妨读几段大诗人写的广告词：

身体、

　　肚子、

　　　　智力

　　　　　　需要的一切东西，

国营百货公司

　　　　　　都能

　　　　　　　　提供给你。

不必怀疑，

　　　　也无须深思，

买各种妇女用品

　　　　　　只有上

　　　　　　　　国营百货公司。

从城乡各地来到这里，

　　　　　　不必要

　　　　　　　　东寻西找，

　　　　　　　　　　磨破鞋底，

到国营百货公司

　　　　　　样样都能买齐，

对路，

　　迅速，

　　　　而且便宜！

小雨纷纷，大雨倾盆，

没有套鞋，我不出门。

全靠有了

　　　橡胶公司

　　　　　　东走西跑，

　　　　　　　　脚下不湿。

下雨天没有橡胶公司的套鞋，
连百足蜈蚣也躲着不能上街。

这种轮胎胜过各种轮胎，
赢得了全俄小汽车竞赛。

白熊、
　　驯鹿、
　　　　爱斯基摩，
茶管局的
　　　　茶
　　　　　谁都爱喝。
哪怕喝到北极，
也觉全身暖和。

沙皇、
　　资本家
　　　　　在云端观察，
想看看
　　　工人们
　　　　　吃啥喝啥，
气得他
　　　眼珠子
　　　　　瞪得老大
工人们
　　喝的是
　　　　高级茶。

上等茶叶

　　　　上哪儿买？

上茶管局

　　　　价廉物美。

赶快买了好解渴，

茶叶色色具备：

要什么价格有什么价格，

要什么口味有什么口味。

一切东方人

　　　　心里乐开了花：

骆驼驮来了

　　　　　绿茶。

我敢向全世界起誓：

私营公司的茶叶

　　　　　太次。

茶管局

　　　有信誉。

茶叶成色好

　　　　你沏出来看，

整个房间

　　　香得像

　　　　百花园。

　　马雅可夫斯基最为著名，也最为人们嘲讽的是，他给一个奶嘴产品做的广告诗：

精神分裂缘于深刻的内心矛盾

这样的奶头，

　　　　空前绝后；

我愿意吮它，

　　　　直到高寿……

被赞誉为普希金继承人的诗人叶赛宁，在《在高加索》一诗中对马雅可夫斯基为莫斯科农产品公司的瓶塞写广告诗而发出嘲讽：

我珍视诗歌中的俄罗斯热情

有个马雅可夫斯基，还有其他人

而作为他们当中的主要彩绘师

他把莫斯科农产品公司的瓶塞来歌颂。

据爱伦堡回忆，有一次聊天时，叶赛宁不屑地谈论马雅可夫斯基的诗："那又算什么诗？"爱伦堡问："为什么你不喜欢马雅可夫斯基？"叶赛宁回答："他是个为了什么而写诗的诗人，而我是个由于什么而写诗的诗人……"爱伦堡提出了不同的看法，叶赛宁才勉强承认马雅可夫斯基是个诗人，不过他又补充了一句，马雅可夫斯基只是个很"乏味"的诗人。

以塞亚·伯林在《会见阿赫玛托娃与帕斯捷尔纳克》[1]一文中，记载下帕斯捷尔纳克对马雅可夫斯基的评价：

他对马雅可夫斯基的态度比较矛盾。他曾非常了解后者，他们曾是非常亲密的朋友，他也曾从马雅可夫斯基那儿受益。后者，当然，是旧秩序的强有力的破坏者，但是，帕斯捷尔纳克强调，马雅可夫斯基不像其他的共产主义者，他始终是"人"——但不，不算一个大诗人，不是一个不死的神，如丘特切夫或勃洛克；甚至也不是费特或别雷那样的半神。时间已

【1】（俄）以赛亚·伯林著，平杨译：《会见阿赫玛托娃与帕斯捷尔纳克》，引自网络"寻找家园"。

经将他抹去。在那个年月人们需要他，他是那个时代所召唤的人。……他们满足了时代的需要，他们的天分对于这个国家诗歌的发展至关重要，但仅限于此。马雅可夫斯基是这类诗人当中最伟大的……他的天分不停膨胀直到最后爆裂而止。这一多彩气球的一些忧伤碎片还散落在路上，他是有天赋的，重要的，然而粗野，长不大，最后以一个招贴画艺术家的身份告终。

马雅可夫斯基说："彼得格勒有人写文章攻击我：'把自己卖身给了布尔什维克。'"

马雅可夫斯基在《穿裤子的云》一诗中，曾写下这样的词句：

> 我不是一个诗人
>
> 我知道，要想被人叫做诗人
>
> 应当过完全不同的另外一种生活。

一语道破天机。从马雅可夫斯基真情流露的诗句中，我们窥探到诗人内心的矛盾。

最为悲哀的是梦醒之后无路可走

文艺与政治的关系，始终纠结缠绕于整个革命文艺的发展历程中。诗人的生前身后，攻击马雅可夫斯基是政治诗人、"御用工具"的贬责声一直不绝于耳。马雅可夫斯基在《回国》一诗中有这样的诗句："我希望/人们把钢笔/比作刺刀"，于是被附会成是"拿起笔做刀枪"，是向斯大林暗示清除诗歌中的异端，而斯大林"愉快地接受了他的建议"。认为斯大林30年代的大清洗，是马雅可夫斯基为其做了舆论准备。有人断言马雅可夫斯基写的诗"几乎十分之九是假话"，称长诗《好！》是"最奴颜婢膝的作品"，说诗人"既不了解自己的内心世界，也不了解周围世界"，"靠神话过日子"。卡拉勃奇耶夫斯基在《马雅可夫斯基的复活》书中宣称，马雅可夫斯基是"魔鬼"："他是个没有信仰、没有观念、没有精神世界的人，他宣扬这样或那样的极端主义，自己却从未走到头过，永远是看风使舵。"[1]

肖斯塔科维奇对马雅可夫斯基也充满误解：马雅可夫斯基在剧本《澡堂》中，有这样一句台词："阁下，请下命令，我马上就转。"肖斯塔科维奇认为："我确信马雅可夫斯基这是在写他自己。"为此发出感叹，"见风使舵是我们知识分子的特性。"

马雅可夫斯基在《穿裤子的云》一诗中写道：

> 假如你们愿意——
>
> 我可以变成由于肉欲而发狂的人，
>
> ——变换着自己的情调，像天空时晴时阴，——
>
> 假如你们愿意——
>
> 我可以变成无可指摘的温情的人，
>
> 不是男人，而是穿裤子的云！

托洛茨基在《马雅可夫斯基的自杀》一文中，为诗人作了这样的辩解：

> 勃洛克早就断定马雅可夫斯基是个"了不起的天才"。可以毫不夸张地说，马雅可夫斯基的确是才华横溢的，可他并不是个和谐的天才。不过，在十年剧变之时，在两个时代还未愈合的伤疤处，艺术的和谐又从何而来呢？在马雅可夫斯基的创作中，高峰往往与低谷交替出现，天才的张扬又往往是与陈旧的诗行，甚至是大喊大叫地粗野联系在一起的。

---

[1] 岳凤麟：《马雅可夫斯基》，四川人民出版社，成都，2005年，第242~243页。

人们有一种看法，似乎马雅可夫斯基首先是个革命者，然后才是个诗人，尽管马雅可夫斯基本人也非常愿意是这样，但这不过是一种谬误。事实上，马雅可夫斯基首先是诗人和艺术家，是一个脱离了旧世界，但又未完全与之断绝联系的诗人和艺术家，只是在革命后他才开始寻找，并且在很大程度上找到了自己在革命中的支点。但马雅可夫斯基并没有与革命彻底地融为一体，因为在革命的准备时期他还没有站到革命一边。如果在一个大的范围里考察这个问题，那么，马雅可夫斯基就不仅是"歌手"，而且也是交替时代的牺牲品。

诗人站立在两个时代的断裂处。俄罗斯著名评论家别林斯基在评论莎士比亚笔下的汉姆莱特时说：精神分裂来自于内心冲突的两极，越是精神世界丰富的人，这种分裂来得愈为惨烈。

俞晶荷在《马雅可夫斯基与革命》一文中，对诗人的"革命性"作了深刻的剖析：

> 尽管诗人把十月革命称为"我的革命"，但还不能据此就说，马雅可夫斯基真正理解了十月革命。诗人接受了革命，只是因为，在他看来，革命就是对旧世界的彻底扫荡。革命是颠覆，革命是毁灭，革命是暴动。革命正是以这个面目出现在诗人心灵中，并与诗歌紧密结合起来。在自传《我自己》中，马雅可夫斯基回忆1905年革命期间的事情："姐姐从莫斯科回来。很热狂。私下给了我一些长条传单。我很喜欢，因为这是冒险的。现在我还记得。第一张上写的是：'想想吧，同志，想想吧，兄弟，快快把枪放在地上。'还有一张，结尾写道：'……不然呀，没有别的路可走——只有带着老婆连娘带儿子一起去投靠德国人'……这就是诗。诗和革命不知怎的在我的脑子里结合起来了。"

精神分裂缘于深刻的内心矛盾

在1917年沙皇政权推翻后，诗人写了《革命》（纪事诗），其中也可以看出革命即改造世界的思想：

公民们！

今天要把千年来的"从前"毁掉。

今天要把全世界的基础翻修。

今天

要把生活重新改造，

直到衣襟上最后一粒纽扣。

对革命的认识还可以从他的话剧《宗教滑稽剧》得到印证。戏剧一开始，场景就是"世界为革命的洪水淹没"。

这是大地用大炮的吼声为我们呼吁。

这是饮血过多的原野因为我们而鼓起。

用战争这大刀阔斧的手术

从地腹里抢救出来的我们，

已经站起。

我们歌颂

起义、

暴动、

你，

革命的日子——

你走着，

震破了天灵盖！

你是我们再生的诞辰——

世界成长起来。

诗中，狂暴的革命充满了血腥气息，毁灭一切，然后重新来过。

我国研究马雅可夫斯基的专家岳凤麟教授说："他始终追求光明，向往未来，希望在清除过去废墟的基础上建立起'没有痛苦、灾难、屈辱的'世界。因而，当人民革命的风暴席卷大地，向他扑来的时候，他必然会毫不犹豫地迎上前去，向它欢呼，与它拥抱。从本质上看，马雅可夫斯基不可能不成为革命者。"

……以马雅可夫斯基为主将的未来派诗人们气势汹汹地闯进文坛，目空一切地叫嚣道："只有我们才是时代的本来面目。过去的一切太过狭隘。科学院和普希金比象形文字还晦涩。必须把普希金、陀思妥耶夫斯基、托尔斯泰等人统统从当代之船上丢下去。"

对传统的经典作家，他们断然拒绝，而对当代的著名作家，他们也同样不屑一顾："所有这些马克西姆·高尔基们、库普林们、勃洛克们、索洛古勃们、列米佐夫们、阿尔琴科们、乔尔内们、库兹明们、蒲宁们等等"全都一钱不值。

马雅可夫斯基倾向于革命，是倾向于革命对旧世界的叛逆性反抗性。在20世纪的革命史上，"春夏秋冬来复去"，不断重复着茨威格笔下描绘的"双重误会"：革命对革命者的误会，革命者对革命的误会。

当革命的暴风雨真正到来，当马雅可夫斯基睁大眼睛"看清革命"，他发现原本心目中神圣的革命，却"变了一副完全陌生的嘴脸"。

马雅可夫斯基写过一首诗《给你们》，声讨了躺在革命成果上的既得利益者：

你们在酒宴接着酒宴里度着日子，
你们有着温暖的卫生间和浴室！

从报上读到"圣乔治勋章"获得者姓名时，

你们怎么能不感到羞耻？

知道吗，你们庸俗而又平凡，

只会盘算怎么更好地填满你们的嘴，

…… ……

你们正在用吃肉饼吃得油腻的嘴，

恬不知耻地哼着谢维梁宁的诗篇！

难道他们献出生命，

就为了你们这伙酒徒色鬼？！

马雅可夫斯基在《致俄罗斯》一诗中还写道：

我是多么愚蠢哪，

竭力想把头埋进音韵的羽毛。

不，我不属于你，畸形的冰雪王国。

灵魂哪，

深深地在羽毛中藏躲！

突然闪现出另一个祖国，

…… ……

乌托邦的海市蜃楼破灭了：

唉，虚构

被踩碎了。

我只得又——

在时间的沙漠中编织串串足迹，

奔向另一块绿洲。

伴随幻灭感的是恐惧感：

有些人缩作一团，战战兢兢：

"咱们走开点吧，

他会不会咬人？"

有些人弯腰打躬地奉承：

"妈妈，

妈妈呀，

他会生蛋吗？"

……　……

鲁迅有言："最为悲哀的是梦醒之后无路可走。"

林贤治在《真假马雅可夫斯基》[1]一文中，对诗人作出这样的剖析：

> 对于革命、党和领袖，马雅可夫斯基热情地给予讴歌，诗中不乏大词。但是，我们看到，在他那里，党、祖国、集体与个人之间有着十分复杂而微妙的纠缠；"我"是突出的，独特的，富于活力的，外在的任何伟大的事物都不至于使之消失。

他在长诗《列宁》中写道：

党，唯有党

永远不会背叛我。

今天

我是一个平凡的人，

明天

我要在地图上擦掉

所有的王国。

"我"不仅仅是"我们"中的一分子，我是具有独立意义的生命个体，是不能随意地加以吞并和整合的。相反，真理只有通过"我"而显现，权力只有通过"我"而具有合法的形

【1】林贤治：《真假马雅可夫斯基》，引自网络"中国战略与管理研究会"。

精神分裂缘于深刻的内心矛盾

象，总之"我"是不容改变的。

革命就是要把个性融入"钢铁的整体"，而诗人的个性顽强地拒绝"大合唱"，要发出独特的声音。

马雅可夫斯基说："我只有一张面孔，它是脸，而不是风向标。"他永远大胆地幻想着，在幻想中，"我"通行无阻。

在马雅可夫斯基身上，总有一股我行我素的桀骜不驯。他从来不会喜怒无形于色，爱憎都写在脸上。他的口袋里常常放着一块肥皂。如果他和某一位引起他生理厌恶的人握了手，他马上会掉头而去，在厕所里用肥皂洗净手。尽管马雅可夫斯基给许多本国产品做过广告，号召人们使用本国的产品，但他穿的却全是进口货：德国的套装、美国的领带、法国的衬衫和皮鞋……

马雅可夫斯基曾沮丧地写下这样的诗句对祖国表白：

> 我想，让我的祖国了解我，
>
> 如果我不被了解——
>
> 那会怎样？！
>
> 那我只得
>
> 像斜雨一样，
>
> 从祖国的一旁
>
> 走过
>
> ……………

马雅可夫斯基渴望得到理解，诗人的自尊心脆弱得犹如玻璃器皿。

林贤治在《真假马雅可夫斯基》一文中，对诗人予以理解：

> 他不只善于捕捉新闻，更善于抓住生活，而把两者扭结到一起。在他的作品中，无论涉及当代重大事件和重要问题，或者是一般的生活现象，都不作镜像般的描述，而是表现为一种

个人反应：直接地，迅速地，击中现实的要害，而且力图毁坏它。……他称那些逃避现实问题的诗人为"上帝的小鸟儿"，咩咩叫的"金毛的羔羊"；他不能忍受"工人阶级的绵羊，沉默像奴隶一样"，因此，从来便以叛逆精神看待现实和接受革命。正是在批判、否定、破坏和变革现实这一意义上，我们称马雅可夫斯基为"革命的诗人"。也正是在这一意义上，马雅可夫斯基的诗歌感觉和诗歌意识最富有生命力。爱伦堡准确地指出，马雅可夫斯基教给阿拉贡、艾吕雅、聂鲁达他们的，不是做诗的新形式，而是"选材的勇气"。所谓勇气，就是剥掉诗的外壳，进入生活的内部去发现诗。这里的生活，是一堆易燃材料，危险品，随时可能带来灭顶之灾。

在马雅可夫斯基的胸膛中，跳跃着一颗不甘平庸不甘堕落的心：

> 你们的思想
> 幻灭在揉得软绵绵的脑海中，
> 如同躺在油污睡椅上的肥胖的仆从。
> 我将戏弄它，使它撞击我血淋淋的心脏的碎片，
> 莽撞而又辛辣的我，将要尽情地把它戏弄。
> 你们都不能像我一样把自己翻过来，
> 使我整个身体变成两片嘴唇！

顾名思义，林贤治在《真假马雅可夫斯基》一文中，写出了诗人的两重性格：

> 马雅可夫斯基一直在诗歌与政治之间穿梭奔走。他一方面以一个未来主义者的热情和速度，宣传和鼓动革命，保卫处于敌意的包围之中的新生政权；为此，他表现出了天才的创造力，但也在相当程度上损害了他的诗歌。然而，在另一方面，

他又以他的战斗性诗篇，包括短文和戏剧，批判和否定新政权对革命理想的遮蔽、歪曲、弃置和背叛。在他写作长诗《好！》之后，还曾有过写一部名为《坏》的长诗的打算。对于一些重大的政治事件，他并没有同政府的立场保持一致，如枪杀沙皇一家，就是持异议的。在《皇帝》一诗中，他写下这样的诗句：

> 我们逆转了历史的脚步
>
> 永久地送别了过去
>
> 共产党员和人
>
> 不能是残酷的人。

他不能容忍让革命扼杀人性，窒息生机；无论在生活还是在艺术之中，他始终盯住"活人"。革命到底是拯救了我们还是毁灭了我们？马雅可夫斯基警觉地发现，官僚主义的异形正在包围并且已经开始吞噬革命的孩子。他痛恨官僚主义，为此写下大量的讽刺诗：《开会迷》、《贪污犯》、《漏洞》、《官僚制造厂》、《不要纪念》、《官老爷》、《关于官僚主义和工人通讯员之歌》、《他们中的第几个》、《信仰的改变》、《党的候选人》、《拍马家》、《初学拍马的人应用的一般指南》，等等。他抓住官僚主义的整个链条，不放过其中的每个环节，从制度到人，从官员直到靠官员为生的"马屁精"。他写道："群群官僚／天天照样，磨钝了／沙皇双头鹰的／冷光。"革命过后，又恢复了从前专制而恐怖的日子。机关的存在，并不是为了我们，而是我们为了机关。在诗人看来，任何一个机关都是"官僚制造厂"。而且，这样的工厂遍布地方和中央，不是个别人，而是"一群"；不是个别的现象，而是一个系统，"永远赋予了统治和当王的权利"。

正是在这一背景下，马雅可夫斯基写出了批判精神极强的剧本《澡堂》（多好的寓意：这是一个赤裸裸展示人之本相的集散地）。这可能是诗人用生命的最强音呼喊出的"绝唱"。

莫斯科晚报负责人列昂尼德·姆列钦在《和马雅可夫斯基的最后一次会见》一文中，记述了《澡堂》一剧排演后的遭遇：

　　1930年3月27日的晚上，在"报刊之家"举行讨论会，就梅耶霍尔德剧院上演的马雅可夫斯基的剧本《澡堂》进行辩论。我应邀在讨论会上致开幕词。

　　那天下午，为了讨论这个剧本以及梅耶霍尔德剧院的演出，在莫斯科晚报编辑部里成立了一个工作组，其成员大部分是大学生，其中包括戏剧学院的学生，还有几个工厂的工人。那时各报的编辑部都经常请一些工作组来观摩新剧，然后开讨论会。

　　在观看了《澡堂》的演出之后，不赞成者的声音十分强烈，且很一致；而捍卫此剧的人们发言缺乏自信，甚至显得胆怯。总之，那天晚上对剧本及演出的批判风暴足足达到了12级。

　　反对该剧最为激烈的要算《工人报》了。它写道："亚历山大·别济绵斯基所写的《射击》是真正的苏维埃讽刺作品，从中可以感到对我们失误的难过与痛心。而这个剧只让人感到冷冰冰的怪诞和对我国现实的无耻歪曲。"

　　《共青团真理报》对马雅可夫斯基的批判也毫不留情："马雅可夫斯基这次的作品实在糟糕。很奇怪，为什么梅耶霍尔德剧院会看中了这个作品？"

　　……听发言者的声音，我知道那是一位常在《莫斯科晚报》发表文章的评论家。他引经据典地批评着剧本和演出，口气相当挖苦。马雅可夫斯基脸色变得灰白……

　　我感觉到了弗拉基米尔·马雅可夫斯基对这些批评有着异常的病态反应，尽管他应该早已习惯了各种斥责、攻击，习惯了种种批评的风暴。与那些厉害的指责相比，今天发言者的批评可算是相当温和了。看来，在那些日子里，马雅可夫斯基的心情就是如此。他本来就是很容易受伤害的，不过平时他都能用尖刻的玩笑、挖苦人的言辞，有时还会硬充好汉似的抵挡过去。不过此时的马雅可夫斯基显然心情压抑，极度阴郁。

那天马雅可夫斯基的发言与他平时的发言很不相同。一般他的讲话都是进攻性的，时而带有挑衅的意味，有时又活跃得像是在挑战。在"报刊之家"的辩论会结束以后，马雅可夫斯基就把我拉到文艺界名人俱乐部去了，在那儿我们谈了差不多一整夜。

几乎在他的每一句话、每一个手势，甚至在每一个惊叹号里都能听到深深的忧虑、疑惑和可以说是委屈的感觉。我忘不了当天他所陷入的那种不知所措的情绪，而这种情绪和他平日的精神面貌是何等的不相符合呀！

马雅可夫斯基问我：为什么《莫斯科晚报》一改过去在剧本首演的次日就刊登反应文章的习惯而至今没有发表对他这个作品的评论？我坦诚地告诉他说这是因为编辑部里对剧本没有一致的评价。

"可是编辑部中不是有一篇关于《澡堂》的文章吗？"

"您听谁说的？"我反问。

"努，编辑部没有秘密可言。请告诉我，为什么您的文章没有发表？"

我回答说这是因为我的文章没写好，同志们觉得它不紧凑。

"是说它不够尖锐？同志们怕它不能与《工人报》和《共青团真理报》那几篇毁灭性文章的口吻相比美？请告诉我，这股风是从哪儿吹来的？您能记起，什么时候如此凶狠地批判过某个剧本吗？对《图尔宾一家的日子》和《卓姬的住房》两个剧本都没用这种责骂的口气批判过。这一切，都像是一声令下群起而攻之。这是怎么回事？是有指令吗？"

我试图让弗拉基米尔·马雅可夫斯基相信，没有什么指令，也不可能有。那些评论是由于首演没有留下很好的印象，由于剧本不太好懂，由于导演梅耶霍尔德执导此剧时没有表现出他所固有的天才创造性的结果。

"跟梅耶霍尔德有什么关系？"马雅可夫斯基打断我的话，"打击是冲着我来的，它是那么集中，那么凶狠，那么有组织。这些无耻的评论，是一次有组织的运动的结果。"

"有组织的？"我吃了一惊，"谁组织的？谁想要组织一次反对您的运动？"

马雅可夫斯基甚至说有人要毒害他。他坚持说，这次反对他的运动如此猛烈，与他为自己的文学生涯20周年举办了一次展览会有关。

敏感的诗人把对他的批判与当年的政治态势产生了联想。革命党与执政党，对批判性的倾向怎么可能持相同的态度？

诗人面对攻击与诽谤，写下这样的诗句：

> 大街瞠目结舌。
>
> 楼房笑声粗野。
>
> 一股寒气浇到周身凉彻。
>
> 千万个指头朝我身上戳，
>
> ……没啥了不起！哪怕你把我冻结，
>
> 用风的刺刀刮光我的羽毛，在所不惜。
>
> 格格不入的我
>
> 可以消灭……

精神分裂缘于深刻的内心矛盾

列昂尼德·姆列钦在《和马雅可夫斯基的最后一次会见》一文的最后说了这样的话："那时我还不太理解马雅可夫斯基，不理解向他铺天盖地冲过来的批判给他造成了怎样的压力，不理解他那难以承受的痛苦，这种痛苦不是几天，而大概已有几个月在刺伤着诗人的心灵了。"

崔卫平在《海子神话》[1]一文中，专门设一章"自我抗击和失败"，其中写下这样的字句：

除非他能找到另一种语言另一个起点，否则不停地自我反抗只能归于不停的失败。在一种控制不住的情况下，海子越滑越快，他在自己的深渊中越陷越深。"谁对抗/谁崩断？"他问道。"幻象的死亡/变成了真正的死亡。"他自己答道。他的"赤道"是一条自我灭绝、自我失败的道路。当他终于失掉了耐心，甚至失掉了保持幻象、影子、化身的需要，就只能写下这样启示录一般的文字：

在火光中，我跟不上自己那孤独的

独自前进的，主要的思想

我跟不上自己快如闪电的思想

在火光中，我跟不上自己的幻象

……他输了！被分裂的快速前进的他自己击倒在地。他知道这一处境，接受自己的失败：

我接受我自己

……　……

我虚心接受我自己

任太阳驱散黎明。

【1】崔卫平：《海子神话》，引自《积极生活》，中国人民大学出版社，北京，2003年，第67页。

弦断有谁听

132

走向死亡是追求新生

张冰在《马雅可夫斯基自杀之谜》[1]一文中，对诗人的自杀从另一视角给予了剖析：

> 鲜有从诗人的精神气质方面予以解释的，而我们认为，促使诗人自杀的根本原因，还应该在诗人自己的精神方面寻找。
>
> ……　……
>
> 让我们把视线移到1920年春。是年春，在从柏林到莫斯科的列车上，马雅可夫斯基和他的好友罗曼·雅各布逊，不期然在列车上邂逅。两人自然是大喜过望。马雅可夫斯基自己不大懂外语，但他十分尊重被人称为伟大的语言学家的"罗姆卡"。于是，诗人要罗曼讲一讲此次欧陆之行的见闻，特别是科学界的新发现。罗曼讲起了爱因斯坦的相对论、超光速、时间隧道等科学新概念，说这些思想此时正风靡整个欧洲。马雅可夫斯基听得异常兴奋，他陷入了无羁的遐想之中。少顷，诗人正儿八经地问雅各布逊：如此看来，人真的会不朽，会死而复生吧？又说：如果他们的科学院院士能为他把这个问题搞清楚，他情愿给院士支付一份院士的口粮。
>
> 奇怪吗？一点儿都不奇怪。要知道，如果把马雅可夫斯基放在他创作的整个白银时代来看，这种相信人的灵魂不朽，乃是一种比较普遍的、从民间到知识界的信仰。马雅可夫斯基是

【1】张冰：《马雅可夫斯基自杀之谜》，引自《最后一颗子弹》，华夏出版社，北京，2001年。

精神分裂缘于深刻的内心矛盾

一个生活在"未来王国中的"诗人。就是没有爱因斯坦，他本来就是费奥多洛夫的"共同事业"思想所鼓吹的死者复活说的虔诚信徒。当时的很多人都为神秘主义宗教哲学思想所蛊惑。俄国文化中本来就有许多神秘主义的因子，爱因斯坦的相对论一出现，之所以会在俄国激起那么大的反响，为那么多人所信奉，而且是从神秘主义方面信奉的，其源概在于此。

纵观白银时代的俄国社会，诸如此类的信仰可说比比皆是。尼采的永恒轮回说；费奥多洛夫"共同事业"说；象征主义的造神说和寻神说；杜勃洛留勃夫的神秘教派。施泰纳一出现，俄国彼、莫两大都城中，跟随其学说风响应的贵妇淑女，如今日之追星族。当时，一个相信灵魂不死说的人说过这样一句名言："在自己的葬礼上，他要与送葬的人群同行，并在暗中将他们嘲笑！"就连当时差不多最有名的哲学家之一维亚·伊万诺夫在与格尔申宗的通信中也说："我身上的太一和全宇宙性，乃是一个'贵客'，他对我的造访不是无缘无故的，如果我不放弃上帝的信仰，它就会将我提升，甚至会赐我以不朽。"而格尔申宗也回答说：他"同样也对个人的不朽深信不疑"。俄国文化中本来就有一种称作癫僧的传统，以至在第一次世界大战期间，一个名叫拉斯普京的农夫能成为皇后的座上客。如此这般，不一而足。

马雅可夫斯基是一米八几的"巨人"，与人辩论时，泰山压顶，气势咄咄逼人，像一只好斗的公鸡。描绘他的好多插图中，都凸显了这一架势。他的一生几乎都在与人辩论。他称自己是大犍牛，意思是有一对顶人的角；他称自己的诗是河马，有一张任何枪弹也射不穿的兽皮。

马克·斯洛宁在《苏维埃俄罗斯文学》一书中，对马雅可夫斯基作了这样的评价："这个身材高大的年轻人，看上去像个运动员。他脾气暴躁，嗓门高昂，喜欢'使资产阶级震惊'，穿着一件橙黄色的夹克衫到处转悠，把他在那儿朗诵自己诗歌的舞台当作拳击场。他对能'给社会趣味一记耳光'感到兴高采烈。在公共场合露面时，他肆意谩骂他的对手，这种场合往往以大打群架而告终。他还发明了各种各样的噱头和花招。无须否认，未来派的狂妄和放肆的行径中有大量哗众取宠、装腔作势的东西。"【1】

下面摘录几段马雅可夫斯基与人的对话，从中颇能看出其张扬极度自信的性格：

> 一个矮胖子挤到主席台前喊道："我提醒你，马雅可夫斯基，拿破仑有一句名言，'从伟大到可笑只有一步之遥！'"马雅可夫斯基马上反唇相讥："不错，从伟大到可笑只有一步之遥。"他边说边用手指指自己和那个人。

> 台下有人递条子："马雅可夫斯基，你的诗太哗众取宠了，这样的诗是短命的，你别妄想成为不朽！"马雅可夫斯基马上回答："请您过一千年再来，那时我们再谈吧！"

> 台下递条："马雅可夫斯基，您为什么总喜欢自吹自擂？"马雅可夫斯基答："我的一个中学同学合科皮尔经常劝我说：'你只要说自己的优点，缺点留给你的朋友去讲。'"

> 有一次，一个对手给他写了一张纸条：您的诗不能给人以温暖，不能使人激动，不能感染人。马雅可夫斯基毫不客气地回敬道：我不是炉子，不是大海，也不是鼠疫……

卢那察尔斯基在《革新家马雅可夫斯基》【2】一文中说：

【1】（美）马克·斯洛宁著，浦立民等译，《苏维埃俄罗斯文学》，上海译文出版社，上海，1983年，第17~18页。
【2】（苏）卢那察尔斯基：《革新家马雅可夫斯基》，引自《论欧洲文字》，百花文艺出版社，天津，2011年。

申格力说：他本来就常常"神经不安"——他自己也说他不健康。可不是么，申格力当然认为，既然马雅可夫斯基讲，"我是金属做的"，那便表示他应该有一个铜打的额头。其实这根本不是一回事。不，在这副反照出整个世界的金属铠甲里面，跳动着的那颗心不仅热烈，不仅温柔，而且也脆弱和容易受伤。

天才都是孤独的，而且也是脆弱的。他们之所以好斗、容易被激怒，那是因为他们缺乏防卫的能力。他们就像是拳坛上高明的拳师一样，深知"进攻是最好的防守"的策略。叶甫图申科称马雅可夫斯基"虎形大汉却无力防卫"；爱伦堡称他"连普通的人皮也没有"。他动不动就觉得自己像是受了天大的委屈……

就是这样一个"内心丰富而神经脆弱的人"，却碰上了这样一个没有弹性的"钢铁的时代"。

马雅可夫斯基的生命中，也许就存有"死亡情结"。正如古希腊哲人欧里庇得斯所言："或许谁都知道，生就是死，死就是生。"柏拉图在《斐多篇》中也说："真正爱好哲学的人，无不追求着死和死亡，这很可能不为他人所理解。"一个人从生命诞生，也就开始了死亡的历程。

张冰在《马雅可夫斯基自杀之谜》一文中写道：

马雅可夫斯基最向往的，就是战胜死亡。在马雅可夫斯基的诗意神话中，不朽及其形象贯穿始终，成为其创作一以贯之的核心主题之一。不朽在他心目中不属于彼岸，而属于此岸。从那如山丘一般的坟墓里，死人站了起来，在他们那已被埋葬的骨头上，长出了新肉。自杀的主题，成为马雅可夫斯基创作中不绝如缕的音流。在电影剧本《你过得好吗？》中，当一位女共青团员自杀的消息传来时，诗人说：她跟我太相像了！随后，剧中人诗人开始为自己设想各种自杀法：上吊、钻火车、跳河、枪毙、割脖子、跳楼、服毒……

诗人自述：他打小就为这一代人的痛苦而痛苦，视生活如苦役，因此强烈向往未来，向往永恒。可是，与日常生活单打独斗，越来越无出路。提前取胜无望。诗人注定要被窒息。马雅可夫斯基在《关于这事》诗稿的页边，写下这样一句对白："妈妈！……／告诉妹妹，告诉柳达和奥莉娅，／他已经无路可逃。"值得注意的是，这句话几乎逐字逐句写在了诗人留下的遗嘱中："妈妈，妹妹和同志们，请原谅——这不是个好办法（我不希望别人采用这种办法），可我的确无路可走了。"

马雅可夫斯基早就对自杀做好了准备。早在15年前，他就在一本诗集的序言中写道：

> 我越来越频繁地想道，
>
> 最好是在自己的结局处，
>
> 画上最后一个句号。
>
> 今天，我
>
> 为防万一，
>
> 先行举办告别式的音乐会。

这一主题在长诗《人》（1917年）和《关于这事》（1923年）中，表现得最强烈。这两首诗中都回荡着这一不祥的哀乐……诗人在诗歌《人》中，详尽地描写了他的自杀过程。而在《关于这事》中……自杀更进一步细节化了。把这首诗与叶赛宁的临终诗两相比较，其立意更深：叶赛宁只把生与死等量齐观而已，而马雅可夫斯基则认为生比死更艰难，真像郁达夫所说的那样"生非容易死非难"。

马雅可夫斯基还在少年时代，就鬼使神差地写下这样的诗句：

心就想挨一颗子弹，

脖子渴求一尝刀片；

灵魂在冰墙之间战栗，

它将永远逃避不了雪寒。

马雅可夫斯基在《脊柱横笛》一诗中还写道：

我经常在想——

让子弹给自己的末日点上句点岂不更美？

今天我有备无患，

举行一个诀别演奏会。

马雅可夫斯基在《关于这事》一诗中还写道：

相信死后的世界吧！

可以轻易地玩一趟。

只要一伸手，枪弹眨眼间

就可以划开一条通往死后世界的呼啸的道路。

这些诗句犹如谶言魔咒。在马雅可夫斯基陷于绝境的日子里，还曾经发生过这样一件事。在一次讲演后，有个年轻人不怀好意地问诗人："马雅可夫斯基，从历史上看，所有的优秀诗人都没有好的结局，或者被人打死，或者他们自己……"看着诗人被自己的话语击中，这个年轻人更是恶毒地加上一句："诗人，您什么时候开枪自杀？"一向伶牙俐齿的马雅可夫斯基为这种公然的挑衅所震撼，冷场了很长一阵才像是回答又像是喃喃自语地说："如果傻瓜们老是要问这个的话，那么，开枪自杀当然要好些……"

回头看马雅可夫斯基早期所写长诗《穿裤子的云》，真像是诗人袒露自己内心世界的独语：

你为什么叫我诗人

我不是诗人

我不过是个哭泣的孩子，你看
我只有洒向沉默的眼泪。
你为什么叫我诗人
我的忧愁便是众人不幸的忧愁
我曾有过微不足道的欢乐
如此微不足道，如果把它们告诉你
我会羞愧得脸红，今天我想到了死亡
我想去死，只是因为我疲倦了
只是因为大教堂的玻璃窗上
天使们的画像让我出于爱和悲而颤抖
只是因为，而今我温顺得像一面镜子
像一面不幸而忧伤的镜子。
你看，我并不是一个诗人
我只是一个想去寻死的忧愁的孩子
你不要因为我的忧愁而惊奇
你也不要问我
我只会对你说些如此徒劳无益的话
如此徒劳无益
以至于我真的就像
快要死去一样大哭一场
我的眼泪
就像你祈祷时的念珠一样忧伤。
可我不是一个诗人
我只是一个温顺，沉思默想的孩子
我爱每一样东西的普普通通的生命
我看见激情渐渐地消逝

为了那些离我们而去的东西

可你耻笑我，你不理解我。

我想，我是个病人

我确确实实是个病人

我每天都会死去一点……

斯大林的女儿斯维特兰娜·阿利卢耶娃后来回忆说："那个时候，常有人们开枪自杀的事……许多著名的党的活动家，一个接着一个地自杀了。"又说，"那个年月的人们非常重感情，而且十分真挚。如果他们认为不可能生活下去了，他们就会自杀……"

性格的内因遭遇残酷社会的诱因，精神的分裂遭遇时代的断裂。

马雅可夫斯基广场上那尊骑马的铜像

俞晶荷在《马雅可夫斯基与革命》一文中，讲述了马雅可夫斯基身后的殊荣：

1935年12月5日，《真理报》发表了一篇题为《弗拉基米尔·马雅可夫斯基》的文章，其中说道，斯大林同志给予马雅可夫斯基的创作这样的评价："马雅可夫斯基过去是、现在仍然是我们苏维埃时代最优秀的、有才华的诗人。对他和他的作品采取冷漠态度是犯罪行为。"

大概由于匆忙，文章中把斯大林批示中"最有才华的"一词误写成"有才华的"。这个错误直到12月17日的社论中才纠正过来。

斯大林的批示发表后，各个报刊先后发表文章肯定马雅可夫斯基，各家出版社制订计划出版诗人的著作。马雅可夫斯基的作品大量出版发行。"一些统计数字表明，马雅可夫斯基是继普希金、莱蒙托夫、涅克拉索夫之后，在苏联拥有最广泛读者的诗人。从1917年至1954年，用俄语及15种加盟共和国的语言出版的马雅可夫斯基著作达2300余万册之多。村庄、街道、广场用他的名字命名，国营农场、集体农庄、学校、图书馆、剧院、轮船，甚至莫斯科地铁站台亦是如此。"

蓝英年在《马雅可夫斯基是怎样被偶像化的》一文中，讲述了马雅可夫斯基身后走红的政治背景：

（马雅可夫斯基死后）不久，莉莉娅同奥西普离婚而不分手，所以她嫁给列宁格勒军区副司令普里马科夫，从莫斯科迁往列宁格勒，奥西普也跟了去。1934年12月1日基洛夫遇刺，列宁格勒开始了大规模的清洗，不仅清洗季诺维也夫分子、托洛茨基分子以及各种名义的反革命分子，还清洗所有贵族和资产阶级。普里马科夫是托洛茨基旧部，曾跟随他在乌克兰作战，难免不在清洗之列，很难保护莉莉娅和奥西普，而他们两在清洗之列不过是迟早的事。先清洗政治上的各种分子，因为他们对斯大林威胁大。后清洗贵族和资产阶级，因为他们有如瓮中之鳖，手到擒来。革命前出版的《彼得格勒名人录》上印着莉莉娅·布里克和奥西普·布里克的姓名和身份，只要保安局的人员翻一下《彼得格勒名人录》，他们就性命难保。莉莉娅知道，阿格拉诺夫可以保护他们，况且他步步高升，越来越得到斯大林的宠信。但莉莉娅精明过人，知道仅靠个人保护并不牢靠。政治风云变幻莫测。除斯大林外谁都可能垮台，所以要想永远平安无事，非得有一道来自于斯大林本人的护身符不可。但她却不知道怎样才能得到这道护身符。一次她见到阿格拉诺夫的时候向他倾诉了心中的惊恐。深知斯大林心思的阿格拉诺夫立即给她出了个主意，借口马雅可夫斯基在社会上受到冷落，给斯大林写信。莉莉娅担心如果斯大林不理睬或反感无异于自取灭亡。阿格拉诺夫向她担保结果将是理想的，并告诉她要写得精炼，不超过两页。莉莉娅在同知己朋友商议后，于1935年11月24日给斯大林写了一封信。

在信中，莉莉娅通过大大小小的具体事例表明她对马雅可夫斯基的关心，但又让人感到她是马雅可夫斯基唯一的亲人——未亡人。信交给阿格拉诺夫后莉莉娅惴惴不安，万一估计错误便会招来杀身之祸。可莉莉娅哪里知道斯大林正等待这封信呢。所以阿格拉诺夫把信呈交给斯大林的当日，斯大林便做了如下批示：

"叶若夫同志，我恳请您重视布里克的信。马雅可夫斯基过去是现在仍然是我们苏维埃时代最优秀的、最有才华的诗人。对他的纪念和他的作品漠不关心是犯罪。我看布里克的申诉是有道理的。请同布里克联系并把她召到莫斯科来。让塔尔和梅赫利斯也参与此事，你们通力弥补我们的损失。如果需要我的帮助我愿尽力。此致　约·斯大林。"叶若夫是联共中央主管安全保卫的书记，塔尔是中央出版局局长，专门负责替斯大林搜集国内外政治书刊，特别是托洛茨基在国外发表的文章，梅赫利斯则是《真理报》的总编辑。这本是纯属文化范围之内的事，按理应批给已成立一年多的作家协会或它的主管部门教育人民委员部，可斯大林却批给同文化教育完全无关的叶若夫。从中可以看出斯大林的用心。他对便于控制的全国作协仍感不满，因为作协由前拉普成员把持，而他们对斯大林突然解散拉普至今耿耿于怀，不绝对听命于他。布哈林在第一次作家代表大会上代表党中央当然征得他同意树立帕斯捷尔纳克为诗人榜样，现在看来并不合适。

斯大林当时所以同意布哈林的做法，因为帕斯捷尔纳克是位远离现实的诗人，同各文学团体和政治派别均无瓜葛，没有任何号召力，不可能聚集同伙形成反对派。但帕斯捷尔纳克对斯大林的恩赐领情不够。尽管卖力地把歌颂斯大林的格鲁吉亚诗歌译成俄文，但却把诗集《第二次诞生》中最长的一首诗献给布哈林。不仅如此，他还为阿赫玛托娃被捕的丈夫普宁和儿子列夫·古米廖夫向斯大林求情。斯大林嫌他多管闲事，并且不知道他将会写出什么诗来。斯大林知道最好的诗人榜样是以死去的诗人为榜样，因为他既不会惹是生非，给斯大林增添麻烦，也不会再写出不合他心意的诗，于是决定用马雅可夫斯基代替帕斯捷尔纳克。

叶若夫、梅赫利斯等人开始落实斯大林的指示，掀起宣传马雅可夫斯基的热潮。《真理报》、《文学报》都在显著位置刊登了斯大林对马雅可夫斯基的评价。事先不知道批示的莫斯科市苏维埃主席布尔加宁大卖力气，把诗人在莫斯科的寓所改建成展示其生平事迹及作品的博物馆；诗人所住的街改名为"马雅可夫斯基巷道"，原来的凯旋广场也改名为"马雅可夫斯基广场"，在广场中央矗立起一座巨大的马雅可夫斯基铜像。在诗人自杀身亡5年之后，伟大领袖斯大林的话"一句顶一万句"，造就了马雅可夫斯基空前绝后的红色经典诗人神话。

帕斯捷尔纳克对于马雅可夫斯基身后现象说了这样一番话："马雅可夫斯基的作品被强行推广，如同叶卡捷琳娜时代推广马铃薯。这是他的第二次死亡。这次死，责任不在于他。"马铃薯与山药蛋是同类项，是专制体制下革命文艺的"共名"。

曾任中国作协党组书记的唐达成，在与苏联作协交流时参观了马雅可夫斯基广场上的马雅可夫斯基铜像。他在访苏笔记中记录下这样一段话："当马雅可夫斯基声望每况愈下的时候，斯大林的干预'挽救'了他。斯大林肯定了他作为官方第一诗人的地位，并塑造了他的雕像。苏联人说，俄罗斯谚语云：爱是勉强不了的。雕像立在那里，但是没有爱，也不理解。后人以为是一个无名骑士的铜像或看作普希金的作品《青铜骑士》。他骑上马干什么？为显示威武高大？其实，他早从马上摔了下来。只剩下撅起的马蹄子让人绊跟头。"

马雅可夫斯基1918年写过一首诗《对马的好态度》：

> 我走过去，
>
> 在马的眼睛里
>
> 看见：
>
> 街道翻转过来，
>
> 照它特有的方式流动着……
>
> 我走过去，看见
>
> 大颗大颗的眼泪
>
> 从马脸上滚下，隐没在毛里……
>
> 一种动物
>
> 所共有的悲郁，
>
> 从我心中潺潺流泻出来，
>
> 融化成喃喃的细语。
>
> 马儿啊，别哭吧，
>
> 马儿啊，听我说——
>
> 你为什么认为你比他们的差？

小家伙，

我们全有几分是马，

我们每个人都是一匹独特的马。

卢那察尔斯基说："我看到过马雅可夫斯基冲动地跑上前去，搂住一匹马的脖子，泪水潸然而下。"

唐达成说："马的形象好啊。你看，人类一提到对人的服务意识，首先肯定的是'做牛做马'。马有千里致远之能，牛有万斤负重之力。马和牛，是人类赞美的形象。"

唐达成赞美过罗丹那尊著名的"人首马身"雕塑。唐达成感叹地说："罗丹真不愧为艺术大师，他把雕像塑造成头颅已挣脱为人，而被奴役被驾驭的马身子还没变过来，这其中难道没蕴含着艺术大师的深刻寓意？"

诗人马雅可夫斯基的命运，幸抑或不幸？千秋功过谁人曾与评说！面对马雅可夫斯基广场上那尊骑马的铜像，我们还能激情满怀地唱出《红莓花儿开》或用轻松的口哨吹响《莫斯科郊外的晚上》吗？

精神分裂缘于深刻的内心矛盾

杰克·伦敦

（ 1876.1.12 — 1916.11.22 ）

乌托邦幻灭之后的绝望

代表作——

《马丁·伊登》、《野性的呼唤》、《白牙》、

《热爱生命》、《海狼》、《铁蹄》。

热爱生命之人自行了断了生命

　　1916年11月22日，美国极负盛名的现实主义写作大师杰克·伦敦在寓所服用过量的吗啡而停止了最后的呼吸。其时，杰克·伦敦40岁，正值生命的旺盛期，他的创作也处于巅峰状态。他在短短的16年创作生涯中，撰写的作品竟有50卷之多。其中《荒野的呼唤》、《雪虎》（也有译为《白牙》）、《海狼》、《毒日头》、《铁蹄》、《马丁·伊登》等长篇和《热爱生命》、《墨西哥人》、《强者的力量》、《女人的刚毅》、《叛逆》、《老头子同盟》、《一块牛排》

等优秀短篇小说，使杰克·伦敦蜚声世界文坛，被尊崇为"美国无产阶级文学之父"。他从一个私生子、童工、"蚝贼"、"马背上的水手"，通过艰苦卓绝的个人拼搏个人奋斗，终于跻身上流社会，成为当时全美作家中的"首富"。他的作品被译成十几种文字在全世界广泛传播。美国著名小说家厄普顿·辛克莱赞叹说："在我们这个世纪，没有哪一位作家有像杰克·伦敦那样在其声誉如日中天之时所享有的广泛崇拜。"这么一个人生的成功者，怎么竟然会用自杀来结束生命？

欧文·斯通在《杰克·伦敦传——马背上的水手》[1]一书中，记载下杰克·伦敦扑朔迷离的自杀：

> 准备歇息了，他们两人（杰克·伦敦与他的管家姐姐伊莱扎）并肩穿过长长的大厅走向他的书房。他搂住她的肩膀，紧紧捏一捏，极其诚恳地对她说："我去了，你这个老奶娘。"穿过他的书房，走进他的睡廊去了。伊莱扎回到她房间上床睡了。

> 次日早晨七点，替代仲田的日本男仆关根奔进伊莱扎的卧室，一脸惊恐的神色，大喊："小姐，快点，主人很怪，像是喝醉了。"伊莱扎跑进睡廊，见杰克已不省人事，立即打电话到索诺玛找阿伦·托姆森医生。托姆森医生发现杰克的症状是毒品中毒，不省人事已经有一段时间了。他在屋内地板上发现两只空瓶，标签上写明是吗啡硫酸盐与阿托品硫酸盐。在夜间用的小圆桌上发现一页纸条，上面写着一些数字，说明这些药品的致命用量。医生给索诺玛的药房打电话，让他们准备好解吗啡毒的解毒剂，让他的助手海勒医生送来。两位医生给杰克洗胃，刺激并按摩他的四肢。只有一次似有反应，他的双眼缓缓张开，嘴唇微微翕动，也许是在说"哈罗"之类的话。然后，又重归昏迷。

这一奇特的死亡形式，使杰克·伦敦的死成为一个谜。前一天，他还与人商量，计划第二天到纽约去，中途绕道芝加哥，为他

【1】（美）欧文·斯通著，褚律元译：《杰克·伦敦传——马背上的水手》，北京十月文艺出版社，北京，1999年。

的"月亮谷"农场买一些良种牛。从他白天的安排来看，不像是准备夜晚自杀。那时，杰克·伦敦患着尿毒症，服用着吗啡硫酸盐与阿托品硫酸盐，他圆桌上的纸条标明的那些数字，究竟昭示了什么？是一种"提醒"，还是一种"预谋"？杰克·伦敦难道会在关乎生命的药量计算上出错？

杰克·伦敦在书房的墙上，张贴着这样的诗句：

> 我现在致力于工作，
>
> 祈求上帝不要让我萎缩。
>
> 如我必须在夜晚到来前死去，
>
> 祈求上帝让我先做完工作。

杰克·伦敦还有着那么多未竟的创作计划……

杰克·伦敦写过一篇著名的短篇《热爱生命》[1]。主人公是一个淘金者，他在荒原上弹尽粮绝濒临绝境，但只要有一线希望，就决不放弃生命：

> ……接着下了几天可怕的雨雪……他白天黑夜都在赶路。他摔倒在哪里就在哪里休息，一到垂危的生命火花闪烁起来微微燃烧的时候，就慢慢向前走。他已经不再像人那样挣扎了。逼着他向前走的，是他的生命，因为它不愿意死……
>
> 傍晚时，他碰到了许多零乱的骨头，说明狼在这儿咬死过一头野兽。这些残骨在一个钟头以前还是一头小驯鹿，一面尖叫，一面飞奔，非常活跃。他端详着这些骨头，它们已经给啃得精光发亮，其中只有一部分还没有死去的细胞泛着粉红色。难道在天黑之前，他也可能变成这个样子吗？生命就是这样吗，呃？真是一种空虚的、转瞬即逝的东西。只有活着才感到

【1】（美）杰克·伦敦著，万紫、雨宁译：《杰克·伦敦短篇小说选》，外国文学出版社，北京，1981年。

痛苦。死并没有什么难过。死就等于睡觉。它意味着结束、休息。那么，为什么他不甘心死呢？

但是，他对这些大道理想得并不长久。他蹲在苔藓地上，嘴里衔着一根骨头，吮吸着仍然使骨头微微泛红的残余生命。甜蜜蜜的肉味，跟回忆一样隐隐约约，不可捉摸，却引得他要发疯。他咬紧骨头，使劲地嚼。有时他咬碎了一点骨头，有时却咬碎了自己的牙，于是他就用岩石来砸骨头，把它捣成了酱，然后吞到肚里。匆忙之中，有时也砸到自己的指头，使他一时感到惊奇的是，石头砸了他的指头他并不觉得很痛……

顽强的求生欲望，使这个饥寒交迫的淘金者以令人不可想象的意志力，在荒野上踽踽独行，抑或准确地说是蹒跚爬行。就在此刻，他与一匹同样充满求生欲望的病狼遭遇了：

……离他不到二十尺远的两块岩石之间，他隐约看到一只灰狼的头。那双尖耳朵并不像别的狼那样竖得笔挺；它的眼睛昏暗无光，布满血丝；脑袋好像无力地、苦恼地奔拉着。这个畜生不断地在太阳光里眨眼。……它好像有病。

……有一次，他爬到了那只病狼附近。那个畜生一面很不情愿地避开他，一面用那条好像连弯一下的力气都没有的舌头舐着自己的牙床……

……这一夜，他总是听到那只病狼咳嗽的声音，有时候，他又听到了一群小驯鹿的叫声。他周围全是生命，不过那是强壮的生命，非常活跃而健康的生命。同时他也知道，那只病狼所以要紧跟着他这个病人，是希望他先死。早晨，他一睁开眼睛就看到这个畜生正用一种如饥似渴的眼光瞪着他。它夹着尾巴蹲在那儿，好像一条可怜的倒霉的狗。早晨的寒风吹得它直哆嗦，每逢这个人对它勉强发出一种低声咕噜似的吆喝，它就无精打采地龇着牙。

……他于是继续爬行，继续晕倒，辗转不停地爬；而那头狼也始终跟在他后面，不断地咳嗽和哮喘。他的膝盖已经和他的脚一样鲜血淋漓，尽管他撕下了身上的衬衫来垫膝盖，他背后的苔藓和岩石上仍然留下了一路血渍。有一次，他回头看见病狼正饿得发慌地舔着他的血渍，他不由得清清楚楚地看出了自己可能遭到的结局——除非他干掉这只狼。于是，一幕从来没有演出过的残酷的求生悲剧就开始了——病人一路爬着，病狼一路跛行着，两个生灵就这样在荒原里拖着垂死的躯壳，相互猎取着对方的生命。

……他知道他连半里路也爬不了。不过，他仍然要活下去。在经历了千辛万苦之后，他居然会死掉，那未免太不合理了。命运对他实在太苛刻了。然而，尽管奄奄一息，他还是不情愿死。也许，这种想法完全是发疯，不过，就是到了死神的铁掌里，他仍然要反抗它，不肯死。

……那只狼的耐心真是可怕。这个人的耐心也一样可怕。

这一天，有一半时间他一直躺着不动，尽力和昏迷斗争，等着那个要把他吃掉、而他也希望能吃掉的东西。有时候，疲倦的浪潮涌上来，淹没了他，他会做起很长的梦；然而在整个过程中，不论醒着或是做梦，他都在等着那种喘息和那条粗糙的舌头来舐他。

他并没有听到这种喘息，他只是从梦里慢慢苏醒过来，觉得有条舌头在顺着他的一只手舐去。他静静地等着。狼牙轻轻地扣在他手上了，扣紧了，狼正在尽最后一点力量把牙齿咬进它等了很久的东西里面。可是这个人也等了很久，那只给咬破了的手也抓住了狼的牙床。于是，慢慢地，就在狼无力地挣扎着，他的手无力地掐着的时候，他的另一只手已经慢慢摸过来，一下把狼抓住。五分钟之后，这个人已经把全身的重量都压在狼的身上。他的手的力量虽然还不足以把狼掐死，可是他的脸已经紧紧地压住了狼的咽喉，嘴里已经满是狼毛。半小时后，这个人感到一小股暖和的液体慢慢流进他的喉咙。这东西并不好吃，就像硬灌到他胃里的铅液，而且是纯粹凭着意志硬灌下去的。

这场荒野上惊心动魄的人狼搏斗，谱写了一曲生命具有无限潜能的赞歌。在小说开篇，杰克·伦敦写下了这样一首题诗：

> 这就是生命中唯一的财富
>
> 活过并经历痛苦
>
> 能做到这种地步也算是胜利
>
> 尽管他们输掉了最后的赌注。

大概正是小说中力透纸背的"热爱生命"，使得欣赏顽强意志力的列宁，在生命垂危的弥留之际，仍让克鲁普斯卡娅在病榻前为他诵读这篇小说，以汲取生命的力量。

这样一个热爱生命的人，却自行了断了生命，说来真是让人匪夷所思疑窦丛生。

贫穷是产生激进革命的土壤

杰克·伦敦在《我的自传》一文中写道：

我是1876年出生在旧金山的。我15岁的时候，就在大人中间充起大人来了，只要我有一枚多余的镍币，我就买啤酒，不买糖果，因为我觉得，买啤酒更像一个大人。现在，我的年龄差不多已经加了一倍，可是我正在追寻我从来没有的童年……

我到美国各地流浪，从加利福尼亚到波士顿，上下南北；然后从加拿大回到太平洋沿岸，我在加拿大因为流浪街头而被捕入狱，受到短期徒刑处分。我的全部流浪生活使我变成一个社会主义者。从前，我一直觉得劳动是很尊贵的，工作就是一切。它是神圣，它是救世主。当时，我辛苦工作了一天之后所产生的自豪感，简直是你们不能理解的。我完全是一个甘心受资本家剥削的工资奴隶……

杰克·伦敦是一个连谁是自己的父亲也不知道的私生子。1875年6月，旧金山市的《纪事报》上刊载了一篇报道："一位妇女朝自己的太阳穴开枪自杀，因为她不愿打掉腹中的胎儿，被她丈夫赶出了家门"。妇人名叫弗洛拉·韦尔曼，而那个残忍的男人是原籍爱尔兰的占星学家威廉·亨利·钱尼教授。弗洛拉·韦尔曼并非当真想死，只是以此要挟孩子的父亲。因为这篇报道在全国都转载了，使威廉·亨利·钱尼受到很大的压力，不久，他就从旧金山消失了。这个不让出生的孩子就是杰克·伦敦。后来，杰克·伦敦几度想寻亲认父，然而遭到了钱尼的矢口否认。

杰克·伦敦出生8个月后，母亲嫁给了在南北战争中失掉一叶肺的退伍军人、中年鳏夫约翰·伦敦。襁褓中的杰克·伦敦，从此就由继父带来的大女儿伊莱扎照料。正如杰克·伦敦自己后来所述，他自己的母亲从来没对他表示过关怀和慈爱，因为她把全部精力都投入到她终生迷恋的招魂术中了。他的继父是个和蔼可亲的人，却对付不了他的母亲：她情绪无常，脾气又坏，搅得他们父子不得安宁。在杰克·伦敦的一生中，他是从比他大8岁的伊莱扎那里得到"母爱"的。所以，杰克·伦敦长大后一直亲切地谑称她为

"老奶娘"。

继父的境况也不好，新组成的家庭，为了谋生不断地搬家。杰克·伦敦的童年在穷苦的日子中度过。10岁起，杰克·伦敦就起早摸黑地上街卖报、打零工，挣钱补贴家用。13岁，小学毕业后就进了一家罐头厂做工，每天工作10小时，得到1元钱。为了省车钱，下班后还得拖着疲惫的双脚走回家去。杰克·伦敦17岁时，正赶上美国1893年的经济大危机，失业人口激增，杰克·伦敦好不容易在一家黄麻厂找到一份苦差事；几个月后，又换到一家发电厂当锅炉工，干了白班连夜班，每天干13个小时，每月只挣30元。后来得悉老板看中他的强壮肯干，用他一人顶替了两人的岗位，其中一位被辞退的工人还因失业而自杀，这件事刀刻火烙般地印在了杰克·伦敦的记忆里……

1894年，由于严重的经济危机，工人大批失业，不断暴发罢工。4月，以西部几座城市的失业工人为骨干，组成了"工人军"，向首都华盛顿进军，要求政府改善工人的生活条件。杰克·伦敦参加了这支请愿队伍，沿途扒火车，挨门逐户乞讨，尝尽了人间辛酸。他在1907年发表的回忆录《我在社会底层的生活》中写道："在美国各地，我曾一再地在山上的大厦乞讨时遭到拒绝；而从溪边或沼地上的窝棚里却总能得到吃食，那里破窗户上塞着破布烂袄，做母亲的劳累过度、形容憔悴。你们这帮自以为乐善好施的人啊！到穷人中间去向他们学习吧，因为只有穷人才是乐善好施的。丢一块骨头给狗算不上慈善行为。慈善行为乃是，当你像狗一般饿得发慌时，和狗一起啃一块骨头。"当年6月，杰克在尼亚加拉大瀑布城因流浪罪被捕入狱，被判30天苦役。目睹了监狱中形形色色的犯人斗殴和鸡奸的可怕行为，这段梦魇般的经历对杰克·伦敦产生极大的震撼，他的《公牛》、《监狱》两篇小说即反映了他这段生活。

杰克·伦敦不堪忍受工厂生产线上疲惫又单调的劳动，就借了300元钱，买下一条单桅小帆船"眼花缭乱"号，到旧金山港口做起"蚝贼"来。他们趁夜出袭海湾中的私人养殖场，把抢到的东西在奥克兰码头上高价出售，这种生计虽然危险，但常常一晚上的收入比罐头厂一月所得还要多。后来，政府的海上渔业巡查部门雇用了他，他的任务是阻止其他想当"蚝贼"的人下海。

于是又做起渔巡队的警察，反过来去对付昔日的"蚝贼"。1893年，17岁的杰克·伦敦在"索菲·萨德兰"号上当了一名水手。开始了他太平洋航线上白令海、日本和西伯利亚的海上冒险生涯……

杰克·伦敦的苦难童年，与俄罗斯的无产阶级文学之父高尔基有着诸多相似的地方。

杰克·伦敦的小说多带有自传的性质。他的小说《叛逆》，正是他苦难童年的形象写照。贫困的童年裁下了"叛逆"的种子，成为最容易亲近马克思学说的"阶级基因"。

1902年初，杰克·伦敦受美国新闻社的委派，准备赴南非采访反对英国殖民主义的民族独立战争。他抵达伦敦时，这场时称"波尔冲突"的战争已经结束。他便打扮成流落此地的美国水手，出没于伦敦东区的贫民窟、工人家庭和贫民收容所，观察工人阶级的生活状况，并将其调查结果写成特写集《深渊中的人们》出版，书中以生动鲜活的第一手资料揭示了城市工人贫困和绝望的处境：在一个烂菜市场上，跌跌撞撞的老头老太婆，在泥浆和垃圾中拾烂了的土豆、青豆和蔬菜，小孩子们像苍蝇一样攒集在烂水果堆旁边，伸手到那些潮湿腐烂物中抢拾半烂的残块，抢到手便当即吞食下去。

人们住在一间间几英尺见方、狭窄阴暗的房子里，屋顶上堆着几英尺厚的垃圾，有鱼骨猪骨、丢弃的肠子、传疫的褴褛破布、破旧的靴子、坏了的陶器以及人类的猪圈中的一切废物。

一些无钱无地无家可归的人们，在临时收容所前排成长得惊人的队伍，拖着十分疲倦的身子，希望有机会进去休息一下，然而他们常常遭到斥责，这些人只好露宿街头。

一个出生只有九个月的婴儿，平卧在坚硬的长凳上，既没有枕头，又没有棉絮，更没有照顾他的人。

一个车夫和一个木匠都已年过半百，因年老失业无家可归，一连几天没找到栖身的地方。在多泥的街道上，他们拣拾橘皮苹果皮和葡萄梗，找到便放入口中充饥。他们用不结实的牙齿，咬开青梅核吃一点点的仁，拾取豌豆大小被弃面包屑、泥尘似的黑黑的苹果核，人家简直不会把它们当作苹果核看待，而这些东西竟然会给他们送进口内，又吞下去了。

杰克·伦敦在自传中说："我对人生有了新的体会。跟以前的看法完全不同了。我看到了处在社会地狱底层，任人宰割的人们。"杰克·伦敦在《深渊中的人们》一书的"结论"中明确指出："文明是否改善了普通人的命运"？在英国的社会生产力极大地提高的同时，为什么"800万贫困大军经常在饥饿线上挣扎"？原因就在于"政府的制度，即所谓大不列颠帝国的政治机器""衰败无力"，因此"必须重新组织社会"。社会党的杂志《威尔希尔》连载了他的《深渊中的人们》，把它视为美国最早的具有社会主义倾向的作品。同一时期，杰克·伦敦还为《同志》杂志写了一篇文章《我如何成为一名社会主义者》，并为《社会主义者国际评论》写了一系列论文。

杰克·伦敦生前曾计划写一部自传，题名都已经想好，叫《马背上的水手》。杰克·伦敦认为这个题名最能形象地表明他的一生：既是个热爱海上冒险生涯的"水手"，又强调自己是个高跨在马背上的"强者"。但是这一写作计划由于他40岁时的"意外死亡"没能完成。杰克·伦敦去世20年后，美国著名的传记作家欧文·斯通，沿用了杰克·伦敦的初衷，撰写了《杰克·伦敦传——马背上的水手》。欧文·斯通在书中对杰克·伦敦亲近马克思主义的原因作了这样的阐述：

> 什么事情使杰克成为一名社会主义者？他出身贫穷，他理解饥饿与初具剥夺之苦，他知道劳动人民的悲惨命运……
>
> 你尽管去查杰克的笔记，也查不出他在社会主义者所谓的社会底层混过一年以前，有过社会主义思想，或者表示过社会主义的感情。他是一个自称的"流浪个人主义者"。这个个人

主义者曾和他的9个同伴同在一条快船里，夺走了在凯利大军中的同志们的食物，因为"我们深信捷足者先登的道理"。这个个人主义者曾在惩戒所当食堂管理员，并未把富余的面包分配给不幸的囚犯，而是拿去换取极少供应的烟草、书和肉。

使他改变了想法的是，他发现社会最底层在迅猛地扩大。在"到路上去"以前，据他的想象，流浪汉都是些自愿流浪的人，因为他们喜欢到处乱跑，到处冒险而不承担任何责任；或者因为他们是游手好闲者、疯子怪人、痴子呆子，或者是酒鬼。尽管他发现这些人当中有一部分人在任何经济秩序下都是些废料，但他很快发现大部分人曾是同他一样的好材料，也是这么漂漂亮亮的人儿，可惜给糟蹋掉了：一些水手、苦力，由于繁重的体力劳动、生活的艰难和不幸事件，被折磨得变了形，然后像老马一样被遗弃在一旁，流浪街头……

有些人是被无防护设备的机器弄成伤残，被老板遗弃了；有些人因一天14小时在空气稀薄的工厂里做笨重体力劳动积劳成疾，被认为没用了，轰出来了；有些人是因为年老了，被年轻力壮的人所代替；还有人因所在的工厂技术落伍关门了；有些人力岗位被机器所取代；有些人被低工资的女工和童工所顶替；有些人因经济衰退，失业后再也找不到工作……

杰克晓得，再过5年、10年、20年，他也将被一个年轻力壮的人代替。这种经济制度有毛病，它从一个人身上取走了他一生中最好的年华，然后扔到破烂堆上任其挨饿、憔悴……他很快了解到，现代社会主义只是近70年才有的，他有一种感觉，他极其幸运，出生在这场运动的萌芽时期，他认为他赶上了时代。……他头一次发现对私有财产的攻击，头一次懂得了划分不同的经济阶级。他看到了劳动是私有财产基础的说法，看到了要求废除非劳动所得的收入与财产继承，看到了社会改革是政府应做的事的革命性概念……

　　一位流浪哲学家曾对他讲过一本《共产党宣言》的小册子。杰克找到了一本《共产党宣言》，他读得废寝忘食，发现自己的心胸和头脑一下子变得异常清醒，很有条理了。他绝对信服卡尔·马克思的分析，相信人们不仅能实现社会主义国家，而且根据历史的必然性，经济力量将迫使他们实行社会主义。杰克在他的笔记本里写道："人类的全部历史是剥削者与被剥削者斗争的历史，那些阶级斗争的历史显示了经济文明的进化，就如达尔文的研究，显示了人的进化；随着工业化和资本集中的到来，将达到这样一个局面：被剥削者如果不一劳永逸地解放所有未来的剥削、压迫、阶级差别和阶级斗争，就将无法使自己从统治阶级的压迫中解放出来。"

　　杰克从《共产党宣言》中，进一步发现科学社会主义要求废除私有土地，废除所有的继承权；工厂、生产工具、交通、运输都归国家所有；而且所有的财产，消费品除外，都归集体所有。他在《共产党宣言》上有关号召全世界工人争取社会主义的段落上用铅笔重重地画上横线："共产党人不屑于隐瞒自己的观点和意图。他们公开宣布：他们的目的只有用暴力推翻全部现存的社会制度才能达到。让统治阶级在共产主义革命面前发抖吧。无产者在这个革命中失去的只是锁链，他们获得的将是整个世界。"

　　杰克宣称：社会主义是世界上最伟大的事情。

　　穷则思变，要干，要革命！马克思主义甫一诞生就被看作是穷苦人的哲学："唤起工农千百万，同心干，不周山下红旗乱"，贫穷是产生激进革命的土壤。杰克·伦敦的穷苦出身，使他对马克思主义有着天然的共鸣。资本主义的原始积累，"从来到世间，每个毛孔都流着血与肮脏的东西"。马克思主义对资本主义制度的批判，召唤着"千百万受苦大众"，使马克思主义成为20世纪的显学。

欧文·斯通在《杰克·伦敦传——马背上的水手》一书中写道："他熟读了《共产党宣言》，知道了资本主义社会存在着剥削，存在着阶级和阶级斗争。金钱把人分为两个等级：剥削阶层与被剥削阶层。这是他从童年到青年亲身体味到的，他很快接受了社会主义的思想，向往一个社会主义的社会，取代剥削与压迫，让更多的人从死亡线上贫困线上解放出来。"

一个少年社会主义者的革命激情

1896年克朗代克河流域发现了金矿，引起了美国历史上的第二次"淘金热"。杰克·伦敦与他的姐夫加入了涌向阿拉斯加的淘金队伍。在这种冰天雪地的长途跋涉中，全靠狗拉着雪橇行走，所以人们都是尽量减少携带，轻装上阵。然而，杰克·伦敦与人不同，他是拖着装有大批沉重书籍的行囊上路了。他对人戏谑地说："这是我的精神食粮。"

由于阿拉斯加恶劣的生存环境，杰克·伦敦于当年的冬天患上了坏血病，好不容易挨到翌年春季，才得以返回旧金山。杰克·伦敦虽然没能淘到一盎司黄金，他却说自己"有了重大的收获"，说自己度过了一段愉快的时光。他读了达尔文的《物种起源》、斯宾塞的《哲学流派》、弥尔顿的《失乐园》和马克思的《资本论》等等。

据阿拉斯加的一名老探矿者汤普森回忆：有一天，他遇上一场猛烈的暴风雪，哆哆嗦嗦摸进帐篷时已经半死。他一推开杰克·伦敦的小屋门，只见满屋都是烟雾，屋里的人都在抢着说话，挥舞着手，要别人闭口。汤普森以为他们发生了什么你死我活的争执，当他听明白他们争辩的题目是"社会主义"时，真以为是自己在同暴风雪搏斗后神志不清了。直到1937年，杰克·伦敦逝世20年之后，汤普森还笑着向人抱怨说，当时他没法找到杰克·伦敦来劈木头，他一直忙于与人辩论"社会主义的问题"。

零下四五十摄氏度的严寒与热烈的忘我争辩形成了鲜明的反差。

曾有一段时期，杰克·伦敦认为自己发现了金矿。汤普森对杰克说，你发现的克朗代克金矿，至少能值25万美元。杰克·伦敦一定梦想过把几袋黄金带回奥克兰，让继父和生母过上体面的日子；偿还伊莱扎太多的人情；娶梅布尔·阿普尔加思为妻以及有闲暇时间来写作。但好梦不长，老探矿人奔到亨德森河去，回来哈哈大笑，杰克·伦敦发现的纯金泥土，不过是些貌似金子的云母。在阿拉斯加的旷野上，杰克·伦敦没有挖到一盎司的黄金，淘金梦破灭了。但杰克·伦敦却认为他比找到金矿的收益还要大，因为他找到了"马克思主义这座金矿"。

从19世纪90年代起，杰克·伦敦开始参加美国社会党的活动，并在20世纪的最初10年里极为活跃。他在《我如何变成社会党人》（1905）一文中写道，他之所以相信社会主义，是因为他"发现自己已经跌进社会的深渊，而且正在滑向屠宰场的底层"。1901年和1905年，杰克·伦敦还曾两次以社会党的候选人竞选奥克兰的市长。也许正如亚里士多德所言，"人天生是政治的动物"，在杰克·伦敦身上充满了参政议政的热忱。

杰克·伦敦在自传中写道："这时候，我的社会主义言论已经引起了相当多的人注意，大家都把我叫作'少年社会主义者'。这个头衔弄得我连在街上讲话都会被捕。"

欧文·斯通在《杰克·伦敦传——马背上的水手》一书中，记载了杰克·伦敦加入美国社会党的情形：

> 新近成立的奥克兰社会党（太平洋沿岸最早成立的社会党）的成员邀请杰克参加他们的地方分会。他认识了英国社会工党的奥斯汀·刘易斯，还有一些德国社会党人。因该党在本国遭禁后而逃亡国外。他们都是一些成熟的饱学之士，他们成了磨刀石，使杰克的头脑尖锐起来。奥兰克社会党分会与其说是经济性的不如说是文化性的团体。他们都是知识分子、理论家，不直接参与阶级斗争，至今还没有吸收工人入党。要感谢这一群人，使杰克相信，社会主义不属于知识阶级。他相信社会主义属于工人和工会。历史阶段的发展决定要由他们来发起阶级战争，进行革命，建立无产阶级的全球国家。卡尔·马克思教导他，这是文明发展的第二步。

> 他开始参加工人集会，在劳动者工会讨论社会主义，在市政厅公园听政治演说。一天下午，他大受感动，从一条板凳上立起身来，对广大群众说，资本主义是有组织的掠夺体系，在

把工人甩掉以前，扼住工人的喉咙，把最后一块美元从他们的喉咙里抠出来。他讲话不超过10分钟，百老汇大街上响起了马蹄声，一辆黑色的巡逻马车从公园那边驶来，两名警官拍拍他的肩膀宣布他已被捕。他们押着他穿过人群，走向巡逻马车，把他搁在有铁门的后座，穿过奥克兰的大小街道，把他投入监狱。杰克抗议说，这是在美国，人们有言论自由，社会主义不是犯罪。值勤警官回答他说："也许不是犯罪，不过你讲话没有起执照。"

奥克兰报纸用横贯整版的标题来报道此事，把杰克称为"儿童社会党人"。

杰克·伦敦在《赞助》刊物上发表《乐观主义、悲观主义、爱国主义》，文中大声疾呼："快苏醒，握住腐败政府的缰绳，教育启发民众。"他还说，"现存的社会应被摧毁的时间来到了"，他"准备以任何手段或力量去摧毁它"。

1929年的《新群众》对杰克·伦敦评价道："一个真正的无产阶级作家不仅应当写工人阶级，还必须拥有广大的工人阶级读者。一个真正的无产阶级作家不仅要用他的无产者生活作为原料，他的作品还必须燃烧着反叛精神。杰克·伦敦是真正的社会主义作家，美国第一位，迄今为止唯一的一位天才无产阶级作家。"

麦克米伦公司又出版了他的《阶级斗争》一书。一时洛阳纸贵，5个月中连印3版，这成为一个轰动事件。因为在当年的美国，绝对否定有阶级斗争存在，社会主义是受到奚落和轻视的。他的声音成为"旷野的呼喊"，越来越多的人倾听他的声音。尤其是刚刚成长起来的一代人。

1906年1月，杰克·伦敦在全美进行了巡回演讲。纽黑文社会党分部的负责人亚历山大·欧文邀请杰克·伦敦到耶鲁大学去演讲。欧文请一位名叫德尔芳特的社会主义者画家，画了10幅招贴画：英俊的杰克穿一件套头毛线衫，下面是一排红色的火焰，上写演讲的题目："革命"。这个醒目的广告把耶鲁大学惊呆了。一个校方负责人立即招来辩论俱乐部主席，通知他立即取消这次演讲。如果不取消，他要撤回批准使用伍尔西大厅，不许在耶鲁大学鼓吹革命。俱乐部打算从命，但遭到了许多年轻教授的反对，一位教授责问校方："耶鲁大学是一座修道院吗？"禁令被取消了。

欧文·斯通在《杰克·伦敦传——马背上的水手》一书中，记载了这次历史性的演讲：

> 晚8点，3000名学生和300名教职员，几乎是全校师生，挤满了伍尔西大厅。杰克走上讲台时，受到热烈欢迎。大家静静在倾听他讲到世界各国有700万人"正在为夺取全世界的财富，为彻底推翻现存的社会而全力斗争。他们互称同志，这些人，肩并肩地站在造反的旗帜下。这里有十分巨大的人的力量！这里就是力量！革命者为一种伟大的情感所驱动，他们最关心的是人道主义，最不关心的是死亡规则"。他在一个小时内用经济解剖刀解剖了资本主义制度之后，结论道："资产阶级治理国家已经完全失败了，不能让他们再治理下去了。700万工人阶级说，他们将把其余的工人阶级团结起来，担当起治理任务。革命就在此时此地，谁能把它停下来？"

欧文·斯通在《杰克·伦敦传——马背上的水手》一书中，还记载了杰克·伦敦在纽约的一次演讲：

> 1月19日，杰克回到纽约市。在此两周前，他在大学社会主义者协会上做了题为《危机来临》的演讲，他在这次会上被选为主席。据报道，这次在大中心宫的聚会踊跃非凡，人数从4000到10000各种说法都有。总之，大西洋沿岸各州的每一个

社会主义者凡能出得起钱来纽约的，都来参加了。……杰克是在佛罗里达州演讲完后北上的，火车晚点了，10时，杰克穿一身黑色的切维厄特粗纺毛衣、一件白色法兰绒衬衫，系一个白领结，穿着一双破旧的漆皮浅口无带皮鞋，头发蓬乱着。在会场出现时，听众立即起立，给了他一生最热烈的一次欢迎。尤金·维·德布思（美国社会党领袖，曾任美国铁路工会主席，1904年曾被提名为该党总统候选人）是人们心中的巨人，而杰克·伦敦则是他们战斗力最强的年轻领袖与先知。厄普顿·辛克莱说，听众欢呼并挥舞小红旗足足5分钟，杰克才有机会使他的话被听众听清。当他预言，到2000年，资本主义社会就将垮台时，听众欣喜若狂，尽管他们中没有一个人能活到那一天亲眼目睹伟大的"最后审判日"。

从欧文·斯通的这些演讲记录中，我们看到杰克·伦敦作为一个社会主义者富有浪漫主义的革命激情。

杰克·伦敦版的"知识就是力量"

杰克·伦敦在小说《一个珍贵的历史片断》中，借主人公的口发了这样一通感慨：

我们的老板都能读能写，他们有很多书，这不过因为他们是我们的老板，他们住在宫殿里，从来没有干过活。等到出力吃苦的人学会了读书写字——等到他们全学会了——他们就会变得有力量了；到了那时候，他们就会用他们的力量打破他们身上的枷锁，以后就再也不会有什么老板，再也不会有人当奴隶了。

杰克·伦敦认为，有没有知识成为剥削阶级与被剥削阶级的分水岭。

杰克·伦敦在小说《一个珍贵的历史片断》中，还在"编者志"中写下这样的话：

> 下面这个故事是在19世纪才写成文字的。当时，非但书写或印刷这类东西是不合法的，而且在工人阶级里面，能够读书写字的人也极少见，他们几乎全是文盲。这个时期是寡头的黑暗统治时代，在这些寡头的言论里，广大的人民群众都成了"畜牲"。一切读书写字的行为都受到歧视，都给消灭了。在当时的法典里，有一条黑暗的法律可以作为例证，无论哪个阶级的人，即使教会一个工人阶级的成员认识了一个字母，也要被认为犯了死罪。教育上的这种严格限制，对于统治阶级是很必要的，这就是说，假如那个阶级要继续维持统治的话。

大概正是出于这一思维逻辑，杰克·伦敦从童年起就表现出强烈的求知欲。

欧文·斯通在《杰克·伦敦传——马背上的水手》一书中，对杰克·伦敦如饥似渴的读书作了这样的记录：

> 年轻的杰克有一项非常伟大的发现——奥克兰公共图书馆。过去5年内，他读到的真正的书只有5本，其余的，贫瘠的乡村只能提供一些卖一角钱的蹩脚小说和旧报纸。孩子隐隐知道会有这么一个公共图书馆收藏成千上万的书，所有的书都是免费借阅……这孩子从前想看书得不到书，如今狼吞虎咽地看起来：床上读，起床读，上学放学的路上读，课间别的孩子玩耍时他仍在读。他这个善于发挥想象力、具有神经质的人，如今感觉已经盛满，很容易会溢出来。他想象到别人的欢乐，自

己也似乎在天空翱翔；同情书中角色的悲哀与失败，宁可自己投入绝望的深渊。他在极短的时间里读了那么多的书，以致脑子出了岔……

他头痛欲裂，却总是爬回驯鹿号船舱，随手锁上舱门，打开他心爱的书本，基普林的最新版本《光明逝去》、梅尔维尔的《泰庇》、萧伯纳的《不合群的社会主义者》、左拉的《萌芽》，依靠这些使自己恢复过来。

虽然他受教育不多，他感觉到自己是一个天生的学生。教育对他就像是一间海图室。他不怕陌生的书名，他知道他不会轻易迷失方向，他已经花费足够的时间去了解，什么样的海岸，他想去探一探险。他遇上一本书，不是用细巧的拨子偷偷摸摸地去把锁撬开，把里面的东西偷走，而是抓住一本踏破铁鞋无觅处的书，就像一个未开化的野蛮人，一头饿狼，做好跃起的准备。他的牙咬进这本书的喉咙，猛烈地摇它，直至它屈服，然后吸干它的血，吃光它的肉，嚼碎它的骨头，直到那本书的每一根纤维、每一块肌肉都进入他的体内，增强他的力量。

他回过头去追寻经济学之父亚当·斯密，读了《原理》。然后进一步研究马尔萨斯的《人口理论》、李嘉图的《分配原理》、巴斯蒂特的《经济和谐原理》，早年经济学家关于价值和边际产出的理论，约翰·斯图尔特·米尔的《分配的份额》……一直追究到这些理论的历史必然性，最后又回到科学社会主义奠基人这块他熟悉的土地。在研究政治科学方面，他先回到亚里士多德，跟着吉本经历了罗马帝国的兴起与灭亡，追踪中世纪教会同皇权的冲突，路德与加尔文在宗教改革时期有关政治结构的影响，一直到霍布斯、洛克、休谟、米尔等英国人开始出现现代政治概念的著作；在形而上学方面，他读了黑格尔、坎特、伯克利、莱布尼茨的书；在人类学方面，读了博厄斯与弗雷泽的著作；在生物学方面，他已经读过了达尔文、赫胥黎、华莱士的书……他读了他能找到的所有关于社会学的书……

杰克·伦敦抱着开卷有益，捡到篮里都是菜的"求知欲"，读着一切能到手的书。他在自传中说："我总是抓住什么就读什么，其中以维达的小说《西格纳》给我的印象最深，我反复不断地读了两年。但是因为我读的这本，最后几章已经散失，在我成人之前，我始终不知道这个故事的结局。因此，我就不断地跟书中的主人公一同做着好梦，而且和他一样，始终看不到因果报应。"杰克·伦敦这段话意味深长，他生吞活剥读书的结果，就是"始终不知道这个故事的结局"。

他一生的主心骨是社会主义。他相信齐心协力的优越性，由此生发出力量、决心与勇气。

他的社会主义的组成部分来自他哲学源流三方面的结合：黑格尔的一元论，斯宾塞的唯物主义宿命论，达尔文的进化论。杰克·伦敦说："大自然是没有感情、没有仁慈、没有怜悯的。我们是伟大的非理性力量手中的玩物，然而，我们可以设法了解这些威力的某些规律，了解我们同它们之间的关联。……我确信，根据培根的说法，人类的理解来自感觉的世界。我确信，按洛克的说法，人类所有的观念是由于意识的作用。我相信拉普拉斯的观点，根本就没有必要虚设一个创世主。我相信坎特关于宇宙的原始机制的说法，所谓创世，只是一个自然的与历史的演变。"

除了马克思主义之外，深深吸引着杰克·伦敦的还有尼采的哲学。因为两人相似的童年经历和人生磨难，尼采对杰克·伦敦产生了深刻的影响。杰克·伦敦在童年曾接触唯圣论的恐怖，牧师的儿子尼采也曾经接触虔诚的宗教仪式；杰克·伦敦反对一切宗教形式，他认为整个基督教仅仅是空洞的仪式，是不可信的。他认为所有的宗教是人类最大的敌人，因为它麻醉人的脑子，并掺进去教条，使人们盲目地接受而不是独立思考，使人们在这个地球上，从小到大，搏斗了一辈子竟还不敢相信自己是命运的主人。杰克·伦敦发现，尼采的思想证明了他对假冒伪善、虚伪以及宗教的欺骗性的看法是正确的。尼采的阐述是如此的辉煌，他断定，尼采已为基督教挖好了坟墓。杰克·伦敦还在尼采的思想中发现了超人，超人比所有的人更高大、更强壮、更聪明，他能克服所有的障碍，能统治奴隶大众。杰克·伦敦觉得超人的哲理很适合他的口味，因为他认为自己是一个超人，能克服所有障碍，最终能统治（教导、领导、指导）大众。尼采由超人来统治奴隶大众的哲学，自然要嫌弃社会主义，认为社会主义是软弱无能的政府，并且尼采还贬低工会，认为工会只能使工人不满意自己的命运……但这些思想看来并没有干扰杰克·伦敦。他打算既相信超人又相信社会主义，甚至不理会这两者是相互排斥的。他终其一生，是一个个人主义者，一个社会主义者，他为自己，需要个人主义，因为他是超人，是一个怀抱弥赛亚情结的"救世主"；为人民大众，他需要社会主义，因为大众是软弱的，需要保护。若干年内，他打算成功地驾驭这两匹知识之马，尽管它们各自奔向对立的方向。看似很矛盾的人生之路选择，其实有着每个强悍个性人的逻辑必然。

　　杰克·伦敦奋斗之始，已然有了精神分裂的隐忧。他无力把这两种对立的哲学融会贯通。杰克·伦敦的思想库，其实就是个杂货铺。早期这种不求甚解生吞活剥的读书法，也为他以后人生的困惑埋下了祸根。

欧文·斯通在《杰克·伦敦传——马背上的水手》一书中，还记载了杰克·伦敦由阅读走向写作的历程：

> 这些编小说的人，肚里无胆，腰下无卵。他们没有根底，没有真正的学问，没有指导思想；他们只有太甜的罗曼史公式。这些都是些贫乏的头脑，贫乏的文学。他视他们为侏儒；只有巨人才敢用真正的文学来交锋、来争论。
>
> 他的注意力对准他判断是真正创造了自己风格的作家：斯秋特（旧译司各脱）、迪肯斯（旧译狄更斯）、坡·基肯林、乔治·埃利奥特、惠特曼、史蒂文森、史蒂芬·克兰。他深掘他所谓的天才三执政：莎士比亚、哥德、巴尔扎克。从斯宾塞、达尔文、马克思和尼采那里，他学会了如何去思考；从他的文学宗师基普林和史蒂文森那里，他学会了如何去写作。他感到如今他已有了科学决定论的指导思想，他将以此来统率他小说中的人物……

杰克·伦敦把他读到认为有价值的东西都摘录下来，采用卡片索引的办法把家里到处都贴满了。当他醒来一睁开眼睛，或者是穿衣、剃须、洗脸时，也可瞟一眼而默记。

但是，杰克·伦敦的创作之路筚路蓝缕走来并不顺当，历经了坎坷曲折。欧文·斯通在《杰克·伦敦传——马背上的水手》一书中做了这样的记载：

> ……退回的稿子堆成了堆，足有5英尺高，而且天天都还在增加，他已经没有钱再把它们寄出去了。杰克·伦敦开始进出当铺，当掉了自行车、雨衣和手表，冬天到了，他还穿着轻飘飘的夏衣。他用当衣服的钱买回邮票，让自己的稿件能在出版社间打转转。他绝望时，就双手伏在桌上，把头埋在手上，

对着桌子喃喃自语："可爱的桌子呀，只有你是我的好朋友，你从来也不拒绝我，不给我退稿单，也不抱怨我要你加班加点……"

他设法找来了"报纸稿件供应社的通讯处"，并且源源不断地投了20篇短篇小说，然而还是一篇也没采用。他失望了，失望到怀疑是否有这么个"编辑"存在。他没法证实确有这么个编辑存在，每次他的稿件退回，从没附过半句意见，那种千篇一律的退稿单，他已收到好几百张，所以，杰克得出一个结论：编辑不是真正的人，它只是一部机器，稿子从入口输进去，里面的机器自动把稿子从信封里抽出来，再装进另外一个信封，同时塞进一张退稿单，并且自动封上口，贴上邮票，再从出口送出来。

有一次，他一连14个小时没吃东西。他只好开始琢磨怎样迎合报纸刊物的要求来"造文章"。

他找出了一个规律：绝对不能是悲惨的，不能有深刻的思想，也不要真正细致的感情，而越冠冕堂皇、矫揉造作、虚伪遮掩，越有机会发表。他参照当时流行的小说模式，把写小说概括成一个处方，就像药店配药一样。这个处方共有三个部分：一、一对情人被拆散了；二、因为某种原因，他们又重归于好了；三、婚礼的钟声敲响了。其中，第一、二部分是可以随意变化的，而第三部分是绝对不能变动的，结尾必须以钟声齐鸣的婚礼结束，就是天塌下来了，这婚礼也得举行。关于用量，这张处方上规定的每报最小剂量为1200字，最大剂量为1500字。

杰克还拟定了小说创作的五六种现行格式。这些格式好像巧妙的万能"数字用表"，可以从上下左右入手，不用推理，不用思索，就能得出千百个不同结果，每个结果都精确得无懈可击。用这种表，杰克在半个钟头里就能拟出十来篇小说的布局。

杰克·伦敦尽管一再碰壁，但他不屈不挠地规定自己每天必须写1000字，一周写作6天，并规定自己，头天未完成的计划第二天一定要补上。后来，他给自己的限额又提高到每天1500字，然后又加到2000字，但决不超过2000字。他说："我坚持认为，好作品不可能一天写3000或4000字；好作品是不会从墨水池里拽出来的；好作品就像砌墙，每一块砖都是仔细挑选的。"

当杰克·伦敦终于冲上文坛，向下俯瞰时，却觉得像在深渊中一样绝望。因为"向上爬"时费力太多，以至于完全抵消了成功的喜悦。当面对纸醉金迷的上层社会时，他感到的仅仅是更彻底的绝望。欧文·斯通说："他成功的金身放出耀眼的光芒，然而他的腿脚却是生活的烂泥塑成。"

社会主义乌托邦的试验

杰克·伦敦一生充满着新奇的想法与冒险精神。他设想要建造一艘双桅船，是介乎于小帆船与纵帆船之间，兼有这两种船的优点。他把它命名为"史耐克号"，名字来由是《追猎史耐克》中一种想象出来的野兽。他要驾驶着这艘船，进行全球航行：从夏威夷开始穿越南太平洋，穿越新西兰、澳大利亚、新几内亚、菲律宾到日本；然后是朝鲜、中国、印度、红海、地中海、黑海、波罗的海，穿越大西洋再返回纽约。杰克·伦敦可能把这艘船设想为"拯救人类的诺亚方舟"，他要进行全球社会主义的巡讲。他原计划用

7000元就可完成这一宏伟目标，可实际上花费了30000元后，史耐克号仍像是"一堆纸糊的废铜烂铁"。欧文·斯通说："史耐克号建造那么长时间，却突然断裂，还不能很快修复。建造这艘船成为杰克一件让人嘲笑的事情。"杰克·伦敦不听劝告一意孤行，在驾驶史耐克号历经几次生命险恶之后，终于无奈地把它拍卖，只卖了3000块钱，被用来在所罗门群岛间运送奴隶劳工。这个具有讽刺性的结局如一个象征，充分体现出美好理想与残酷现实之间的巨大反差。

当杰克·伦敦的写作为他赢来巨大财富之后，他身体力行开始了自己"社会主义乌托邦"的试验。

杰克·伦敦初期拥有希尔农场、拉莫特农场、菲什农场，1904年，他又在索诺马县的埃伦幽谷附近购置进800英亩的科勒葡萄园，于是把他拥有的土地连成了广阔的一片，成为一个"独立王国"。他为其取名为"美丽牧场"。杰克·伦敦曾写过长篇小说《月亮谷》，欧文·斯通把杰克·伦敦的庄园称为"月亮谷"。也许这是一个更为贴切的命名："若问我爱你有多深？月亮代表我的心。"然而，月亮只不过是借助太阳的光而闪亮。"月有阴晴圆缺，人有悲欢离合，此事古难全"。

杰克·伦敦要在苦难的人间，建造一个有福同享有难同当有食共餐有屋同居的公有制"乌托邦新村"。杰克·伦敦现有1100英亩土地可供耕种，他可为社会提供数百个就业机会，使人们得以维持生计。他要在"月亮谷"建造数十间美丽豪华的住所，无偿地提供给贫困的人们居住，"安得广厦千万间，大庇天下寒士俱欢颜"……

杰克·伦敦的这一美好愿望，可能代表了"马克思主义幽灵"来到世间前后一个历史时期的普遍思潮：19世纪著名的空想社会主义者欧文，也有过与杰克·伦敦类似的构想：1800年，他在苏格兰一家纺织厂试行改革实验，改善工人的劳动、生活条件；1824年，他在美国购置3万英亩土地，创办共产主义新村。欧文认为私有制、宗教和旧的婚姻制度是社会进步的三大障碍，而私有制是总根源；他指出私有制使人变成魔鬼，使世界变成地狱，因此一切私有制都应该推翻；他提出未来社会的原则是没有阶级差别，共同劳动，共同占有，权利和义务平等，工业劳动和农业劳动相结合，城市和乡村相结合，有计划地组织各项经济活动。恩格斯说：在马克思之前，对资本主义社会"能够进行这种批判的只有傅立叶一人"。傅立叶学说的精华是对资本主义制度的深刻批判。傅立叶幻想建立一种以"法郎吉"（又译"法伦斯泰尔"）为基层组织的社会主义社会。其中以农业为主工业为辅，城乡结合；人们按自己的兴趣参加劳动，劳动所得按照"各尽所能，各以劳动，资本和才智取其所值"的原则进行分配；大家亲密无间，过着自由生活等等。这些都反映着当年人们对未来理想社会的设想。

毛泽东在青年时代，也深受康有为《大同书》的影响。1917年，毛泽东在写给黎锦熙的一封信中说："大同者，吾人之鹄也。"鹄就是目标。毛泽东还把康有为的大同思想，与日本小路笃实的新村主义相结合，决心与志同道合者在长沙岳麓山建设一个"新村"，给世人提供一个理想社会的蓝本。

可能所有早期的社会主义者们都有过这种"左派"幼稚病。

然而，严酷的现实不是思想家文学家头脑中"三千白云任剪裁"的蓝图。

欧文·斯通在《杰克·伦敦传——马背上的水手》中，记载了杰克·伦敦乌托邦理想的破灭：

他指示伊莱扎，不许拒绝任何一个来求工作的人，至少要让他挣到三四天工资，或吃上三四天丰盛的饭菜。要是没事可做，伊莱扎必须想出点事来让人做，让他去清理山坡上的石头，或在田地间围一些栅栏。他对监督建造"狼舍"的福尼说："福尼，决不能让一个人不干满三四天活就走，要是人不错，就留下他。"在福尔索姆或圣昆丁服刑的犯人写信给他说，如被雇佣即可获假释。他经常对监狱当局说，他有工作可以让假释出来的犯人去做。一名遭到拒绝的犯人写信给他说："你不必害怕我在你的住所附近工作，我不偷东西，我只是个杀人犯。"通常总有数十名的假释犯人在他的农场干活。

　　1913年，他的农场事业达到了高峰，他每月要付的工资高达吓人的数字：3000元！他雇佣的农工有53人，建筑工35人，要为近100名工人及其家属几乎500人提供住处。付工资日，他骑马穿过耕地或丘陵，从挂在腰间的钱袋中取出金币来付给工人，他让这些工人有工作可做，这给他带来深深的无尽的欢乐。同他从农业试验中得来的欢乐以及想到自己是加利福尼亚农业救世主所获得的欢乐同样大。

　　毗邻的农场主嘲笑他把三茬庄稼都翻进地里去了，还嘲笑他是在农场工作的"8小时社会主义者"，就如他在建造史耐号时大受嘲弄一样，如今为建立一座示范农场也大受嘲弄。他抱怨说："一个人找出一条干净、完整的挣钱花钱路，每个人都跳到他身上，要是我去赌赛马或去找女演员，他们倒会没完没了地宽容我了。"有些人警告他不要把这么大笔钱用去做试验，他回答说："我是老老实实挣钱的，不是不劳而食。我想把钱花在雇工身上，花在重振加利福尼亚农业上，我为什么没有权利来享受我自己特殊的享乐形式呢？"

欧文·斯通说:"他始终认为,'我喜欢'是解释不清的。当哲学在一个人的身边没完没了地说你该干什么,这个人就会立即说:'我喜欢'。哲学就发出闪烁的微光了。正是'我喜欢'使醉鬼还要喝;使苦行者仍要穿他的粗毛织衬衣;使这个人追求名,那个人追求利,另一个人追求爱,另一个人追求上帝。"有钱买得到喜欢!他一年从写作中可以挣到75000元,如果当时有作家收入排名榜的话,杰克·伦敦应该说是全世界作家首富了。可他每年花掉的却是10万元。这种超越自己经济承受力的做法,使杰克·伦敦一生寅吃卯粮,背负着沉重的债务。也使他不停地粗制滥造作品。

他为工人付出的负担越来越重,此外,亲朋好友的圈子越来越大,亲戚的亲戚,亲戚的朋友,朋友的朋友,还有客人,慈善性的照顾,食客,各种各样的寄生虫。他天性慷慨好施,全美国的流浪者都知道他们最辉煌的前同伴乐于招待他们一顿饭、一顿酒、一张床,他们中的大多数人都把美丽农庄列入他们的旅程。吉姆塔利说,在洛杉矶的一个晚上,一名叫花子向杰克·伦敦乞讨一点钱好过夜,杰克·伦敦把一枚5块钱的金币塞进这个人手里。约翰尼·海霍尔德回忆说,杰克·伦敦走进一家酒馆,拿起满瓶威士忌只喝了一口,就留下一枚5块钱金币,说:"约翰尼,告诉孩子们,杰克·伦敦来过了,为他喝一杯吧。"服刑的犯人送他一些手编的缰绳,他用不着,他回送他们每根缰绳20元,原本他们只想得几块钱。

他自己花费很少,吃穿都很简单。在朋友身上,他肯花一大笔钱,经常请客,却极少接受回请。他要是去参加宴请,离家前先吃半磅夹肉面包。差不多他所有的朋友都向他借过钱,不只借一次,而是常借不断。借了钱就是刘备借荆州——一借不还。他收到过数千封向他借钱的信，大多数他都照办了。完全不认识的作家写了一篇小说，写信来要求资助出版，他就每月寄支票去。社会主义工团或工会的报纸发生财政困难时（差不多经常如此），他为他所有的朋友订报来赞助，或免费供给他们文章、小说。社会党人或工会领导人被捕时，他出钱为他们请律师辩护。罢工运动因缺少资金要垮时，他出钱施粥。当他听到一位澳大利亚妇女在世界大战中失去了两个儿子时，未经妇女本人请求，就每月寄给她50元，直到她去世……社会党的同志们写来数千封信要求来农庄寻求发展机会。

"只要给我一亩地，几只鸡，我就有办法"，"你能不能分给我一两亩地一头牛？我全家有这些就够了"。到后来陷入困境之后，他吩咐伊莱扎不要再雇人了。可是一名工人带着老婆孩子来到农场，说他们听说到这里总会找到工作的。于是，杰克·伦敦亲口答应雇佣这个人。伊莱扎是管账的，她说，杰克·伦敦挣来的钱一半都给了别人。他雇佣许多不必要的工人，把他们的工资总数加起来，几乎要占他全部收入的三分之二，任何人编个理由都能得到他的钱，而半数情况是对方还未要求，他主动给的。只有一次他拒绝帮助：拳击者鲍勃·费茨西蒙斯的妻子打电报来说她急需100元钱，但未解释做何用途。他为此颇伤脑筋。他此时要筹款3000元用来支付保险费及抵押贷款的利息，于是便回电报说他已无钱可赠。两天后，他从报纸上看到费茨西蒙斯的夫人在一所县医院办了一个慈善性质的门诊部。他永远不能宽恕自己。从此以后，人们来要钱他没有钱时，就出去借钱。

欧文·斯通在《杰克·伦敦传——马背上的水手》一书中，对杰克·伦敦的金钱观有这样一段评价：

> 杰克恐怕是这个世界上讲不清一本书和一亩地价格相差多少的人之一了。实际上这种对钱财的不关心和不善管理使得杰

克的一生都生活在负债和还债中。只不过在自己的作品中他将这个问题只用一句话一带而过："我对钱的藐视至今还在……自己在缺10美分而付不起账时的心情和花20美元请所有的人乃至流浪汉去酒吧喝一杯时的心情一样。根据我的人生哲学，我认为已经完成了这个循环。"

就像开拓加利福尼亚的淘金者，他轻视金钱，因为找到金子很容易，他要向全世界表明，他绝不是金钱的奴隶。他毫无吝惜他丰富的土地、头脑、钱袋与友谊。就像大多数加利福尼亚人，他做什么事情都要求尽他所能。他独立不羁，自作主张，从不让人牵着鼻子走；像大多数加利福尼亚人，他轻视胆小懦弱，有非凡的勇气；像大多数当地加利福尼亚人，他设想自己是一个开拓者，一个开路先锋，一种新的优秀文明的创造者……他对自己有无限信心。

他对周围的人不存芥蒂，对每个人都无限信任，直至这个人自己露出破绽。其结果，他经常轻信于人，容易上当受骗。

福尼回忆说：杰克是我见到过的最有人情味的人，他经常在月明的夜晚，来到工人们中间，同他们一起喝葡萄酒，拉手风琴，唱深情的意大利歌曲。他是一个很好的民主派。他给工人们讲尤金·德布斯的理论："只要阶级斗争存在，就没有一个好资本家，没有一个坏工人。每一个资本家都是你的敌人，每一个工人都是你的朋友。"当他做此类讲解时，他实际上已经跻身上层社会，与那些昔日自己的同伴们拥有着不同身份。

客人们可以随随便便进出他的领地。在他的别墅里、小屋中、帐篷里，每一间房屋里都住满了人。信社会主义的人与信无政府主义的人、报人、水手、流浪汉，每一天都成为他的"星期三大开放"日。几乎西海岸每一位艺术家、思想界、文化界的人士都"光临"过杰克·伦敦的这个"月亮谷"。杰克·伦敦发出过上万封邀请信，在上面写道："美丽农庄的大门总是朝外敞开的，此地总有被褥伙食等待着我们的朋友，来此地做客吧，想住多久就多久。"

在杰克·伦敦的乌托邦蓝图里，他有这样的设想："划给每个劳工家庭一英亩地，由他们各自支配，并为各家盖一座房；再选一块地盖学校，请一位教师。他还计划找一块地盖百货公司。他的雄心是在农场创办各行各业，以便自给自足，除了面粉和白糖，什么都不需要运上山来……"

人们感到唯一难以接受的是，杰克·伦敦总要进行他的"说教"，灌输他的"社会主义理念"。比如：他在像埃玛戈德曼这样的无政府主义者的餐桌上，"总会放一本名叫《喧闹》的书，封面上有粗体印刷的书名，极其醒目。如果这位无政府主义者不知就里，一打开书，暗藏的爆竹立即炸响……"但吃着别人提供的"免费的午餐"，这点"强制性"也是乐于忍受了。

到1913年8月，杰克·伦敦已经为"狼舍"的建设投入了8万元巨款。报纸无情地鞭挞他，是一个变节的社会主义者，堕入到了资本家的行列。社会党人也大为恼火，认为误认了一个剥削者。杰克·伦敦叫屈说："不管'狼舍'有多大，他也不是资本家，那都是用他自己的稿费来建造的。"

杰克·伦敦把在月亮谷里他自己居住的建筑称为"狼舍"。阿拉斯加的印第安人把白人征服者称作"狼"，这个字眼极大地支配了杰克·伦敦的思想，他经常把自己想象成"征服世界的狼"。他的作品中反复出现"狼"字：如《狼之子》、《海狼》等；他写给不少朋友的信，署名也是一个"狼"字；他为自己的爱犬取名"棕狼"。"狼"和"狗"成为杰克·伦敦对比描绘的意象。

杰克·伦敦原本设想把他的"狼舍"建造得能挺立"千年"，不料，就在"狼舍"竣工落成的当晚，一把突如其来的大火烧毁了这座宏大的建筑。当杰克·伦敦得讯赶来时，"面前是吼叫呼啸的熊熊烈焰，整座房子的每一部分都在燃烧。正是8月中旬，附近没有水源。他毫无办法，只能站在那里，泪水从双颊滚落下来，眼望着最伟大的人生之梦摧毁一空"。

这把火烧得蹊跷莫名。究竟"狼舍"是怎么起火的，是木工刨下来的浸透着松脂的刨花自燃，还是有人纵火？这成为一个谜。杰克·伦敦不愿深究，据欧文·斯通记述："杰克·伦敦相信房子是被烧掉的，如果不是经哪个人的手烧的，也是被命运之手烧掉的。因为命运不想让他享受他劳动的成果，认为一名社会主义者是不适宜住在一座宫殿中的。在那个长长的苦夜里，他只开过两次口。火焰最高的时候，他喃喃自语：'我情愿是房子被烧的人，不愿做烧房子的人。'黎明，只剩下能经受数百年的石墙外壳还矗立着时，他平静地说：'我们明天会开始重建的'。"

然而，杰克·伦敦再也没有重建"狼舍"。

欧文·斯通说："那天夜晚，他心中的某些东西也被烧掉了，永远毁掉了。"欧文·斯通又说，"不仅仅是房子的被毁击倒了他，而是对人的爱与信任被毁击倒了他，而这正是支配他的生命、支配他的性格的东西。他的眼睛突然张大，看到了从前没有见到的事情。'狼舍'的被焚，象征着他为社会主义、为文学所想做的一切努力全部毁了。"欧文·斯通还说，"4天后，他起床的头一件事就是骑马去看'狼舍'。他无言地凝望着巨大红石建筑的骨架，光秃秃的塔尖耸向索诺玛蔚蓝色的天空，他把眼前的景象命名为废墟。……这再次使他怀疑，这灰烬中某处是否还藏着某种寓意？"

杰克·伦敦的社会主义乌托邦理想在一把大火中变成了"废墟"。

杰克·伦敦在晚年写出了《岛上的杰里》，写的是一条狗在新赫布里底岛上的历险。这是否又如他早年写出的狗故事《荒野的呼唤》和《白牙》，其中寄寓着他的某种人生理念?

他被击败了，他知道自己被击败了，然而他不愿承认。如果有人劝他，他会大叫大嚷，就像当年有人劝他放弃史耐克号时那样："我不能放弃"!他拼命写作，想用稿费偿还债务。因粗制滥造的作品受到的责难，使他陷于一种恶性循环。

杰克·伦敦曾高呼："社会主义是世界上最重要的事情!"在给厄普顿·辛克莱的选集《呼吁公正》作的序言中他写道："这个世界上存在着不公正、残酷与受难"，但令他痛苦的是"人类对于抛掉身上的枷锁何以如此冷漠"。为此，他写道，"我要退出社会党，因为这个党缺乏战斗与火力，不再强调阶级斗争了。"

然而现在，他不再能鼓起勇气来战斗了。加州一个小镇上有一位女教师写信给他，要求帮助她同腐败的政治机器作斗争。他回信说："我为求人们的平等权利投入政治斗争已是多年前的事了。现在回想起这些战斗的岁月，确实感到自己是一个老兵。我不是一个被打垮的老兵，但也不是一个新兵，总想大战一场，在下次太阳出来以前就占领敌人的阵地。我属于那种老兵，既不想看到战斗的结局，也不再想去规定战斗结束的日子。"另一位朋友希望他参加一次抨击宗教的活动，他写信回答说："同宗教的斗争看来十分遥远，世界上某个秘密的角落里还在展开小规模的、被人遗忘的战斗。"他甚至对伊莱扎说："如果我精神失常了，请答应不要把我送到精神病院去。"

流星的辉煌是生命的最后燃烧

杰克·伦敦留下这样一句名言："我愿做一颗华丽的流星，愿我的每一颗粒都呈现那动人的光辉，而不做那沉睡并永远不灭的行星。"

杰克·伦敦在长篇小说《海狼》中写有这样一段话："我一定要达到目的。一切都有希望。我要成功。我就靠一种力量的感觉提起了勇气，抛下嘈杂的地狱，走上甲板去，甲板上的雾气在夜色中像鬼影般飘过，空气很是甜美，纯洁，宁静。"在杰克·伦敦看来，生活的目的是在粉碎障碍、战胜挫折中实现的。

杰克·伦敦还这样写道："当生活变得又痛苦又让人厌倦的时候，死亡就会前来哄你睡去，一睡不醒。"这成为杰克·伦敦预示命运的一句谶言：一个人在困境的时候，可以靠梦想坚持下去，而一旦走出困顿获得成功，生命的意义便成为一个问题。苦难可以使人的内心很强大，而成功却能够毁灭一切。

雨宁在《杰克·伦敦和他的短篇小说》的序言中，说了这样一番话："在自传性小说《马丁·伊登》里，杰克·伦敦以生动的形象批判了在美国资本主义制度下所谓一个人可以经过个人奋斗而达到成功的'美国理想'，并指出其结局不过是幻灭。"

杰克·伦敦的《马丁·伊登》是一部自传性的小说。它写了一个出身底层的粗鲁水手，如何克服学历不高没有多少文化的先天不足，通过个人奋斗，成为一名成功的作家。不难看出，书中的主人公马丁·伊登就是作者杰克·伦敦的化身。小说的结尾颇为耐人寻味——诗人布雷特警告马丁·伊登：必须把自己同社会主义牢牢捆绑在一起，否则，等社会主义成功之后，他就无法享受革命的成果了。可是，马丁·伊登根据自己的人生体验，最终还是放弃了社会主义信仰，在绝望中跳海自杀了。这部自传性的小说，揭示了杰克·伦敦信仰破灭的心路历程。

杰克·伦敦在回答布雷特的劝告时说："我的性格就是从对抗、攻击、谴责中形成的。我都对付过来了。我始终坚持认为，文学最主要的价值在于诚实。如果我的信仰错了，如果世界因此看轻我，我就要说：'再见吧，骄傲的世界！'……这种警告性的建议，我不接受。"

也许在事后看来，杰克·伦敦的话隐含了信仰破灭后的自杀因子。

《马丁·伊登》出版后，对于主人公的最后自杀，受到了杰克·伦敦原来"阵营中的朋友"们的攻击，认为他放弃了社会主义的信仰，落入"个人主义"、"个人奋斗"的泥沼。

现在，杰克·伦敦一语成谶，陷入了马丁·伊登的魔魇。他在《马丁·伊登》[1]一书中，对主人公自杀前的心理有一段描述：

在他看来，生活正像一道强烈的白光，照得一个病人的疲乏的眼睛直发痛。在有知觉的每一秒钟里，生活像一片刺人、耀眼的光芒，射在他周围，射在他身上。它叫人刺痛，它叫人刺痛得真受不了。马丁这还是生平第一回乘头等舱。他过去乘船漂洋过海，不是待在水手舱里，就是乘三等舱，或者在黑洞洞的煤舱深处搬煤。那些日子里，他从热得让人窒息的舱底打铁梯上爬上来，时常看到旅客们穿着凉爽的白衣裳，逍遥自在

【1】（美）杰克·伦敦著，吴劳译：《马丁·伊登》，上海译文出版社，上海，1981年。

而什么事也不干，头上遮着帆布篷，不让日晒风吹，自有唯命是听的侍者来侍候他们。随他们突发奇想地要什么就给什么，当时他认为，他们活动、生活的圈子简直就是不折不扣的天堂乐园。啊，他如今自己也在这儿啦，是个船上的名人，占据着最中心的地位，坐在船长的右边，可他偏要枉费心机地走回头路，回到水手舱和汽锅室，去寻找那失去的天堂乐园。他没有找到新的，如今可连那个旧的也找不着啦。

杰克·伦敦的这段描述，成为自己自杀心理逻辑的告白。杰克·伦敦说过："贫困能促使人奋斗，而成功往往把人送向绝路。"他梦寐以求获得成功，得到的却是海市蜃楼般的幻影。

杰克·伦敦写过一篇《更大的不幸》，讲述了一个很有前途的年轻音乐家打算去征服世界，经过一段艰苦的努力，认识到自己的才赋不高，为能躲在一家低档的啤酒馆里拉小提琴而感到很高兴；但在一天夜晚，他自杀了，因为他发现他已从童年的梦想里跌落下来，生活已无意义。

欧文·斯通在《杰克·伦敦传——马背上的水手》一书中写道：

> 他向来说，他只要短促但是快乐的一生。他曾经希望自己就像一缕白热的火光，闪过生命的天空，把自己的思想烙印在人类每一个人的头脑上。他曾希望把自己燃烧起来，以便给人以光亮。他唯恐未使自己燃尽而死亡来临，以至该花的钱还未花出去，该表达的思想还来不及表达。他同乔治·斯特林有约在先，他们决不愿老来成为一具僵尸，一旦他们的工作做完，他们的生命用尽，他们就要自己恭恭敬敬地把自己请出去。

杰克·伦敦在《马丁·伊登》一书的结尾，描绘了马丁·伊登在生死斗争最后时刻的矛盾心理活动：

他想跟一个下班的舵手谈谈，这个舵手是个很伶俐的人，马上用社会主义的宣传来试探他，还把一叠传单和小册子硬塞在他手里。他听那人解释奴隶的道德观念，一边听，一边没精打采地想起自己的尼采哲学。说来说去，这又有什么用呢？他记得尼采说过一句疯狂的话，这疯子在这句话里怀疑真理的存在。可是谁说得准呢？也许尼采是对的。也许的确什么地方也没有真理，连真理里也没有真理——干脆就没有真理这回事呢？……

尽管他在这轮船上已经很苦恼，又有一个新的苦恼袭上他的心头。轮船到了塔希提，那怎么办呢？他就只好上岸啦。千百桩想想都可怕的事情，每当他有意硬着头皮思索的时候，他总看出自己的处境是万分危险。说实在的，他正待在死亡的幽谷，他的危机在于他一点也不害怕。只消他有点儿害怕，他就会挑活路走。因为什么都不怕，他才愈来愈深入幽谷。他在过去所熟悉的事物中，找不到一点乐趣……

……马丁更加苦恼了。他再也睡不着了。他睡得太足了……他感到生命的痛苦。他在甲板上四处溜达，直到再也支持不下去了，才坐在椅子上，坐了好久，又不得不再站起来溜达。到末了他勉强看完了那本杂志，从船上的图书馆里挑了几本诗集。可是这些书也引不起他的兴趣，到头来只是又得溜达。

他吃罢了晚饭，在甲板上待到了很晚，可是这样也没用，因为，他下去回到舱里，还是睡不着。他连这种暂时停止生活的事也做不到了。他开了电灯，打算看书，有一本是史文朋的诗集……他总算找到了治疗自己病痛的良方。他拿起书来，慢慢地朗诵那一节：

舍弃了对生命的热恋，

摆脱了恐惧和希望，

我们以简短的献言

感谢冥冥的上苍；

幸喜生命总有尽期，

死去的长眠不复起；

纵使细流常逶迤，

也会平安归海洋。

……这一行诗打动了他，叫他深深感激。……当生活变得又痛苦又叫人厌倦的时候，死亡就会前来哄你睡去，一睡不醒。他还等些什么呀？走的时候到啦。

然而，千古艰难唯一死。当一个人真正选择自行了断时，那"好死不如赖活着"的本能求生欲望总会顽强地拒绝。杰克·伦敦在《马丁·伊登》一书中，写出了马丁·伊登最后时刻的求生欲望：

他熄了舱里的灯，免得泄漏自己的秘密，然后把双脚先伸出圆窗。他的肩膀卡住了，他就用力缩回来，把一条胳膊紧垂在身边，再钻出去试试看。轮船一摇一摆，帮了他的忙，他钻了出去，双手吊在窗上，他双脚一碰到海面，就松了手。他掉进了一片乳白色的浪花里……他还没弄清楚，已经掉在船尾后面了，在浪花劈劈啪啪飞逆的海面上慢慢游了起来。

……这是不由自主的求生本能。他停止了游泳，可是一觉得海水漫到了嘴上，一双手就猛地伸出去，拍着水，使身子直往上升。他想，这就是求生的意志吧。这一想，跟着就是一声冷笑。啊，原来他还有意志哪——是啊，这意志可挺坚强，在最后关头加一把劲，就可以毁了意志本身，从此不再存在。

他把身子竖立起来。他抬头望望那些静静的星星，一边把肺里的空气一股脑儿吐出来。他用双手双脚飞快地使劲划着，把肩膀和胸膛的上半部伸出水面上，这是为了使沉下去的时候可以加一份动力。跟着他就放松了身子，一动不动地沉下去，像一尊白石像，直往海里沉。他有意把海水一大口一大口地吸进去，像人吸麻醉药那样，他一感到窒息，胳膊和大腿就自然而然地拍击着水，使他浮到水面上，又清清楚楚地看见了星星。

他轻蔑地想，这求生的意志多强啊，一边拼命不让空气给吸进自己那快胀破的肺部，可是没有用。得了，他只得换一个新法子试试啦。他把肺里吸满了空气，吸得满满的。这一来，他可以下沉到很深很深的地方。他翻过身来，一头往下扎，使出浑身力气和全部意志朝海底游去。他愈沉愈深了。他睁大眼睛，瞅着穿来穿去的鲣鱼那虚无缥缈、鳞光闪闪的身影。他一边游着，一边希望它们别来咬他，因为一咬，说不定他的紧张的意志就会垮掉。然而它们也没有来咬，他不由地感激在最后关头生活给他的这份恩惠。

他一直朝海底游着游着，胳膊和大腿都疲乏得简直不能动弹了。他脑子里嗡嗡地响，他眼看快受不住了，然而还是强迫自己的胳膊和大腿摆动，使自己再往下沉，直到意志猛地垮了，肺里的空气砰地一下冲出来。水泡儿往上直冒，像一个个小小的气球，跳跳蹦蹦地擦过他的腮帮和眼睛。跟着是一阵痛苦和窒息的感觉。这种痛苦还不是死呢，这个想法在他昏昏沉沉的意识里振荡着。死是不痛苦的。这种可怕、窒人的感觉还是生，是生的剧痛；生能给他的打击，这是最后一下啦。

他那不听话的手脚拍击、摆动起来，痉挛似的一忽儿动，一忽儿停，力量薄弱得很。可是他到底战胜了自己的手脚，战胜了使它们拍击、摆动的求生意志。他沉得太深了。尽这副手脚干动，也永远升不到水面上来了。他觉得仿佛懒洋洋地浮在一片梦幻般的大海上，四下是一片五彩缤纷的光辉，沐照着他，覆盖他的全身。这是什么呀？这仿佛是座灯塔；可是这座灯塔就在他自己的脑袋里头——一片闪烁、耀眼的白光。光一闪一闪地愈闪愈快。猛听得一阵隆隆声，响了好半天，他觉得，自己仿佛在一道望不见底的大楼梯上滚下去。眼看快到底了，他掉到黑暗中去啦。他只知道这么些。他掉到黑暗中去啦。他刚知道这么些，就什么都不知道了。

杰克·伦敦这段对马丁·伊登在生与死之间矛盾心理的描述，使我们读懂了他在那张纸条上记载下药剂用量的"谜底"。

杰克·伦敦在《马丁·伊登》卷首的题诗：

让我在热血沸腾中度此一生！

让我在醇酒般的幻梦里醉沉！

莫使我眼见这泥塑的肉身，

终以空虚的躯壳毁于泥尘。

我们也许不妨把杰克·伦敦生前写下的这些话语，看作是他自杀时对这个世界的一个"告白"。

欧文·斯通在《杰克·伦敦传——马背上的水手》一书中，对杰克·伦敦的后事做了这样的记述：

那天晚上，他的遗体火化，骨灰送回美丽农庄。两个星期前，杰克同伊莱扎骑马踏上这个小山顶时，勒住马对伊莱扎说："我死后，希望你把我的骨灰埋在这个小山上。"伊莱扎把杰克的骨灰装进一个盒子，就在那个土墩上有曼扎尼塔和浆果鹃树遮荫的地方挖了个洞，埋好，用水泥封了顶。她用一块巨大的红石盖在上面，他曾称这块巨石是"建房的人们不想用的石头"。

《红楼梦》最初始的名叫《石头记》，贾宝玉出生时口中衔的那块宝玉，就是女娲补天时"弃而不用"的石头。

流星燃烧的最终结局，是否命缘中就注定变成那块无缘补天的石头？

斯蒂芬·茨威格

（*1881.11.28 — 1942.2.22*）

自由与专制抗衡的绝望灵魂

代表作品——

《一个陌生女人的来信》、《象棋的故事》、

《心灵的焦灼》、《伟大的悲剧》、

《三位大师》。

"灵魂的猎者"遭遇灵魂的拷问

　　一直偏爱阅读以心理刻画见长的茨威格。

　　伏尔泰有句名言："写出灵魂的历史。"中国有句老话："画虎画皮难画骨，知人知面不知心。"灵魂是深藏于躯体之中的，往往云山雾罩，让人"不识庐山真面目"。然而，在茨威格的笔下，不论是那篇描绘少女挚爱心理的《一个陌生女人的来信》；还是那篇刻画赌徒扭曲心理的《一个女人一生中的二十四小时》；还是揭露法西斯暴政对人精神摧残的《象棋的故事》以及诸多名篇《恐惧》、《热带癫狂症患者》、《情感的迷惘》、《灼人的秘密》、《一个女人沦殁的故事》等等，茨威格的笔犹如一把外科手术刀，把人"灵魂迷宫"的犄角旮旯，纤毫毕现地展示于读者面前。茨威格不仅小说写得精彩，他的传记更为富有魅力。他写文学家巴尔扎克、狄更斯、陀思妥耶夫斯基的《三位大师》和写法国大革命前后历经几朝而"代代红"的富歇的《一个政治性人物的肖像》等，一个个历史人物，条分缕析他们表象遮蔽下的心理变化及意识流动，犹如一幅幅"心电图"。用茨威格自己的话说，是探索"激情的黑暗世界中的幽明相连的经历"。

茨威格对创建"精神分析法"的弗洛伊德非常崇敬，早在中学时代，茨威格就如饥似渴地阅读弗洛伊德的作品。还早在1908年，茨威格向比他大25岁的弗洛伊德写信求教，直到1939年弗洛伊德辞世前，30多年来，两人一直书信不断。茨威格在自传体的《昨日的世界》一书中有这样的回忆："我越来越频繁地给在维也纳的弗洛伊德写信"，同病相怜的犹太人血缘，"流亡生活加深了我和这位科学家之间的友谊"。

茨威格在描绘弗洛伊德的《精神疗法》一书中，充满敬意地写道："弗洛伊德使人更清楚地认识了自己——这是一个人做出的了不起的事业——我是说更清楚，而不是更幸福；他向整个一代人深化了世界的图像，我是说深化而不是说美化。"弗洛伊德对茨威格的影响是显而易见的，茨威格是借鉴弗洛伊德的精神分析学说进行创作实践的作家。1939年9月23日弗洛伊德在伦敦逝世，9月25日茨威格赶往伦敦，在弗洛伊德火化前去凭吊自己最敬仰的科学家和朋友。他在灵柩前发表了一篇感人至深的演讲，其中说了这样的话："没有他，对20世纪的思考和理解就会完全不同，我们中的每一个人还将仍然以狭隘的、不自由的，甚至某种程度上不公正的方式来思考、判断和感知。如果我们试图在人类心灵的迷宫里有所进步的话，就要用他的智慧来继续照耀我们的道路。"

正因为茨威格运用弗洛伊德的精神分析法，塑造出现实世界和艺术世界众多人物的"灵魂历史"，所以被罗曼·罗兰赞誉为"灵魂的猎者"。

说来真让人匪夷所思不得其解，就是这个对别人灵魂寻幽探微明察秋毫的斯蒂芬·茨威格，却无法疗治自己的心理创伤，夫妇双双以自杀结束了自己的生命。

1942年2月23日，彼德罗波利斯镇警察局接到报告，住在贡恰尔沃斯·狄亚斯大街34号的一对外国名人夫妇自杀。警察赶到现场。在警察局的档案上这样记录：

> 一个男人仰卧，全身着装：运动上衣，栗褐色衬衫，黑色领带，黑褐色的过膝裤……那位夫人，身着一条花纹裤，她的左臂抱着他的胸部……

> 他们吞服了佛洛纳（一种安眠药）。一个矿泉水瓶摆放在床头柜边上，矿泉水瓶上的商标"Saludaris"是用来迷惑人的。

> 死亡时间介于昨天12时和下午4时之间……

遗书放在带邮票的信封里，书桌上有一支削过的铅笔。那儿还有一篇文字，题为《声明》，写给本市市长。标题是葡萄牙文写的，内容却使用了德文。此信表达了作者对在巴西及彼德罗波利斯所受到热情款待的谢意。这封信的旁边还有一个信封，上面写着"有关我的狗的安排"。

这样的场景看上去更像在精心准备出门去旅游，而不是自杀。

茨威格的遗书很是简单：

> 在我自觉自愿、完全清醒地与人生诀别之前，还有最后一项任务亟须我去履行，那就是衷心感谢这个奇妙的国度——巴西，她如此友善、好客地给我和我的工作以憩息的场所。我对这个国家的热爱与日俱增。与我操同一种语言的世界对我来说业已沉沦，我的精神故乡欧罗巴亦已自我毁灭，从此以后我更愿意在此地重建我的生活。

> 但是一个年逾六旬的人再度重新开始是需要特殊的力量的，而我的力量却因常年无家可归、浪迹天涯而消耗殆尽。所以我认为还不如及时不失尊严地结束我的生命为好。对我来

说，脑力劳动是最纯粹的快乐，个人自由是这个世界最崇高的
财富。

我向我所有的朋友致意！愿他们经过这漫漫长夜还能看到
旭日东升！而我这个过于性急的人要先他们而去了！

近一个世纪以来，各国的文学研究者不断探讨斯蒂芬·茨威格
的死因，提出种种疑问，作出种种解释。为什么茨威格会走上这条
绝路？茨威格既非像其他的流亡者，在国外生计无着，穷困潦倒，
无论是流亡英国伦敦还是巴西里约热内卢，他都购买了自己的住
宅，过着衣食无忧的生活；茨威格也不像其他流亡的犹太人处处受
到歧视，他有英国国籍，并拥有巴西的长年签证，由于他拥有国际
性的文学声誉，他在巴西受到了国宾式的礼遇，他在美洲的演讲和
举行作品朗诵会，总是万人空巷，深受欢迎……

茨威格身后的情形，也可从侧面予以证明：茨威格在临自杀前
给他的巴西出版人柯岗留下一份遗书，做了这样的交代："请您原
谅我交给您这些费心的工作，这种流浪生活和我可怜妻子的恶劣的
健康状况，已使我精疲力竭。我请求您，我的葬礼要尽可能地简单
和在私下举行。"

尽管茨威格希望自己死后能静静地被埋葬了事，但他得到的
仍是一个隆重的仪式。茨威格去世后，巴西总统下令为这位大师举
行国葬。人们从四面八方涌到彼德罗波利斯这个小镇，送葬的队伍
中有他的文友同道，也有他的读者"粉丝"，还有从巴西及美洲各
国赶来的政府显赫高官要员。有4000多人一直随着他的棺柩走向墓
地。茨威格与妻子被安葬在彼得罗皇帝二世的一侧。4月15日，巴
西笔会在里约热内卢的科学大会堂举行了茨威格的追悼会，出席的
不仅有文艺界和社会名流，还有政府高官。在纽约和伦敦各地也相
继举行了各种悼念活动。世界各国的主要媒体如《纽约先驱论坛

报》、《纽约太阳报》、《泰晤士报》等都刊登了消息和纪念文章。巴西政府决定把茨威格生前最后几天住过的那幢坐落在彼德罗波利斯的别墅买下来，作为博物馆供人参观。一位作家，不是在他的故国，而是漂洋过海在远隔万里的异国他乡享此殊荣，大概在世界文学史上也是仅有的。

茨威格生前好友、诗人里尔克写下这样的诗：

噢，主啊，把每一个人自己的死都给每一个人，

死亡，它出之那种生，

他在死亡之中有思想、苦难和爱情。

因为我们只是空壳和叶片

每个人自身都有的伟大的死，

它是果实，一切都围它而转。

心理学家认为：对于一个内心世界丰富的作家而言，自杀的一个重要原因是，由于内心矛盾的加剧和精神世界的崩溃。我们有一句耳熟能详的名言："性格决定命运。"要剖析一个人为何形成悲剧命运，解锁的钥匙是先了解其性格。阿德勒认为："一个人的性格绝不是一种道德判断的基础，而是这个人对待其环境的态度以及他与所处的社会关系的索引。"阿德勒指出了人与社会生存环境的互动关系。

亨利希·波尔说："艺术家总是随身携带死亡，正如一个真正的牧师总是伴有祈祷一样。"艺术家敏感的心灵犹如脆弱的玻璃器皿般易碎易裂。柏拉图在《斐多篇》中也说："真正爱好哲学的人，无不追求着死和死亡，这很可能不为他人所理解。"生得有尊严，死得有价值，死也成为一种人生的追求。

长期以来，我们更多的是谈论"人生观"，而忽略了"人死观"。19世纪法国社会学家爱果尔·杜尔凯姆专门撰著了《自杀

论》，对自杀现象进行了社会学、心理学的剖析。钱锺书说："自杀者决定毁灭自己的过程，是一个'弃置而复依恋，无不可忍而又不忍，欲去还留，难留而又不易去'的痛苦的心理过程。"灵魂的表现形式在于它的运动，或称之为思维。展示灵魂的途径即描述出灵魂的运动过程。过程是一种时间形式。罗素在《经验中的时间》中把"相信时间的存在"归之为"变化"和"记忆"。

也许我们对茨威格的"自杀之谜"，应该作出弗洛伊德式的精神和心理剖析。

"灵魂的猎者"遭遇灵魂的拷问！

灵魂深处进行的一番殊死搏斗

在茨威格自杀前不到半年的1941年10月，茨威格在巴西完成了《昨日的世界》，它有一个副标题："一个欧洲人的回忆录"。茨威格在这部自传中，通过对自己所经历的历史事件和交往的精英人物的讲述，揭示了欧洲历史舞台上19世纪末20世纪初半个多世纪以来的风云震荡沧桑沉浮。1940年5月18日，茨威格在致马克斯·赫尔曼的信中谈及他写这部回忆录的目的："出于绝望，我写生平的历史……至少我要留下一份文件，写下我们曾经相信过的东西，我们为什么生活过。今天一份证词比一部艺术作品更为重要。"

茨威格在自杀前倾注心血撰写的自传《昨日的世界》，不妨可看作是一份更为详细的剖白作家生命轨迹的绝命书。

茨威格诞生于1881年，1931年是茨威格的知天命之年。他在《昨日的世界》中写道："人生的第五十个年头被看作是一个转折；我不安地回首过去，我已经走过了多少路程，我扪心自问我是否继续前进？"

茨威格在《昨日的世界——一个欧洲人的回忆》[1]中写道：

> 我的父母生活都很富裕，他们是一点点富起来的，到后来变得非常富裕。他们的生活是典型的所谓"上等犹太资产阶级"的生活方式，他们对维也纳的文化作出了显著的贡献，而得到的回报却是被扫地出门。事实上，我所说的不只是我个人的情况，在上个世纪的维也纳约有1万到2万户像我父母那样的人家过着宁静、舒适的生活。

> 然而，萨拉热窝的枪声，顷刻间击碎了我们赖以成长的和平而理性的世界。

> 1914年6月28日，萨拉热窝，一位年轻的波斯尼亚民族主义者开枪打死了弗朗西斯·费迪南大公。大公的遗体在大公妻子的陪同下到达特里雅斯特港口，帝国以隆重仪式安葬了他。

> 这时在欧洲的其他地方，外交家们和各国政府都还没有意

————————
【1】（奥）斯蒂芬·茨威格著，舒昌善等译：《昨日的世界——一个欧洲人的回忆》，生活·读书·新知三联书店，北京，1991年。

识到这一事件的重要性。

我们早在中学的历史课本上就了解到：费迪南大公在萨拉热窝的遇刺，成为第一次世界大战爆发的导火索。

茨威格在《昨日的世界》里，回忆了第一次世界大战爆发时的情形："当时民众还不假思索地信赖权威；在奥地利，谁也不敢产生这样的念头，说受到万众尊敬的国父弗朗兹·约瑟夫皇帝，凭他84岁的高龄，并不是万不得已，居然会号召人民起来作战；不是在邪恶凶险、罪恶多端的敌人威胁帝国和平的情况下，居然会要求民众流血牺牲。"为国王而战偷换成了为国家而战，为君主卖命成为"爱国主义"，一时间，战争狂热席卷交战各国。茨威格在《昨日的世界》里还记载："忠诚老实的生意人在信封上贴上这样的纸条：'愿上帝惩罚英国'，或者打上这样的邮戳。社交界的妇女发誓（并且写信给报纸），一辈子再也不说一句法文。莎士比亚被逐出德国剧院，莫扎特和瓦格纳被逐出法国和英国的音乐厅。德国教授宣称，但丁是日耳曼人；法国的教授宣称，贝多芬是比利时人"。"没有一个城市、没有一群人不染上这种仇恨的可怕的歇斯底里"。原本是唇齿相依的一个整体的欧洲，兄弟阋墙分裂破碎了。

当第一次世界大战爆发之初，茨威格也曾像一个激情燃烧的热血青年，充满了强烈的民族主义情绪。1914年7月28日，奥地利对塞尔维亚宣战。1914年8月10日，奥地利实行了战争总动员，一时间，民族主义的鼓噪、战争的狂热遍及整座城市乃至整个德意志民族。1914年8月6日，茨威格在《新自由德国报》上发表文章《来自德国的保证》。在这篇文章中，他对德国与奥匈帝国"兄弟般的团结"大唱赞歌，极力颂扬"德意志的组织性和纪律性"。认为民众中爆发出的情绪是"崇高的，吸引人的，甚至有令人难以摆脱的诱人之处"。字里行间流露出强烈的民族主义情绪。民族主义借爱国主义的躯壳得以遮掩。当年，茨威格致安东·吉彭伯格的信中，也流露出这种浓烈的民族主义情绪。吉彭伯格当时在服兵役，是一名军官，在信中茨威格写道："我羡慕的是……在这支军队里，在您身边，我成为一个军官，去法国取得胜利。"而法国，曾是茨威格崇敬的圣地，那里有许多他文学界的朋友。在德国国家战争档案馆还保留了一封茨威格当年向馆长递交的《申请书》：战争爆发后，茨威格一直积极等待应召入伍，在写给夫人弗里德利克的信中称："我将很快成为一名陆军士兵开赴波兰。"但在检查身体时他没有通过。但他总想为战争做点什么，于是想到给战争档案馆馆长写了这份申请，希望"发挥自己的专长"，以这种方式参与到战争中来。茨威格在1914年给吉彭伯格的信中写道："从12月1日起，我就服兵役了。我用我最最强壮的力量——我的头脑去工作。"

茨威格完成于1918年以战争为背景的小说《桎梏》[1]，是对第一次世界大战的反思。这篇小说的原题为"拒服兵役的人"，"桎梏"，一个独具匠心的构思：这是国家战争机器强加于人身上的枷锁。茨威格通过小说中一对夫妻之间对是否应该尽公民的义务去服兵役的冲突，把战争初期人们的矛盾心理表现得淋漓尽致：

"斐迪南，你愿意去吗？"

"不，不，不，"他跺着脚，"我不愿意，我不愿意，我心里不愿意。可我还是会违背自己的意愿去的。这正是他们力量的可怕之处，人们不得不违背自己的意愿，违背自己的信念去为他们效劳。假如人还有意志的话——这样的人几乎没有，手里接到这样一封信（征兵信），那他的意志也就烟消云散了，变得顺从了，成了小学生：老师一叫，马上就站起来，战战兢兢的。"

【1】（奥）斯蒂芬·茨威格著，黄湘粉译：《桎梏》，引自网络。

"可是，斐迪南，那么谁在召唤呢？是祖国？是一个文书！一个无聊的刀笔小吏！再说，就说是国家，它也无权强迫一个人去杀人，无权……"

"我知道，我知道！……我只知道一种义务，那就是做一个人，并且干工作。离开了人类就没有我的祖国，我没有杀人的虚荣心，我什么都知道，保拉，我跟你一样，对一切都看得清清楚楚……不过，他们已召唤我了，他们现在正在召唤我，我知道，无论如何我是要去的。……我不知道。也许是因为当今这个世界上疯狂胜过理智。也许因为我不是英雄，因此不敢逃避……这是无法讲得清楚的。……我无法砸断这已经绞杀了2000万人的锁链。我无能为力。"

"只有世界上的人心甘情愿的时候，他们才是强大的。一个个的人总要比概念强大，但他必须保持自己的个性，自己的意志。他只要明白，他是一个人，将来还要做个人，那么现在他耳朵边那些用来麻醉人的词藻，什么祖国啊，责任啊，英雄主义啊，就统统成了空话，成了散发血腥味的，散发热的、活人的血腥味的空话。"

"你们男人现在都被意识形态毁了。你们考虑政治和伦理，而我们女人，我们是凭直觉办事的。我也知道，祖国意味着什么，但我也明白，今天祖国又意味着什么：杀人和奴役！一个人可以属于祖国的人民，但是一旦这些人都疯了，那他就不该跟他们同流合污。在他们眼里，你不过是一个数字、号码、工具和炮灰，可是我却感到你是个活生生的人，因此我决不把你交给他们，我决不把你交出去。"

"我能够拒绝他们？我无能为力！已经不行了！对这些荒谬绝伦的东西的厌恶、憎恨和愤慨，过去曾使我意志坚强，可现在却把我压得喘不过气来了。别再折磨我了，我求求你，别再折磨我了，别跟我再说这些了。"

"不是我说这些，而是得由你自己说，他们没有权力支配一个活生生的人。"

"权利！好一个权利！现在世界上哪里还有权利？权利已经被人扼杀了。每个人都有他的权利，可是他们，他们有权力，而权力就是一切。"

"为什么他们有权力？正因为是你们给他们的。只要你们老是胆小，他们就永远有权力……如果你们以曲求伸，心存侥幸，不去击其要害，如果你们甘当奴隶，命运依旧，他们就永远拥有权力。男子汉大丈夫就不该屈服；大家必须说'不'，这是当今唯一的责任，而不是去任人宰割。"

"如果你是为了人类，为了你的信仰而去，那我决不阻拦你。但是到野兽中去当野兽，到奴隶中去当奴隶，那我坚决反对。人应该为自己的思想去献身，而不是为别人的癫狂去送死。"

当民族主义被冠冕堂皇的爱国主义所遮掩，一个专制的政权就把全体国民都裹挟到战争之中。

1915年茨威格得到一次前往被德国军队占领的加里西亚的出差机会，他亲眼目睹了战争的残酷性和战争年代的悲惨情形。他几次乘坐运送伤兵的列车，他在《昨日的世界》里描写道："令人毛骨悚然。简陋的担架一副副放在那里，担架上躺着的全是不断发出呻吟，额头流着汗珠，脸孔如死人一样苍白的人。他们在尿粪和黄碘的浓烈气味中拼命地吸着空气。"茨威格在小说《桎梏》的结尾处记载下这幕惨景，成为主人公幡然悔悟的转折点：

这件事像一道闪电从正在颤抖的斐迪南心里划过。该这样去残害人，不把人类视作兄弟，而代之以仇恨吗？甘愿去参与这桩滔天的罪行吗？感情的真理以磅礴的气势涌上他的心头，摧毁了他心里的那台机器，崇高而伟大的自由冉冉升起，它战胜了顺从。"决不去干！决不去干！"一种气吞山河的、从未有过的声音在他心里高喊，并猛烈地冲击着他。

弗洛姆在《逃避自由》一书中说过一番话："民族主义是我们这个时代的乱伦形式，偶像崇拜和精神病症。'爱国主义'正是它的崇拜对象。显然，我这里所讲的'爱国主义'，是一种把自己民族凌驾于人性、真理和正义原则之上的态度……对自己民族国家的爱，如果不包括对人类的爱，就不是爱而是偶像崇拜。"

战争人为地造成了一代知识分子的迷惘：

费努乔·布索尼是茨威格从童年时代就喜欢的一位钢琴演奏家，他生于意大利，受意大利式的教育，可是却喜爱德国人的生活方式。一战期间，他一直生活在中立国瑞士的苏黎世。战前茨威格听他演奏时还风华正茂，而战后再见到他时，头发已经花白，眼中露出悲哀的神情。他问茨威格："我该属于哪一方呢？当我夜间做完梦醒来时，我知道我在梦中说的是意大利语，可是当我后来写作时，我是用德语进行思维的。"

作家雷内·席克勒也是茨威格的朋友。他是阿尔萨斯人，心属于法国，却用德语写作。茨威格说："他的心就像被战争这把利剑劈成两半，无法做出非此即彼的选择。他希望法德两国成为兄弟，不要战争，要和平相处。"

茨威格从1914年12月到1917年11月，一直在战争档案馆工作。但是随着战争的进展和对战况的了解，茨威格对战争越来越反感，他在致朋友的一封信中写道："我非常疲倦，我生命中的一年半时间，完全脱离了文学，只做些陌生的工作并一直烦躁不安。"他对这场民族之间进行杀戮战争的正义性爱国性产生了怀疑。一战爆发时，罗曼·罗兰身在中立国的瑞士，参加红十字会的救助工作。他在《日内瓦日报》上发表了著名的反战声明，抨击煽动国家之间仇恨和民族之间杀戮的战争，要求作家主持正义和人道。罗曼·罗兰的观点对茨威格产生极大影响，使得他战争初期的模糊认识得到了廓清，对战争的不义有了更为深刻的认识。1916年，他发表了希望民族之间相互理解和欧洲统一的文章《巴贝尔塔》。

1916年的加里西亚之行，激起了茨威格的创作冲动。1917年，茨威格写出了反战戏剧《耶利米》。他从《圣经》中那个失败主义者耶利米的故事中获得灵感：耶利米的故事见《圣经·旧约》"耶利米书"和"耶利米哀歌"诸章，属"先知书"，记述了耶路撒冷被毁、巴比伦灭亡以及以色列民族复兴的预言。茨威格要以此为素材写一部"最富个性，最隐晦的作品"。他写这部剧时，并没想着要上演，只是"倾诉他心中躁动不安的情感和对战争暴力的憎恨"。他在1923年5月给弗赖依瑟的信中写道："他（耶利米）是那种在狂热时代受蔑视的人，在失败的时刻证明自己不仅是忍受失败而且是控制失败的人。"托马斯·曼在1917年的一封信中称"这是我直到现在看到的这次战争中最有意义的创作成果"。

《耶利米》1918年2月27日在苏黎世城市剧院首演，茨威格出席了苏黎世的首演，他在《昨日的世界》中回忆："所见到的人是如此纷杂，所听到的意见是如此莫衷一是，气氛之热烈、精神之集中，是我以后再也没有见到过的。"1919年秋天，一战结束后，《耶利米》在奥地利演出，取得了比苏黎世首演更大的成功，此后，在耶路撒冷和纽约也相继搬上舞台，成为剧院的保留节目，直到二战期间，仍经久不衰引发人们的强烈共鸣。

茨威格1918年发表《信奉失败主义》一文。在这篇文章里，茨威格谴责民族主义的爱国主义，他把所有的战争反对者都置于失败主义的范畴。他在文中写道："我们是失败主义者，这就是说：我们不要胜利，我们宁要失败。我们用这句话喊出我们对战争的敌视。我们是铁血时代的败兴者。"在给罗曼·罗兰的信中写道："我们是胜利的敌人，是放弃者的朋友。"

《与魔的搏斗》是茨威格《世界建筑师：一部精神的类型学》的第二部。写了三位作家：荷尔德林、尼采和克莱斯特。在茨威格看来，他们是属于同一精神类型的人。三人不仅人世际遇相似，更重要的是他们同受一种自己所控制不了的力量的支配，这就是魔鬼的力量。他在"作者的话"中对魔做了详细的阐释，指出："特别在有创作性的人身上，它赋予他那颗'更高尚的折磨自己的心灵'（陀思妥耶夫斯基语），那种充满疑问的、超越了自己的、向往着宇宙的思想。一切使我们陷入危险的疑问之中的想法都应该归功于我们自身中魔性的部分。"当魔被控制时，它会成为一种创作的力量，而当魔成为主宰时，便成了一种毁灭的力量。灵魂深处随时有着天使与恶魔的搏斗。

茨威格在灵魂深处进行了一番激烈的殊死搏斗。

给人类带来深重灾难的第一次世界大战终于结束了。1926年，茨威格这样总结自己："失去了什么？留下了什么？失去的是：从前的悠闲自在、活泼愉快，创作的惬意……以及一些身外的东西，如金钱和物质上的无忧无虑。留下来的是：一些珍贵的友谊，对世界更好的认识，那种对友谊的炽热的爱，还有一种新的、坚强的勇气和充分的责任感，在逝去多年之后突然成长起来。是的，人们能以此重新开始了。"[1]

罗曼·罗兰在《战时日记》中这样描述茨威格："这场巨大的战事把他的灵魂进行了过滤"，"他是非常'人性的'。同时以高贵

【1】引自普拉斯《斯·茨威格》。

自由与专制抗衡的绝望灵魂

的严峻反对不尊重人的行为。因此，他像我一样不喜欢那些把人当牺牲品的思想，尽管这些思想是那么美好动听"。

灵魂故居的失落

茨威格在《昨日的世界——一个欧洲人的回忆》一书中，对自己昔日的故国进行了这样的怀念：

我于1881年出生在哈普斯堡皇室统治下的一个大帝国，但不必在地图上找了，它已被抹掉，并且无迹可寻。

我生长在维也纳，一个有着两千年历史的欧洲大都市。却不得不像一个罪犯一样离开，因为它即将沦为德国的一个省会。

1918年10月，查尔斯皇帝宣布奥匈帝国改为联邦制国家，1919年9月和1920年6月订定了圣杰曼条约和特里安农条约，条约批准了由同盟国拟定的重建欧洲计划，奥地利共和国就此诞生。

在20年代，萨尔茨堡成为我的避难所和我的城堡。我在战后衰败的维也纳城里感到很不自在。

1933年的焚书大火烧掉了我们所有的幻想。我用母语写的文学作品，都被付之一炬。

因此，我不再属于任何地方，在哪儿，我都是陌生人。欧洲，我的精神故乡，对我来说已不复存在，它在又一场兄弟种族自相残杀的战争中自我毁灭了。

高中甫编著的《茨威格画传》[1]一书，这样论述了一个作家与故乡的血脉相连：

【1】高中甫编著：《茨威格画传》，复旦大学出版社，上海，2011年。

歌德在他的自传《诗与真》的附录中写道："无论是对一个艺术家还是对一个艺术流派，都不能孤立地去进行观察。他是同他生活于其中的国家，同他的民族中的人民大众，同时代连在一起的……"茨威格生长于奥匈帝国，这是一个多民族的二元帝国，是两大板块的拼凑体，奥地利皇帝兼匈牙利国王。到茨威格诞生之际，它的兴盛期已过，国运式微，周边的欧洲列强对它觊觎已久虎视眈眈。到第一次世界大战爆发，这个曾经的"庞然大物"轰然解体，一分为二，成为奥地利和匈牙利两个国家。"国家不幸诗家幸"，在奥匈帝国濒临覆亡的世纪之交，却正是奥地利历史上科学和文学艺术一个群星闪耀生机勃发的时期。如与马克思齐名的马赫在哲学上取得的成就；弗洛伊德对精神分析学的创立；马勒、施特劳斯、勋伯格等一大批世界级音乐大师的崛起；而文学上则是"青年维也纳派"的横空出世，震惊欧洲。涌现了海尔曼·巴尔、卡尔克·劳斯、阿·施尼茨勒、霍夫曼斯塔尔、彼·阿尔敦伯格以及斯蒂芬·茨威格等一大批犹太血统的文学大师。

茨威格在《昨日的世界》中说："在欧洲，几乎没有一座城市像维也纳这样热衷于文化生活……它始终安然无恙地闪耀着古老的光辉。罗马人为这个城市的城墙奠定了最初的基石，把它作为抵御蛮人、保护拉丁文明的城堡和前哨……这座城市有着博采众长的愿望和接受外来影响的特殊敏感，它把那些最不一致的人才吸引到自己身边，使他们彼此融洽。"

茨威格在《昨日的世界》中，还特别对对他精神成长起过重大作用的维也纳咖啡馆说了这样一番话："使我们了解一切新鲜事物的最好的教育场所。……必须知道，维也纳的咖啡馆是一种特别的设施，在世界上还找不出一种类似的设施与之相比较。它实际上是一种只要花一杯咖啡的钱，人人都可以进去的民主俱乐部。……一个奥地利人能够在咖啡馆里十分广泛地了解到世界上发生的一切，而且能够随时和朋友们进行讨论。"

维也纳一些著名的咖啡馆如"格林斯坦特尔咖啡馆"、"中央咖啡馆"、"贝多芬咖啡馆"，当年都是文学艺术界人士聚集的地方。类似于法国的"沙龙"。"格林斯坦特尔咖啡馆"是"青年维也纳"的集会场所，是茨威格常去的地方。

一战结束后，茨威格不再希望居住在大城市，他与第一任妻子女作家弗里德利克·封·温德利兹看中了曾诞生过莫扎特的小城萨尔茨堡。他在《昨日的世界》中写道："我觉得在奥地利所有小城市中，萨尔茨堡不仅景色优美，而且地理位置也最为理想。……乘两个半小时火车即到苏黎世或威尼斯，20个小时到巴黎，是通向欧洲的始发站。"茨威格居住的托钵僧山上的故居，原曾是17世纪大主教的狩猎行宫，皇帝也曾到此居住。茨威格1916年从一个工厂主手中买下，当时已破败不堪，他耗费了不少心血和财力改建、修葺，直到1919年才入住。茨威格在《昨日的世界》中这样描绘他的"故居"："它仿佛是阿尔卑斯山脉的最后一个浪峰。汽车开不到那里，只能沿着一条已有300年之久的有100多级台阶的崎岖山路爬上去。当你从山岗的露台上看到那座塔楼林立城市的许多屋顶和山墙的迷人景色时，你攀登的辛苦也就得到了补偿。"南面是层峦叠嶂的群山，西面是一望无垠的平原。整个萨尔茨堡尽收眼底，这是一幅优美的图画。"它当时还是一个古朴、沉睡和富于浪漫色彩的小镇。"

从1920年定居萨尔茨堡，直到1933年离开寓居地伦敦，这十几年是茨威格创作的黄金时期，他的大多数重要作品都是这一时期的产物。也许同为作家的弗里德利克是"旺夫命"，可说给予了茨威格创作的激情与灵感。所以，两人协议离婚后，夫妻做不成做朋友，直到茨威格临自杀前，仍把弗里德利克视为知己。

对故居的怀念是一种集成体的文化概念，这种文化氛围对人的影响很容易飘散而很难复得。故居只在美好记忆中。这些对故居的迷恋记忆，随着纳粹希特勒把奥地利吞并，一切都烟消云散了。

在《昨日的世界》里，茨威格写道："我当时没有想到彻底离开萨尔茨堡……决定到外国去度过冬天，以逃避一时的紧张气氛。可是我没预料到，当我1933年10月离开我美丽的家园时竟是一种永别。"1933年4月15日茨威格在致马塞莱尔的信中写道："我最反对流亡国外，除非情况十分紧急我是不会这样做的，因为我知道任何形式的流亡，只会带来危害……"

从1933年10月到11月的六周，茨威格为了逃避奥地利发生的紧张局势，远离政治上的困扰，他是在伦敦度过的。没承想，暂别成为永诀。茨威格自从托钵僧山上的住宅被希特勒法西斯野蛮搜抄后，就再也不愿与萨尔茨堡有任何联系。"夜雨望月伤心色"，"故国不堪回首月明中"，茨威格开始了"永失故居"的流亡生涯。

芸芸众生对领袖人物误读的悲剧

1918年，德意志帝国和奥匈帝国成为第一次世界大战的战败国，一股失败的情绪笼罩在这些国家民众的头上。几百年以来沙文主义的文化，打着民族主义、爱国主义的旗号，呼唤着出现铁腕人物进行寡头统治。正是在这种历史大背景下，德国法西斯打出"国家社会主义德国工人党"的旗号，独裁专制的呼声甚嚣尘上。许多趋炎附势见风使舵的政治人物，为了个人和党派的利益，在幕后进行着肮脏的政治交易。茨威格发现：历史惊人地相似，当前的政治态势犹如当年法国大革命时期螺旋式地又转了回去。一些政治家的卑鄙无耻也与当年的雅各宾党人的做法雷同。他们打着动听的进步革命的旗号，干的却是卑劣的反民主反自由的行径。法国大革命时期的著名女革命家罗兰夫人在断头台上曾悲愤地说了那句警醒后世的名言："啊，自由，以你的名义，人们犯下了多少罪行。"多少人假民主自由的旗号犯下罄竹难书的罪行。

一战后的欧洲政治舞台上，活跃着各种政治势力，有的极"左"，有的极右，各有不同的政治背景，代表着不同的利益群体。他们都扬言代表人民的利益以笼络人心，实际上"挂羊头卖狗肉"，无不希望牟取私利。茨威格通过第一次世界大战的惨痛教训，知道群众一旦受到蛊惑，出现群体性歇斯底里，后果不堪设想。茨威格没有政治情结，他只能以自己手中的笔以史为鉴，以历史的教训来警醒今天的民众。

正是出于这种创作冲动，茨威格创作了《一个政治性人物的肖像》一书。约瑟夫·富歇是法国著名政治家，以残忍、善变著称，先后在罗伯斯庇尔、拿破仑、波旁王朝担任要职。"任尔东西南北风"、"城头变幻大王旗"，约瑟夫·富歇"我自岿然不动"，被称为"几朝红"、"不倒翁"。茨威格并不喜欢这个人物，他在1928年5月2日写给传记作家艾米尔·路德维希的信中写道："描绘一个纯粹政治人物的肖像，他为任何信念效劳，接受任何职位，为所有的主子卖命，从来没有自己的立场。正由于见风使舵灵活机敏，他比他那时代最强有力的人物都活得更长。这应该让人看到，并警告人们注意今天和所有时代的政治性人物，以形象生动的方式暗示这些'可用的'、精明狡猾的政治性人物对一切民族和欧洲的危险。"

由此可见，茨威格创作《一个政治性人物的肖像》一书的动机，并非发思古之幽情，而是寄寓了对现实的关注。

茨威格在《一个政治性人物的肖像》[1]一书的前言中，这样对约瑟夫·富歇进行了描述：

富歇，使拿破仑感到惊恐的天才，并不是突然一下子表现出来的……在雾月十八日的政变中，突然显示出他机智灵巧，犹如一个平庸的演员，因受到突如其来的灵感启示而变得极为出色。

富歇无论是在生活中，还是在历史上，都非常善于只是充当幕后人物：不喜欢让人窥察他的脸和他手里的牌，他始终躲在各个事件之中，各党各派之中，躲在他那职位的隐姓埋名的外壳后面，无影无形地活动着，犹如钟表里的机簧。只有在极为罕见的情况下，在繁琐事件的纷乱之中，在他途经最匆急的拐弯处，才能一瞥他那快速掠过的身影。

在真正的现实生活中，在政治的权力范围内，起决定作用的很少是出类拔萃、思想纯正的人物，而是价值微小得多，但是身手更加灵巧的种类。为了警告人们注意各种政治上的迷信，这点必须强调。

1914年和1918年我们亲眼目睹，具有世界历史意义的关于战争与和平的决定，并不是由理性和责任心所作出的。而是由性格极端多疑、智力严重欠缺的那些躲在幕后的人物所作出的。我们近来每天都在重新经历的严重问题，往往是犯罪的政治游戏，并不是那些具有道德远见和坚定信念的人得以成功。相反，他们一再被那些称为权术家的职业赌徒，这些手脚利索、空话连篇、神经冰冷的艺术家们所欺骗，而世界各国人民

【1】（奥）斯·茨威格著，张玉书译：《一个政治性人物的肖像》，上海译文出版社，上海，2007年。

还一直忠诚笃信地把他们的孩子和他们的前途都托付给这场游戏。倘若政治的确像拿破仑在100年前所说那样，变成了新时代的厄运，那么我们为了自卫，要设法辨认躲在这些势力后面的人们，以便认清他们何以得势的危险的秘密。但愿这本《一个政治性人物的肖像》能对这种政治人物的类型学做出一份贡献。

茨威格对约瑟夫·富歇形象的描摹成为一个预言，一个谶语：试图唤醒人们对希特勒执政后出现危机的警惕性。

普拉特在《斯·茨威格》中称："在纳粹统治开始前的几年，这本书是对一个毫无政治良心可言的人进行形象化的描述。"

弗洛伊德在给茨威格的信中这样评价《一个政治性人物的肖像》中的约瑟夫·富歇："我要告诉您，我享受您大作中我视之为心爱读物的作品……您对妖魔般人物的心灵生活的深入发掘。我极为欣赏您精巧优美的语言，它表达的思想极为贴切，看上去像是透明的衣衫熨帖在古典雕像身上。"

然而，茨威格的声音淹没在当年整个日耳曼民族和法西斯阵营对希特勒狂热崇拜的喧嚣之中。

茨威格把对希特勒的忧心如焚表现在他描写宗教领袖加尔文迫害塞尔维特事件的《异端的权力》一书中。人类的历史，总是"螺旋式"地不断重复上演着芸芸众生对领袖人物误解误读的悲剧。

茨威格在《异端的权力》一书中，详尽地描述了加尔文是如何成为日内瓦的精神统治者，并能把这种专制独裁统治一直维持了30年之久。

有些领袖人物只是乱世的奸雄，却不是治世的明君。罗素在《权力论》一书中说："权力冲动有两种形式：在领袖身上是明显的，在其追随者身上是隐含的。人们愿意追随领袖，以便使他所领导的团体获得权力，他们觉得他的胜利就是他们自己的胜利。……人们相信自己有能力处理眼前事务时，他们就会喜欢权力，但是当他们知道自己没有能力时，他们宁愿追随领袖。"

日内瓦在呼唤城邦的主宰。群龙无首的乌合之众期盼着拯救他们出水深火热之中的救星。就是在此历史的关键时刻，加尔文横空出世了。

茨威格发出预言性的谶语："加尔文进了城，日内瓦便再没有自由。独夫的意志统治了一切。"

茨威格在总结加尔文为什么会成为一代独裁者时，还说了这样一番话：

"每一个国家，每一个时代，每一个有思想的人，都不得不多次确定自由和权力间的界标。因为，如果缺乏权力，自由就会退化为放纵，混乱随之发生；另一方面，除非济以自由，权力就会成为暴政。在人的本性里深埋着一种渴望被社会吸收的神秘感情，根深蒂固，也深藏着这样的信念：一定有可能发现某一种特定的宗教、国家或社会制度，它将明确地赐予人类以和平和秩序。陀思妥耶夫斯基在其《宗教法庭庭长》一文中，根据无情的逻辑，证明人多半是害怕天赋自由权的。事实上，大多数人在面对亟待解决的难题和生活所强加的责任时，出于惰性，渴望有一个明确而又普遍有效的、有秩序的世界性机构，省得他们去费心思索。

"这种渴望有一个救世主，以求一劳永逸地解决行为之谜的心情，就成了清除先知们道路障碍的刺激因素。当一代人的理想失去激情之后，先知们绝对肯定地宣布：他，而且只有他，已经发现了新的和真正的准则，而绝大多数人将有信心接受这第若干世的救世主。一种新的思想意识往往创造一种新型的理想主义，而这毫无疑义是形而上学意义的理想主义。无论谁，如能给予人们一种新的协调和纯洁的幻想，就立即能够激发人类最神圣的活力：自我牺牲和宗教狂热，成百万人像是中了邪一样准备投降，他们允许被践踏，甚至甘受强暴。这样的启示者或先知要求他们越多，他们越愿意奉献。自由，在昨天对他们好像还是最大的好事和快乐，而现在他们却愿意为了先知之故而将之抛弃掉。他们愿意毫不抗拒地追随这位领袖，实现默示的灵感'甘于奴役'。就这样，在整个历史进程中，人民只是为了希望保持团结一致，心甘情愿地让人在他们脖子上套上轭，并且还要亲吻那把枷锁强加于他们的手呢。"

茨威格是在描述几百年前的加尔文吗？从加尔文身上，我们看到了茨威格的指桑骂槐含沙射影。同时也表达出茨威格对广大愚昧民众的"哀其不幸，怒其不争"。

在纳粹上台的最初日子里，茨威格的《灼人的秘密》正在德国各地上演。他在《昨日的世界》里这样回忆："在国会焚烧后的一天——纳粹分子试图嫁祸给共产党人，而未得逞——发生了这样一件事，在电影《灼人的秘密》的广告和海报前聚集起一大群人，他们互相挤眉弄眼，哄堂大笑。不一会儿盖世太保明白了人们为什么在这个片名前大笑的缘故。就在当天晚上，警察骑着摩托车巡逻，禁止了演出，从第二天起，我的中篇小说《灼人的秘密》的书名就从所有报纸广告和所有的广告柱子上消失得无影无踪。"

希特勒法西斯对茨威格的"焚书坑儒"，实在是他自己的"咎由自取"。

张玉书在《重现辉煌的大师——斯蒂芬·茨威格》[1]一文中，对这一历史时期的情形做了这样的记述：

接着，柏林狂热的纳粹大学生在广场上焚烧进步作家和犹太作家的书籍，以表示对法西斯主义的信仰，对元首的忠

【1】张玉书主编：《茨威格小说集·总序》，中国发展出版社，北京，1997年。

诚。包括海涅、托马斯·曼和茨威格的作品在内的大批书籍被焚，这些作家的作品统统被禁。大批进步人士，犹太血统的知识分子和科学家、作家受到迫害，关进集中营，或被迫流亡国外，德国国内一片白色恐怖。对许多历史事件和历史人物进行过深刻分析的茨威格，根据《我的奋斗》（原文注：希特勒的自传，书中阐述他的反动政纲）和法西斯上台前后希特勒的言行，对此人也进行了分析，希特勒青年时代作为一个落魄的艺术家，流落在维也纳街头，衣食无着、走投无路；为此他绝不会宽恕维也纳，放过奥地利。有朝一日时来运转，他一定要以胜利者的姿态，随着凯旋的行列，进入维也纳，看到这座曾经使他蒙受耻辱的城市匍匐在他的脚下。因此，当大部分欧洲人士，包括张伯伦这样老练的政治家在内，都对希特勒抱着幻想，以为绥靖政策可使法西斯餍足的时候，茨威格却看清了法西斯的罪恶本质。

茨威格在《昨日的世界》一书中回忆说："能在德国和卓越的同时代人托马斯·曼、亨利希·曼、韦尔弗、弗洛伊德、爱因斯坦以及其他人——我认为他们的作品远比我的作品重要得多——一起被剥夺文学创作的命运，与其说感到耻辱，不如说感到光荣。"茨威格还说：他感到很高兴，他创作的文学形象使希特勒不时地感到恼怒。

茨威格一生写了有两三万封书信，他与高尔基和罗曼·罗兰的书信往来合成一本《三人书简》[1]。茨威格在1934年5月12日给高尔基的信中写道："最近一年，对于我是极为艰难的一年，因为我责无旁贷地必须在内心确定对待德国事件的态度（指希特勒上台事

【1】高尔基、罗曼·罗兰、茨威格书信集，臧乐安、范信龙、井勤荪译：《三人书简》，湖南人民出版社，长沙，1980年。

件）。紧接着就是维也纳事件（1933年至1934年，维也纳成为意大利法西斯追随者和奥地利希特勒分子争夺政权的尖锐斗争舞台。后者要求把奥地利并入希特勒德国）。已经越来越尖锐地感觉到，欧洲正酝酿着严重的事件。道义上的和精神上的不安，在各个国家虽不相同，但其强烈程度却是一样的。以沉着和坚定与此对抗——这是何等重大的任务！"

1936年，茨威格在一份用英文写的履历中写下这样的字句：

自战争以来，我完全把遵循这样一个方针进行写作看做是我的道德义务，即有助于我们时代进一步积极的发展：通过对往昔的解释，通过对当代的警告；因为我相信，促进人之间的联合和加深人民和民族间的相互理解，为此所做的努力是有价值的。

从一开始我的目光总是注视世界主义，我的思想远离开赤裸裸的民族主义。因此我认为——绝不是自诩——我的著作的影响也超出了民族，这是一种特别幸福的机缘，甚至是生活所给予我的最伟大的祝福。正如我感到整个世界是我的家乡一样，我的书在地球上所有语言中找到友谊和接受。

茨威格在撰写《巴尔扎克传》时，非常赞赏巴尔扎克的那句名言："拿破仑用剑没能征服的，我要用笔去征服。"那一刻，茨威格的内心一定充满了"以笔作刀枪"的激情和自信。

"苍蝇撼大象"所流露出的绝望情绪

茨威格在谈到创作《一个政治性人物的肖像》一书的动机时

说，他厌恶富歇，恰恰是因为他的成功。对他来说，重要的是永远站在胜利者一边，决不站到失败者一边。趋炎附势，站到胜利者一边以分享一杯羹，原本是丑陋人类的共性。而茨威格讴歌的总是那些悲壮的"失败者"。

1907年11月，茨威格写出了他的第一部戏剧《忒耳西忒斯》。《忒耳西忒斯》取材于古希腊传说。忒耳西忒斯是古希腊特洛伊战争时希腊联军的一名士兵，一个卑微的面貌丑陋的形象，一个失败者。茨威格把他作为主人公来塑造，表达了他的历史观和价值观。茨威格说："从不愿去为那些所谓的英雄人物歌功颂德，而始终着眼于失败者的悲剧。"【1】

茨威格撰写的《异端的权力》一书，还有一个副标题:《卡斯特利奥反对加尔文史实》。这部著作于1936年出版，它是茨威格继《埃拉斯穆斯·封·鹿特丹的胜利和悲剧》之后又一部借助历史人物对时代政治运动作出的回答。他在致罗特的信中写道:"卡斯特利奥，这个人就是我想成为的形象。"它和《忒耳西忒斯》和《埃拉斯穆斯》一样，是对失败者的一首颂歌。人道主义者卡斯特利奥在加尔文的强权下失败了，但是取得了道义上的胜利。在这本书的导言中，茨威格毫不掩饰地表达了对法西斯暴力的憎恨。他在1935年6月15日致罗曼·罗兰的信中直言不讳地称"这个严酷的加尔文就是希特勒"，宣称"独裁统治现在不可能将来也永远不可能在全世界推行一种宗教或一种哲学"，并警醒说:"一种教条一旦控制了国家机关，国家就会成为镇压的工具，并迅速建立起恐怖统治。"茨威格在1935年12月8日致罗曼·罗兰的信中还宣称:"《卡斯特利奥反对加尔文史实》是他的精神独立宣言。"

托马斯·曼在致茨威格的信中说:"好长时间我都没有读到像

【1】引自斯·茨威格《昨日的世界》。

您的卡斯特利奥这样的书了。这是一次轰动，深深地令人激动，全部的憎恶和全部的同情都聚集在一个历史对象上了。"罗曼·罗兰在致茨威格的信中写道："卡斯特利奥在我们的行列中坐在他的位置上，而且是坐在我们的前列。……与卡斯特利奥有关的，我肯定，他和许多同时代人（如拉伯雷和蒙田）都会像他一样去想，但却不敢表示出来。问题不在于想，而在于做。"赫尔曼·布洛赫一直与茨威格就关于"超国家"的构想进行多次探讨。他在看过《卡斯特利奥反对加尔文史实》一书后，激动地给茨威格写信说："今天我们所能感觉到的，和我们其他人只能叹息的，纯艺术的精神所达不到的，您却一下就都克服了，您给予了他强大的道义的和社会的方向。"

茨威格在该书扉页上，把卡斯特利奥《论怀疑的诡计》一书中的一句话作为题记："后代将会迷惑不解，为什么在如此灿烂的黎明之后，我们还会退化回到昔米莱人的黑暗之中（笔者注：古希腊神话里，昔米莱人永远生活在黑暗之中）。"

任何专制独裁者总是狂妄地认为，历史是胜利者书写的。对自己所犯的血腥，只要采取瞒天过海掩耳盗铃此地无银三百两的拙劣和愚蠢，就可以凭空抹去自己手上的血迹。塞尔维特事件之后，加尔文唯恐人们对他的野蛮血腥发出反对和抗议的声音，就像鲁迅笔下的那个阿Q，因自己头秃，连"光"、"亮"等字眼也讳言一样，严密地控制着"舆论"。加尔文宣称："任何人，不管是为一个异端辩护或被控告为一个异端，它本身就犯了异端罪，应予严惩。……如果他们不能钳口沉默不语，就送他们上火刑柱。"

茨威格说："不管加尔文如何怒不可遏，如何喋喋不休地向世界为自己开脱，对屠杀的谴责一直不能平息下来。"

此后，这一血腥事件成为敏感的神经，在日内瓦城，加尔文不得不一次次求助于武力去压制批评和抗议。许多著名的学者和良知尚未泯灭的文人干脆愤然离去，他们认为日内瓦不复是一个有安全感的城市。因为专制政治已经建立，自由思想受到威胁。

加尔文对镇压事件产生的任何议论都敏感之极，在加尔文的高度恐怖统治下，虽然日内瓦人谨小慎微噤若寒蝉，但"责难之声仍从钥匙孔和紧闭的窗户里溢出"（茨威格语）。

就是在这种"万马齐喑究可哀"，社会整体失语的态势下，卡斯特利奥的声音出现了。他没有被日内瓦独裁者的威胁所吓倒，为了那不该忘记的血迹，对人道主义的伸张，对民主自由的向往，迫使卡斯特利奥发出高声疾呼："我不能再保持沉默了。"

卡斯特利奥说："寻求真理并说出自己所信仰的是真理，永远不能作为罪念。没有人会被迫接受一种信念。信念是自由的。"即便信仰的只是一个人的错误理解，也不构成罪行。犹如伏尔泰所说："我不一定同意你的观点，但我誓死维护你说话的权利。"

卡斯特利奥蔑视加尔文的暴政，他公开把塞尔维特命名为"一个被谋杀的无辜者"。卡斯特利奥不容置疑地说："把一个人活活烧死，不是捍卫信条，而只是杀害一条生命。"

卡斯特利奥宣称："尘世的任何力量都没有资格对另一个人的良心施加权威。因为他不是以宗派的名义发表这些议论，而是发自对人类不朽精神的表现。"

从某种意义上说，卡斯特利奥站出来为塞尔维特说话，比伏尔泰抗议琼·卡拉斯案，左拉抗议特赖弗斯案需要更大的勇气和胆量。伏尔泰作为一个贵族出身的著名文化人，他可以指望得到国王和亲王们的保护；左拉背后则有全欧洲甚至全世界的粉丝读者作依托。伏尔泰和左拉，他们没有一个人是需要拿着自己的生命去冒险。而卡斯特利奥却不可能指望任何宗派的支持，不论是新教的还是天主教的。没有一个大人物，没有一个皇帝和国王庇护他，就像他们曾经庇护过路德和伊拉兹马斯那样。即使有几个朋友和知己，虽钦佩他的英勇，也只敢在私底下说几句宽慰他的话而已。卡斯特利奥是在用自己的脑袋瓜子孤注一掷。

卡斯特利奥茕茕孑立孤独一身。茨威格说："人类的怯懦胆小是如此的积重难返，以至于卡斯特利奥只有同情者而无支持者，他的全部所有，只是在那个不知畏惧的灵魂里有着一颗坚强不屈的良心。……人文主义者们心怀悲悯，他们互寄的信件好不叫人感怀钦敬，他们也常常关上书房的门大诉其苦。然而对反基督者，他们绝不会公然抗拒。伊拉斯谟躲藏起来，时而放胆射几支冷箭；拉伯雷穿戴起小丑的衣帽，以他凶野的嘲笑作鞭挞；至于蒙田，这聪颖高贵的哲人，只好在《随笔集》里雄辩滔滔。然而他们全不想挥拳痛击，阻止那些臭名昭著的迫害与处决。处世经验害得他们小心谨慎，用他们的话讲，聪明人总找得到比驾驭疯狗更好的活计，明哲保身的人自应退隐后台，免得自己也变成牺牲品。"

"苍蝇撼大象"这是卡斯特利奥描述自己与加尔文那场对抗时所用的一个词。他指出了力量对比悬殊的严酷现实：卡斯特利奥只是一个可有可无微不足道无足轻重的小人物；他是一个穷学者，靠译书和担任家庭教师养活着妻子儿女。多年来，生活在迫害和贫困的双重阴影下，经常处于可怜的入不敷出的窘迫状态。他唯一的武器就是手中的笔，然而在加尔文严密控制出版和舆论的日内瓦及周边地区，"以笔作刀枪"的文人，无异于是被解除了武装，变得"手无寸铁"。而加尔文却能够使全城全国转化为严格顺从的机器，国家权力在他至高无上的控制之下，各种权力机关——市行政会议和宗教法庭、文字和言论，甚至最秘密的窃窃私语，都听任他的摆布。他的教条已成为法律，任何人胆敢怀疑就会立刻受到严惩——监禁、流放甚至火刑。加尔文是掌控着整部国家机器武装到牙齿的精神领袖。

这是一场天灵盖对狼牙棒的对抗。这场对抗从一开始就预示了悲剧性的结局。

被迫害者聊以自慰的是对胜利者的征服表示蔑视。一种阿Q式的"精神胜利法"。卡斯特利奥说："你们的伎俩和你们的武器，只不过是从过去的专制统治那里捡来的破烂货。它们只能给你一个暂时的统治，但决不能在精神上取胜。"

专制暴君永恒的悲剧在于：他们必须继续不断地吓唬有独立思想的人们，甚至在敌手已被解除武装和剥夺了言论自由之后也如此。如果一个被压垮了的敌手一声不吭，但仍拒绝厕身于暴君的佞幸的奴才之列，那么此人的继续存在就成为对暴政的一个潜在威胁，让独裁者永不得安宁。

茨威格说："历史从来都是由胜利者来撰写，它的任务是记载成功的人。历史的目光只盯着胜利者而置被征服者于不顾。这些'无名小卒'被倾入遗忘的汪洋大海中，既无十字架又无花环记录他们徒劳的牺牲。"

茨威格还说："道德上任何能量的花费，都不会在巨大的空间消失而不留下影响。那些生不逢时的人们，虽然被击败了，但在实现一个永恒的理想上，已经预见了它的重要意义。因为，理想是一种没有人看得到的概念，只能通过人们的设想、人们的努力，并准备为理想而向着充满尘土的、通向死亡的道路行进的人们，才能在现实世界中加以实现。从精神上来分析，'胜利'和'失败'这两个词都获得了新的意义。"

茨威格还说："我们一定要永远不停止去提醒整个世界：它眼里只有战胜者的丰碑，而我们人类真正的英雄，不是那些通过屠刀下的尸体才达到昙花一现的统治者们。"

茨威格正是借卡斯特利奥之嘴，吐出了自己心中的块垒。正是由于张伯伦之流绥靖政策的纵容，也因为美国隔岸观火的短视，致使希特勒法西斯的铁蹄能在战争初期席卷欧亚大陆。"苍蝇撼大象"一语悲鸣，已然流露出茨威格心中对这场自由与专制抗衡的绝望情绪。

自杀实现了梦寐以求的"魂归故里"

茨威格写过一本书：《人类命运攸关的时刻》。他在作者序言中说："无比丰富的事件集中发生在极短的时间瞬间：唯一的一声'行'，唯一的一声'不'，太早或太迟，使这一时刻长留史册，它决定了一个人的生死，一个民族的存亡，甚至于全人类的命运。"

无情的历史把一个命运攸关的时刻推临到茨威格的面前。

1938年是茨威格命运中关键性的一年。3月，希特勒的军队吞并了奥地利。年终他与妻子弗里德利克离婚，他成了一个既无国也无家的流亡者。他在《昨日的世界》中写道："在我失去我的护照的那一天，我已经58岁了。我发现，一个人随着祖国的灭亡所失去的，要比那一片有限的国土多得多。"

他在《昨日的世界》中写道："在奥地利被占领之后，我们的世界已经非常适应惨无人道、无法无天和野蛮粗暴的行为了……那些日子对我来说是我一生中最可怕的日子，每天都有从祖国传来的尖叫的呼救声……"

1938年3月13日奥地利被希特勒吞并后，茨威格失去了国籍，他的奥地利护照成为一张废纸，他成为一个真正的流浪人。1938年

8月，他为了去美国，不得不向英国当局申请一张白卡，即一张无国籍者的身份证明。英国保存下来了这份"申请书"。茨威格在"申请书"上决绝地写道："宁愿无国籍也不愿得到德国国籍"。

1939年9月1日希特勒入侵波兰，第二次世界大战爆发。茨威格尽管早有预感，但他仍感到震惊，他称这是他"生活中的又一次地震"。1939年9月11日，茨威格在致罗曼·罗兰的信中写道："今天我的处境更糟了。我的国籍问题还一直没有解决，于是我就成了'敌侨'，我只能在一个五英里的范围内活动。除了这种轻微的侮辱之外，更令我感到伤心的是，事实上我成了完全无用的人，不能用我的语言去写，没有报纸供我使用……甚至通信也困难，人们只让我写短信。我觉得我真的与一个俘虏相差无几。"茨威格与他的第二任妻子夏洛蒂，他们似乎能"自由"地生活在英国巴斯，但这种"自由"是有限的。每当他们要离开巴斯时，都要到警察部门去递申请报告，填写表格，写明旅行的目的地和理由。

茨威格被列入敌侨中的B级，即可不必进拘留营，但只能在五英里之内自由活动，出此范围就要到警察局申请。对这种生活，茨威格在他的日记中用英文写道："现在我开始了另样的生活，再也没有自由和独立了。"他申请英国国籍长时间没有批复下来。为了改变这一处境，他致信英国内政部催促，同时给他的朋友，英国作家威尔斯写信求助，称他提出申请近一年了，但出于对他的各种流言蜚语而拖着予不受理。他写道："在一个人人都负有道德义务的时代，却被迫无所事事，再没有比这更痛苦的了。"

一个反纳粹的作家，在国内受到迫害，流亡国外，却又被划分为"敌侨"，真正是"里外不是人"，心情可想而知。

高中甫编著的《茨威格画传》一书中，记载了茨威格几次近距离目及同病相怜的流亡人士的死亡：

恩斯特·魏斯（1882-1940），出身犹太家庭，早年从医，后从事创作，纳粹上台后，流亡巴黎，巴黎被占领时，他自杀弃世。

茨威格在流亡期间，不断运用自己的影响和财力去帮助其他流亡人士。他在从纽约发出的一封信中称："我的一半时间都用来为大洋彼岸办理宣誓书、许可证和筹措旅行费用……"他为一些作家介绍出版社，为一些生活拮据的人提供经济上的援助。作家赫尔曼·凯斯顿在一本书中写了这样一段故事："战前我们两个流亡的德国作家坐在巴黎的一家餐厅里。'恩斯特·魏斯的情况怎样？'茨威格问。'很糟糕'，我说，'魏斯没有钱。'有一天，我去杜勒里宫散步，偶然遇到恩斯特·魏斯，他告诉我，'他一直登上七层楼，到我住的阁楼，强迫我给他朗诵我的小说。随后他送给我八千法郎。那够我们两人三个月的生活费了。'我说。"

在伦敦的一次追悼恩斯特·托勒（1939年自杀）和罗特的纪念会上，茨威格宣读了他的悼词："不仅恩斯特·托勒出于对我们这个疯狂的、不义的和卑劣的时代的憎恨而自杀，我们的朋友约瑟夫·罗特出于同样的绝望感情也自愿地毁灭了自己，只是这种自我毁灭的方式更为残酷，因为它的过程更为缓慢，他成为一个自己心灵的挥霍者……"

如此近距离地亲眼目睹朋友们的死亡，对茨威格心情造成的阴影可想而知。

1939年2月22日茨威格在致罗曼·罗兰的信中，谈到他帮助流亡人士的心绪："在最近几年，我无法集中精神，遭遇了可怕的事情，发生的事件和我个人生活的困境逼我不得不如此。您想象不出，我现在对多少人负有义务。从奥地利、德国、匈牙利的书信雪崩似的涌来，请求支持和金钱，这令我感到压抑。"

　　茨威格唯一的一部长篇小说《心灵的焦灼》1939年出版，当他1938年完成这部长篇小说时曾拟名《同情》，最后校样上定为《心灵的焦灼》。茨威格在这部小说中阐述了一个重要的主题："同情"。他借书中的主人公之口说出："同情有两种：一种同情是怯懦感伤，看到别人的不幸，急于摆脱出来，以免触及自己的心灵；另一种是真正的同情，毫无感伤的色彩，富于积极的精神，决心和别人一起经历一切磨难。"也正是由于这样两种截然不同的同情，导致了小说的悲惨结尾。罗曼·罗兰1938年12月5日在给茨威格的信中谈到这部长篇小说："我一口气读了您的《心灵的焦灼》，这是一部杰出的长篇小说，您在当前的情况下还被这个故事类似催眠般地所左右，无法摆脱，真是不可相信。"

　　这部小说中的逼真描述，无疑是茨威格"焦躁不安"心理的形象写照。这种情绪始终伴随着茨威格的流亡生涯。

　　茨威格在1941年9月17日、19日致弗里德利克和弗里顿塔尔的信中都提到他正在酝酿写一篇奇特的小故事。这就是茨威格令世界震惊的著名小说《象棋的故事》。这篇完成于他自杀前一月的作品，直到他去世后才发表，可说是茨威格的绝笔。《象棋的故事》是茨威格继1920年《桎梏》之后又一篇直接与政治题材相关的作品。

　　下棋是茨威格的一项爱好。在萨尔茨堡的那段时间，茨威格与夫人弗里德利克经常在饭馆用晚餐后，到咖啡馆看报或下棋。有时下得很晚，再漫步回家。弗里德利克写下这样的记忆："塔楼林立的月夜景色和萨尔茨河的银带美极了。我几乎总是与他同行，虽然我喜欢这样，但是，特别是棋局拖到很长时间，这使我真的感到疲倦。"茨威格创作的《象棋的故事》与他对象棋的熟悉有很大的关系。

《象棋的故事》并没有什么复杂的故事情节：

主人公B博士出生于奥地利一家古老的名门望族，二次世界大战前，主持着一家律师事务所，同时管理着一些大修道院以及皇室一些成员的资产。在希特勒的军队进入维也纳的当天，他被党卫军逮捕了。但他没有像其他犹太人那样被投入集中营，而是被安置在一家旅馆的单间里，像置于真空般完全孤立起来。茨威格这样描述了主人公受到"优待"的心理：

在大旅馆里独自住单间——这话听起来极为人道，不是吗？不过，请您相信我，他们没有把我们这些"要人"塞到20个人挤在一起的寒冷的木棚里，而是让我们住在大旅馆还算暖和的单间里，这并不是什么更加人道的待遇，而是更为阴险的手段。他们想从我们这里获得需要的"材料"，不是采用粗暴的拷打或者肉体的折磨，而是采用更加精致、更加险恶的酷刑，这是想得出来的最恶毒的酷刑——把一个人完全孤立起来。他们并没有把我们怎么样——他们只是把我们安置在完完全全的虚无之中，因为大家都知道，世界上没有什么东西能像虚无那样对人的心灵产生这样一种压力。……乍一看来，分给我的房间似乎并没有什么使人不舒服的地方：房里有门，有床，有张小沙发，有个洗脸盆和一个带栅格的窗户。不过房门日夜都是锁着的；桌上不得有书报，不得有铅笔和纸张；窗外是一堵隔火的砖墙；我周围和我身上全都空空如也。我所有的东西都被拿走了：表给拿走了，免得我知道时间；铅笔拿走了，使我不能写字；小刀拿走了，怕我切断动脉，甚至像香烟这样极小的慰藉也拒绝给我。除了看守，我从来没有看见过任何一张人的脸，就是看守也不许同我说话，不许回答我的问题。我从来没有听见过任何人的声音。从早晨到夜晚，从夜晚到黎明，我的眼睛、耳朵以及其他感官都得不到丝毫滋养。我真是形影相吊，成天孤零零地、一筹莫展地守着我自己的身体以及四五件不会说话的东西，如桌子、床、窗户、洗脸盆。我就像潜水球里的潜水员一样，置身于寂静无声的漆黑大海里，甚至模糊地意识到，通向外界的救生缆索已经扯断，再也不会被人从这无声的深处拉回水面了。我没有什么事情可做，没有什么可听，没有什么可看。我身边是一片虚无，一个没有时间、没有空间的虚无之境，处处如此，一直如此。你在房里踱来踱去，你的思想也跟着你走过来走过去，走过来走过去，一直不停。然而，即使看上去无实无形的思想，也需要一个支撑点，不然它们就开始毫无意义地围着自己转圈子，便是思想也忍受不了这空无一物的虚无之境。从早到晚你老是在期待着什么，可是什么事情也没有发生。就这样等着等着，什么也没有发生。等啊等啊，想啊想啊，一直想到脑袋发痛。什么也没有发生，你仍然是独自一人，独自一人，独自一人……

茨威格在写给罗曼·罗兰的信中说："我生活在完全封闭的状态，只能看到相邻的农夫的绵羊。我像一个没有地址的包裹一样被人抛入混乱之中，每个人都拒收。"茨威格把失去精神故园的流亡生活，看作是没有四堵墙的精神牢笼。

这种状况下，B博士的精神濒临崩溃。是一个偶然的机遇，似乎使他的命运出现了"转机"：

这一天是星期四，七月二十七日，他们让我等的时间特别长。我在前厅里足足站着等了两个小时……我没法向你解释，我当时如何如饥似渴地想看到一些印刷的东西，看到一些写的字……突然我的目光停留在一样东西上面。我发现有一件大衣边上的口袋有点鼓鼓囊囊。我把身子挪近一点，从那鼓鼓囊囊的东西呈现的四四方方的形状看出，这个有点膨胀的口袋里藏的是什么：是一本书！我的双膝开始哆嗦起来：一本书！足足四个多月之久，我手里没有拿过一本书……我的眼睛像着了魔似的死死地盯着那个小鼓包，这是那本书在口袋里构成的形状。

……我往书上看了第一眼就大失所望，甚至使我恼怒之极。我冒了那么巨大的危险偷来的这本书，我怀着那么热切的期待留到现在才打开的这本书。不是别的，竟是一本棋谱，是150盘名家棋局的集锦。要不是我的窗户关得严严的，而且还加上了铁栅栏，我一怒之下，一定把这书从打开的窗户里扔了出去。因为你叫我拿这无聊的玩意干什么？……下象棋总不能没有对手，更不能没有棋子和棋盘。我十分恼火地把这本书从头到尾浏览了一遍，心想说不定还能找到一些可读的东西，一篇序言啊，阅读指导啊；可是除了画得方方正正的著名棋局的简图之外，我什么也没找到。简图下面是些一上来就叫我莫名其妙的符号。所有这一切我觉得像是一种我找不到解答方法的代数题。后来渐渐地我才弄明白，a、b、c这些字母代表的是竖行，从1~8的数目字代表的是横线，合在一起就决定了每一个棋子当时的位置。这样一来，这种纯粹图解式的简图反而也变成了一种语言。我心里思忖，也许我可以在我的囚室里设计出一张棋盘，然后试着，照棋谱把这些棋局下一遍。好像是上天的恩赐，我的床单碰巧是大方格的。要是好好地叠一叠，最后可以弄出64个方格来。

在法西斯牢房的孤寂中，B博士开始了自己与自己对局。直下到棋艺居然能与世界冠军米尔柯·琴多维奇对弈成和局。这就是小说开头在游轮上发生的一幕。

小说的结尾是这样的：

这种荒谬绝伦不近情理的事情，我在绝望之中竟然尝试了好几个月。为了不至于完全发疯，或者陷入智力完全衰竭的境地，我除了去干这种逆情悖理的事情之外，别无其他选择。我那可怕的处境迫使我至少尝试着把我自己分裂成黑方我和白方我，免得被我身边的一片可怕的虚无所压垮。

……

这一切看上去都毫无意义，事实上，这样一种人为的精神分裂，这样一种可能引起危险的情绪激动的意识分裂，在正常的情况下，在正常的人身上是难以想象的。但是您不要忘记，我已经被人用暴力从一切正常的状态中强拉了出来，我是一个无辜遭受监禁的囚徒，几个月来被人挖空心思地用孤寂折磨着，是一个早就想把他心里积聚起来的愤怒向什么东西发泄一下的人。既然我别无所有，只有这种荒唐的自己把自己当敌手的棋戏，那么我的愤怒，我的报复心，便狂热地全部倾注到这种游戏中去了。我心里有一种东西要证明自己是对的，而我心里不是只有这另一个自我是我能够与之作战的吗？所以我在下棋的时候简直达到一种癫狂的激动的程度……

这种令人毛骨悚然的难以形容的状况是如何变成危机的，我自己也说不上来。我所知道的全部情况就是，有一天早上我醒来，感觉和平时不一样。我的身体似乎和我自己脱离了，我躺着，软绵绵的，很舒服。几个月来我从来没有过的一种惬意的疲劳感压在我的眼皮上，又温暖，又舒服，我一时竟下不了决心把眼睛开。我醒着又躺了几分钟，再享受一下这种沉重的麻木状态，感官愉快地毫无知觉，人懒洋洋地躺在那儿。我突然发现，好像听见身后有声音，有活人的声音在那儿说话。您没法想象我的喜悦，因为我几个月来，将近一年来除了从审判席上传来的生硬、刺耳、凶狠的话语以外，没有听见过别的话。我对我自己说："你在做梦！千万别把眼睛睁开！让这个梦再延长一会儿，要不然你又要看见你身边的那间该死的囚室、椅子、洗脸架、桌子和那花纹永远不变的糊墙纸。你在做梦……接着做下去吧！"

一个人自己与自己的对弈，惯性的后果就是造成了一个人精神的分裂及崩溃。B博士越来越频繁地发生着癫狂。最后一次的癫狂大发作，却因祸得福地拯救了他。他被送进了医院，渐渐恢复了神志，并在医生的帮助下，从法西斯统治下逃了出来。茨威格以这种貌似荒诞无稽的故事，寄寓了对希特勒法西斯摧残生灵精神的猛烈抨击。

茨威格别具匠心地安排B博士苏醒过来后，意味深长地问了护士这样一句话："今天是3月13日吧？"1938年3月13日，是希特勒德军攻占奥地利的日子，从这天起，奥地利并入法西斯德国的版图。

一个人精神的钟表停摆了：永恒地终止在1938年3月13日。也许之后的不到4年时间，茨威格就像他笔下的那个B博士，生存在一个与世隔绝的孤独灵魂空间。

《象棋的故事》是在法西斯专制高压下精神崩溃的一个典型案例。

茨威格在《昨日的世界》里直言不讳地承认："我的天性和英雄气概是格格不入的，我并不耻于公开承认这一缺陷。我在任何危险情况中的自然态度总是躲避。"也许正是这个弱点，到紧要时刻竟导致茨威格悲剧式的结局。

下面是高中甫编著的《茨威格画传》一书中的细节，它记录了茨威格"最后的岁月"里的情形：

1940年4月茨威格应邀前去巴黎做演讲和广播演说。

茨威格在巴黎停留了三周，在一次剧院举行的会上发表了题为"维也纳的昨天"的演讲，在电台上发表了名为"不允许讲话人"的讲话。面临纳粹军队进攻的前夕，这时的巴黎，如茨威格在4月18日致马克斯·赫尔曼的信中所写的："这座城市欢快和无忧无虑，热衷于戏院和艺术……我会见朋友，吃喝得好极了……人们瞬间忘记了恐怖。"几周以后，纳粹军队就占领了巴黎。

纳粹军队席卷整个欧洲，茨威格的心情日益沮丧。1940年6月底在给马克斯·赫尔曼的信中他绝望地写道："什么是我们能做的或不能做的，已经都无所谓了，只要这个反基督徒高唱凯歌，那只能如此。我们被诅咒，我们无家可归，我们没有保障，我们的生命稀里糊涂地就完结了。"

茨威格的日记两页，1940年5月/6月：

"这是希特勒最可怕的罪行，他把谎言和欺骗推到一个受尊敬的地位。千年来被当做是罪行的，却称之为国家艺术和生活艺术。生活在这些古老概念之外和之中的我们，失败了；我已经为自己准备好一个小瓶……就是我还能从事的文学，由于无法集中起精神，几年来受到了妨碍，作为一个60岁的人身体反正是被掏空了，快要结束了。我不再想继续下去，只是在实现我的这个意愿时，迟疑不决，但我已经从外界得到了助力……我也不再听广播。我熟悉这类东西，不着边际，空话连篇，几乎无法忍受……唯一令人宽慰的念头，就是在每个瞬间人们都能自己结束自己。……"

1940年茨威格抵达纽约之后，并没有立即动身去巴西，而是逗留了几周。他神思不宁，看到美国对待纳粹的态度，感到痛心。在纽约他给托马斯·曼的信中写道："我们这些欧洲人也已经看出，如今繁荣的美国将来会有难过的日子……都在劫难逃。"（1940年7月29日）至于自己呢，他只能听天由命。在致托马斯·曼的同一封信中他称：在自己倒下去之前，"我争取坚持工作，通过描述自己来描写我走过的时代——我们终归是最伟大的世界变革中的见证人。在我还不能用文学的方式（也就是创造性的）作证的时候，我至少愿意提供一些证明这一变革的资料"。

　　1940年圣诞节，茨威格选择了卡蒙斯的一节诗翻译出来作为给朋友们的圣诞和新年的祝词。词句中出现的死亡、危险、战争、灾难的字眼，正是茨威格此时心态的一种流露。1940年12月12日他在写给保尔·柴希的信中业已表达了这种悲观的情绪："经受住……是的，一切都能做到。可人有这份耐心吗？"

　　茨威格1941年4月回到纽约，积极地参与一些活动，如"欧洲在美笔会"的建立，支持"紧急救援委员会"的工作，帮助筹款救济新抵达美国的流亡作家等。但他的内心依然悲观沮丧，不仅在言辞上，在表情上也流露出来。克劳斯·曼有一次在大街上遇到他，对他忧郁和阴沉的表情感到惊愕：他胡须满面，神色恍惚，像是一个梦游人一样，佝偻而行。（参见普拉特：《斯·茨威格》）

　　1941年3月，纳粹把弗里德利克和茨威格在萨尔茨堡的财产没收拍卖，茨威格在写给弗里德利克的信中写道："一切都丢个精光总比长年累月去为此拼命争取要好得多。"

　　1941年5月15日美国笔会在"欧洲在美笔会"成立之际举行了酒会，茨威格作为德语作家出席并讲话。《建设》在5月16日登出了这篇讲话《在这黑暗的日子里》："只有当天色变得黑暗时，我们才能认识到，我们头上的永恒星辰是多么灿烂。也只有这黑暗的时刻面临我们时，我们才能认识到，我们灵魂的自由像空气一样，与我们的肉体是不可分的。"

1942年2月18日，茨威格夫妇去里约热内卢参加了巴西传统的狂欢节。他在返回彼德罗波利斯后给罗曼·罗兰写了一封信，信中谈及狂欢节时写道："我无法让自己被这股欢乐狂热的波浪所裹挟：在早年的岁月里人们虽能看到整个一座城市在跳舞、在游行、在歌唱，而感到高兴，四天里没有警察、没有报纸、没有商店营业，人群仅是因为欢乐而融为一体。全民狂欢的场面怎能激发起一个已经做出自杀决定的人的同感呢？"在致弗里德利克的信中写道："在里约热内卢现在正是奇妙的狂欢节，但我的感官跟不上这盛大的节日，我比任何时间都感到更消沉……"

1941年夏，茨威格走到了他生命的最后时刻。在这段时日里，比他小20多岁的新妻夏洛蒂疾病缠身，不仅对他的工作无补，反而要他去安慰她照料她。他在写给弗里德利克的信中说："我本相信，通过与一个年轻女人结婚，可以确保为我老年的欢乐预先做一些小小储备。可现在却轮到我去鼓舞她了。"茨威格的婚姻又陷入了新的危机。然而，他知道，他对多病的夏洛蒂负有责任，命运已注定，茨威格精神上的危机和夏洛蒂身体上的危机，为他俩准备了同一个结局。

1941年11月21日，茨威格在写给费里克斯·布劳恩的信中更是流露着绝望情绪："我再也找不到我自己了，无所归属，流浪而且不自由。我的工作，我的书都在那一边，多年来，我一直是提皮箱生活，早就不想到有回归之日，也再没有真正地回家了。"

茨威格经历了漫长且更为折磨人的"等待戈多"，然而，他等待到的是欧亚大陆国家的一个个沦陷，希特勒法西斯似乎"所向披靡"。在他自杀前几天，传来新加坡沦陷的消息。

茨威格在《昨日的世界》中写道："我害怕人类互相残杀的战争甚于害怕自己的死亡。"当代人是否能够理解茨威格心底的沉痛之声？当一个人生不能选择自由时，那么只有选择死的自由了。

不自由，毋宁死！弦断有谁听？

1942年1月28日他给弗里德利克的信："我比任何时候都感到更消沉……我在继续工作，但只用四分之一的时间和精力，这与其说是真正的工作，倒不如说是旧习所致。要想别人信服，必须自己信服，要想别人兴奋，必须自己兴奋，而我现在如何能兴奋起来呢？"

1941年10月，茨威格写下他的最后一首诗：

> 时间的轮舞轻柔地
>
> 在业已灰白的头发上盘旋，
>
> 杯酒已饮尽
>
> 金色的杯底才变得清晰可见。
>
> 夜已临近的预感，
>
> 它令我心宽，不使我慌乱！
>
> 观察世界的纯贞乐趣，
>
> 不再有欲求的人方能体验。
>
> 不再去问，他取得什么成功，
>
> 不再去抱怨，他错过什么事情，
>
> 老人面对的只是
>
> 轻松地向人生辞行。

1942年2月19日，就在他自杀前两天，他给罗曼·罗兰写了一封信，流露出绝望情绪："没有信念，没有热情，只有借助头脑的帮助，我像拄着拐棍在行走……一棵没有根的树是一件摇晃不定的物件……"

曾任《柏林日报》主编的德国流亡作家恩斯特·费德尔是最后一个拜访茨威格的人。他在回忆文章中记录了这一时刻："我们在这个晚上一起待了4个钟头。我感到，一团深深的阴影笼罩在他的身上。但他的殷勤和关怀一如往常。他把我借给他的四卷本《蒙田》还给我。'您现在有了一个新的完整的版本。''是的。'他模糊不清地喃喃说道，他已写了两章。那时我不知道，他为什么还我《蒙田》，他为什么把在这些日子里他的最后读物巴威尔的《拿破仑》赠送给我，为什么当他答应我的建议下一局棋时，他的妻子朝他投来一瞥长长而惊讶的目光。当他们送我回家时，已近午夜，我与斯蒂芬·茨威格走在前面……他又一次面带微笑与我握手告别，他发现他的语调令我们感到压抑：'请原谅我的心情不佳'，随着这句话和目光中流露出的深深悲戚，他消失在奇妙的夏夜黑暗之中。"

1942年2月22日，茨威格自杀前写给前妻弗里德利克的信：

> 当你收到这封信的时候，我的感觉将比从前好得多……我的心情舒坦平静一段时间之后，意志更加消沉了。令我十分痛苦的是，我再也不能集中思想……我对这一切感到十分厌倦……我坚信，你会看到那个较好的时代，你是会同意我的主张的，我的情绪已无可救药，不能久等了。在这最后的时刻，我给你写了这几行字。你不能想象，自从我做出这个决定之日起，我是多么快活。寄上我全部的爱和友谊，请不要难过，你知道，我是平静的、幸福的。

茨威格在回顾自己的一生时，描写了那个"昨日的世界"，他自己就属于那个世界。在那个世界里，他作为作家可以影响人们的思想，触动人们的感情，而在这个现实世界里，他感到力不从心甚至无能为力。他绝望地想起罗曼·罗兰对他说过的话："它（艺术）可以给我们，我们个别的人以慰藉，但是它对于现实却是无能为力的。"

属于茨威格的"昨日的世界"已经一去不复返了。他失去了继续生存的理由，也失去了继续生存的耐心。

法国16世纪的思想家、作家蒙田是茨威格最为心仪的伟人，他的思想引起茨威格的强烈认同和共鸣，称他是使自己感到欣慰的思想家，他决定写一部关于蒙田的书。茨威格在1941年1月3日致伯·费尔泰尔的信中说："蒙田，'自由人'，是一个为内心自由而斗争的先锋战士，他生活的时代就像我们现在生活的时代一样，他忍受着与我们同样的绝望，因为他借助他狂热的自由思想而保持正直和聪慧（对所有当前的和表面上的成功都不予理睬和加以轻蔑）。"但茨威格的计划因自杀而戛然中断。

也许用蒙田的诗句作为茨威格的悼词最为适当：

生——就说要有用途，在这样的条件下：

死亡由一个人做主……

死是伟大的返乡。

也许，茨威格以自己的决绝，实现了梦寐以求的"魂归故里"！

川端康成
（ *1899.6.14 — 1972.4.16* ）

唯美主义者的告别仪式

代表作品——

《伊豆的舞女》、《雪国》、《千只鹤》、《古
都》、《我在美丽的日本》。

弦断有谁听

中国的读者对川端康成并不陌生。他所创作的《伊豆的舞女》、《雪国》、《古都》、《千只鹤》，以及《温泉旅馆》、《浅草的少男少女》等作品，以哀婉凄丽的笔法，描绘了日本底层舞女、艺伎、女侍们受戏弄受凌辱遭践踏遭蹂躏的悲惨命运。为广大读者展现出日本女性不甘命运的摆布，追求正常人的生活权利及美满爱情纤柔而丰富的情感历程，塑造出一个色彩清丽的女性世界。尤其令我记忆深刻的是，川端康成那篇描绘日本围棋名人战中秀哉与大竹对弈的《名人》：秀哉为下出一盘高质量的棋局，不惜以命相搏死而后已的精神。文如其人，让我从中读到一个追求至善至美的作者形象。

川端康成在事业上取得了极大成功，一项项桂冠接踵而至：1944年获第六届菊池奖、1952年获艺术院奖、1954年获野间文艺奖、1961年获每日出版文化奖，几乎囊括了日本所有的国内奖项。1948年6月至1965年10月，担任日本笔会第4任会长。1953年被选为日本文学艺术最高的荣誉机关——艺术院的院士。1961年，日本政府为表彰他"以独自的样式和浓重的感情，描写了日本美的象征，完成了前人没有过的创造"，授予他最高的奖赏——第21届文化勋章。1959年5月，在法兰克福的第30届国际笔会上获歌德奖章。1960年8月，获法国政府授予的艺术文化军官级勋章。1968年，以《雪国》、《古都》、《千只鹤》三部代表作，终于摘取了文学王冠上的钻石——诺贝尔文学奖。

瑞典皇家文学院常务理事、诺贝尔文学奖评选委员会主席安德斯·奥斯特林在授奖词中这样评价川端康成："川端康成先生的获奖，有两点重要意义。其一，川端先生以卓越的艺术手法，表现了道德性与伦理性的文化意识；其二，在架设东方与西方的精神桥梁上作出了贡献"。"这份奖状，旨在表彰您以卓越的感受性，并用您的小说技巧，表现了日本人心灵的精髓"。

然而，就在川端康成荣获诺贝尔文学奖不到4年的时间，1972年4月16日，川端康成突然采取含煤气管自杀的方式离开了人世，并且没有留下只言片语的遗书……

日本著名作家芥川龙之介也是在功成名就后自杀身亡。川端康成对芥川龙之介的死说过这样一句话："他为什么写下遗书《给一个旧友的手记》呢？我有点意外。"既然自杀是"想开了"的走，既然想开了，还留什么遗书？川端康成还说了这样的话："我甚至认为这封遗书是芥川之死的污点。"川端康成早在1962年就说过：

"自杀而无遗书，是最好不过的了。无言的死，就是无限的活。"或许，这些话可以看作是川端康成自绝人世而不留遗书的内心独白？

川端康成在《千只鹤》中说了这样一句话："死亡等于拒绝一切理解。"川端康成在《追悼武田氏》一文中又说，"与其为那人的死而惊愕、悲哀，莫如为那人的生而惊愕、悲哀。"在川端康成获得殊荣的背后，究竟隐藏着什么难以言说的苦痛？

事后回想川端康成获诺奖后在瑞典文学院礼堂所作获奖感言《我在美丽的日本》，才幡然意识到他话中有话、弦外有音。

当时，川端康成在那么一个庄严隆重的场合，演讲却似乎游离于主题，说的是关于希玄道元、明惠上人、西行、良宽、一休宗纯等禅宗诗僧的逸事和诗文：

> ……讴歌"冬雪皑皑寒意加"的道元禅师或是歌颂"冬月拨云相伴随"的明惠上人差不多都是《新古今集》时代的人。明惠和西行也曾以诗歌相赠，并谈论过诗歌。
>
> 西行法师常来晤谈，说我咏的歌完全异乎寻常。虽是寄兴于花、杜鹃、月、雪以及自然万物，但是我大多把这些耳闻目睹的东西看成是虚妄的，而且所咏的诗句都不是真挚的。虽然歌颂的是花，但实际上并不觉得它是花；尽管咏月，实际上也不认为它是月。只是当席尽兴去吟诵罢了。像一道彩虹悬挂在虚空，五彩缤纷，又似日光当空耀照，万丈光芒。然而，虚空本来是无光，又是无色的。就在类似虚空的心，着上种种风趣的色彩，然而却没有留下一丝痕迹。这种诗歌就是如来的真正的形体。
>
> 西行在这段话里，把日本或东方的"虚空"或"无"，都说得恰到好处。有的评论家说我的作品是虚无的，不过这不等

弦断有谁听

于西方所说的虚无主义。我觉得这在"心灵"上，根本是不相同的。道元的四季歌命题为《本来面目》，一方面歌颂四季的美，另一方面强烈地反映了禅宗的哲理。[1]

我们能否从这"虚空"的话语中，揣摩到川端康成心路的蛛丝马迹？也许，川端康成在诺贝尔奖授奖会上的演讲，已预兆了某种死亡信息？

古希腊哲人欧里庇得斯有名言："或许谁都知道，生就是死，死就是生。"一个人从生命诞生，也就开始了死亡的历程。川端康成有一句与欧里庇得斯相类似的名言："生并非死的对立面，死潜伏于生之中。"

川端康成在《信》这篇小说中，借主人公之口解释道："我感到我看不见生与死有什么棱与角的固定形式；我感到具体与抽象、现在与过去似乎都没有明显的界限。"川端康成的审美情趣总是与死亡联系在一起。在他人生观、世界观形成的过程中，接触的死亡实在是太多了。幼年的日常生活中，他时时"嗅到死亡的气息"，生命的无常使他感到生来死去都是幻，更着力追求幻觉中的妖艳的美的生命。因此，他总是保持着一种超脱的心灵宁静等待死亡，以寻求"顿悟成佛"，寻求"西方净土的永生"，"在文艺殿堂中找到解决人的不灭，而超越于死"。[2]

死之安详是对生之磨难的解脱。川端康成说："人的生和死，并不是人的意志所能支配的。"苟且偷生人的信条是："好死不如赖活着。"而川端康成表达了与此截然不同的见解："丑陋的死比贪生更为有力。"

【1】（日）川端康成，唐月梅译：《我在美丽的日本》，引自《川端康成小说选》，人民文学出版社，北京，1985年。
【2】（日）川端康成：《文艺时代创刊词》，《川端康成全集》第32卷，新潮社，1980年，第414页。

日本文学评论家加藤周一在《日本人的生死观》中说："自杀的主题，在日本文化中有其特殊的重要性，自杀的定义是：面对迫近的死的形象来维持生，这是正常的。"

中国数千年的传统文化观念向来是重生的，自行结束生命必定受到鄙视，不为人所理解。这种观念的深厚沉淀，必然把诸多疑惑的眼光、世俗的成见，泼污水般地泼于死者身上。自杀者从来都要背负着沉重的十字架。

产生自杀念头的人，一定对绝望有过深刻体验。我在对世界文豪自杀现象的研究中惊愕地发现一条残酷的规律：为什么为我们提供巨大精神启迪的，总是那些与现实世界格格不入的绝望者。法捷耶夫、海明威、马雅可夫斯基、杰克·伦敦、茨威格，以及此篇的川端康成，绝望者之所以绝望，恰恰因为他真正地热爱生活。在无情的谎言世界里，也许只有绝望才是真实的。

自杀未必都是一种意志消沉或意志崩溃的弱者行为，自杀抑或是一种自我意志力的体现，需要"破釜沉舟"、"视死如归"的勇气和力量。作为"唯意志"哲学观创始人的叔本华有一句名言："自杀并不导致生命意志的否定，相反，自杀是强烈地肯定生命意志的一种现象。"

哲学家雅斯贝尔斯说："自杀象征着人从现代社会的困境中被永远地解放出来。"生存困境，是每个活着的人的人生体验。困境中的"长悲当歌"，这种歌唱是人类共同的精神财富。孟德斯鸠在《波斯人信札》中说："上天给我生命，这是一种恩赐。但当生命已感受不到这是恩赐，而只是一种苦难时，我有权利退还。因既不存，果亦当废。"在这样的因果逻辑关系中，现既"废果"，必有其"因"。哀莫大于心死。

每个人都是依靠几十年中积累的道德力量来面对死亡的，一个人生命的终结，必然与他生命的历程相吻合。死亡的形式同样是生命内容的表现。人的内心世界，是由人所处的生存环境所决定。

所以要分析现代人的心理生活，必须首先探讨现代人的处境。人们对死亡形式和原因的探究追问，本质上反映了对生命意义和价值的关注，进而在关注中去获得对生者的启迪。

川端康成写过一篇小说《哥哥的遗曲》："为唯一的妹妹，哥哥正在为《春天的少女》作曲。这是一个对妹妹倾注了全部的爱的曲子，是少女的节日那天送给妹妹的礼物。"然而，曲子尚未作完，哥哥已经得肺炎逝世了。川端康成在小说的结尾处写道：

《春天的少女》让人从音乐中幻想出仿佛绽放于深山幽谷溪流岸边的花一般的一位纯洁的春天的少女，然后是英年早逝的天才怀念他唯一的妹妹，深深哀怜亲人的爱情充盈篇章。

房枝偶然仰起脸来，但见美也子的眼泪吧嗒吧嗒地滴在她那跃动的手指和琴键上。

"到这儿就完了，曲子写到这里哥哥就病了，未完成的作品呀！"

美也子的手骤然停下，仰头望着挂在钢琴前方墙上的哥哥的肖像，任脸颊上的泪水缓缓流淌……

静听弹奏的三位少女也不由得仰头望着她哥哥的肖像。瘦瘦的脸颊，炯炯的目光，脸上荡漾着淡淡的哀愁……

《春天的少女》余韵未绝，仿佛是美也子哥哥的灵魂在低声吟唱。三位少女的眼睛不由得湿润了。她们在由衷地为英年早逝的艺术家祈祷。[1]

音符停留在生命的最后时刻，未完成的"遗曲"成为绝唱。

弦断有谁听？！

【1】引自网络川端康成短篇作品。

嵌入幼小心灵里的死亡记忆

根据《川端康成年谱》记载：

1899年6月14日，川端康成诞生于大阪府三岛郡丰川村大字宿久庄，接近京都。祖辈原是个大户人家，被称为"村贵族"。家道中落后，家人将希望寄托在川端康成父亲荣吉的身上，让荣吉完成了东京医科学校的学业，挂牌行医，兼任大阪市一所医院的副院长。父亲荣吉爱好汉诗文、文人画。母亲阿源，是日本望族黑田家出身。传说川端康成家是从北条泰时（第三代执权）那里传承下来的。川端康成是家中长子，有一姐姐名叫芳子。

川端康成2岁时，父亲因肺结核病去世。川端康成3岁时，母亲也因感染结核病辞世。不到一年的时间，川端康成失去双亲成为孤儿。祖父母把川端康成带回老家，姐姐芳子则寄养在大阪府东成那鲶江村的姨父秋冈义一家。祖父感叹无常的命运，经常算卦，著有《构宅安危论》、《要话杂论集》等书。这些无疑在童年川端康成的心灵上留下巨大阴影。川端康成由于是母亲怀胎七月就生下的早产儿，体质十分孱弱。祖父母两位老人对孙儿过分溺爱，担心他出门惹事，让他整天闭居在阴湿的农舍里。这位幼年的孤儿与外界几乎没有发生任何接触，"变成一个固执的扭曲了的人"，"把自己胆怯的心闭锁在一个渺小的躯壳里，为此而感到忧郁与苦恼"。直到上小学之前，他"除了祖父母之外，简直就不知道还存在着一个人世间"。

川端康成7岁时，祖母去世；10岁时，姐姐去世。从此，川端康成与年迈的祖父相依为命。祖父眼瞎耳背，终日一人孤寂地呆坐在病榻上落泪，并常对川端康成说：咱爷俩是"哭着过日子的啊"！这种生活在川端康成幼稚的心灵上投下孤寂的阴影，而儿时孤苦的体验，在他15岁时又因失去祖父达到了极点。

对川端康成来说，从童年起就接连为亲人奔丧，参加了无数的葬礼，被人们戏称是"参加葬礼的名人"。童年的他没有感受过人间的温暖，相反地渗入了深刻的无法克服的忧郁、悲哀，内心不断涌现对人生的虚幻感和对死亡的恐惧感。这种畸形的家境、寂寞的生活，是形成川端康成日后比较孤僻、内向的性格和气质的重要原因。

川端康成在《参加葬礼的名人》[1]一文中，记述了死亡在一个童年心灵上镌刻下的印痕：

> 关于我父母的葬礼，我已了无印象。他们健在的情形，我也全无记忆了……就是别人谈及我父母的情况，我也不知该以什么样的心情聆听才好，只希望谈话早点结束。别人告诉我他们的忌辰和年寿，我也如同记电车的车号，马上就忘得一干二净。我从姨母处听说，举行父亲葬礼那天，我又哭又闹，不许在灵前敲钲，要把供灯熄灭，将灯油全倒在院子里……只有这件事，竟莫名其妙地拨动我的心弦。

> 举行祖母葬礼那年，我已上小学。祖母同祖父两个人抚育我这个孱弱的孙子，好容易才熬到送孙子上学，刚松一口气，她却猝然长逝了。举行葬礼那天，倾盆大雨，我由经常进出我家的一个汉子背着去墓地……

> 祖父在昭宪皇太后御葬那天晚上与世长辞。那是我16岁（笔者注：川端康成的祖父死于1914年，川端康成也许此处是

【1】（日）川端康成：《参加葬礼的名人》，引自网络。

唯美主义者的告别仪式

指虚岁）那年的夏天。祖父弥留之际，痰堵气管，心如刀绞，痛苦万状。坐在祖父枕边的一位老太婆嘟哝说："像佛爷一般的人，临终为什么这般痛苦呢？"我目不忍睹这般苦楚的情状，呆不到一小时，就躲到另一间房间去了。

……葬礼当天，许多人前来吊唁。接待最繁忙的时候，我突然感觉鼻血从鼻孔里流淌下来。我吓了一跳，连忙用腰带的一端把鼻孔堵住，然后就这么光着脚丫，踩着踏石飞跑到庭院里，躲藏在人们看不见的树荫底下，仰卧在一块三尺高的大点景石上，等待血止。耀眼的阳光，透过老橡树叶的间镈筛落下来，可以望见片片细碎的蓝天。对我来说，流鼻血是生来头一遭。这鼻血告诉我：那是由于祖父亡故，我心灵受到创伤。

……鼻血挫伤了我的锐气。我几乎是无意识地飞跑了出来，因为我不想让别人看到自己的脆弱形象。

次日早晨，我同亲戚和村民共六七人前去拾骨。山上的火葬场是露天的。我将骨灰翻了过来，剩下满地的火。在火的熏烤下，我拾了一会儿的骨灰。鼻血又流淌出来。我扔下竹筷，好像还说了一两句什么，就解开了腰带，用带尖堵住鼻子，一溜烟地登上山去，直到山巅。跟前天不同，这次血流不止。半条带子和我的手都沾满了鲜血，血仍然滴滴答答地滴落在草叶上。我静静地仰躺下来，俯视着山麓的池子。在水面上跳跃的朝晖，反射在遥远的我的身上，使我头晕目眩。我从眼睛里感到自己身体的衰弱。

……祖父辞世后第三天，我第一次有了自己安静的时间，仰卧在点景石上。此时此刻，自己已孑然一身，一种无依无靠的悲凉思绪隐隐约约地涌上了心头。

继祖父的葬礼之后，姑奶奶的葬礼、伯父的葬礼、恩师的葬礼，以及其他亲人的葬礼……在举行数不清的葬礼的日子里，把我送到了墓地。

川端康成的笔下出现了一个象征性的场景：一次次的送葬，把川端康成送进了心的墓地。哀莫大于心死！

川端康成在《十六岁的日记》中，把祖父弥留之际的情况详尽地记录了下来，可见祖父之死对幼年川端康成心灵造成的创伤。川端康成说："……我默然不响……一种无依无靠的寂寞感猛然侵袭我的心头，直渗透我的心灵深处。我感到自己孤苦伶仃。"

著名评论家唐达成对童年有一段精辟论述："童年是一个人最缺少内容的部分。如果说人生像一首乐曲，那么童年就是一首乐曲的前奏，前奏总是乏味的，整个旋律还没有展开，人们都期待着听辉煌的乐章，听那华彩段的部分。可听众不知道，作曲家在前奏中已经为整个乐曲定了基调，后面展开的所有旋律，只是前奏的再现和变奏。"童年时受到的创伤，往往会伴随人的一辈子。

弗洛伊德的《精神分析研究》证实：任何人成年后的反常行为，都与他童年时受到的伤害密切相关，都能在人的下意识潜意识中找出蛛丝马迹。世界电影史上著名的悬念大师希区柯克写了那么多令人毛骨悚然的恐怖片，就因为他童年时亲眼目睹了一起"少女惨杀案"。塔尔柯夫斯基拍摄了《伊万的童年》，媒体这样评价："一种被扭曲、偏离了生命轴心的奇特性格在他身上发展起来，所有童年应有的无价之宝都无可挽回地从他生命中消失。一出场便伴随着炫目的、给人刺痛的光……他的行为无法以逻辑和因果推断，充满了偶然的突发、意想不到的爆发……"

一个童年稚嫩的心灵，大概都无法承受如此近距离地亲眼目睹身边亲人的一次次"死亡"，对童年时代的川端康成而言，所经历的一次次失去亲人的过程无疑累积成极大的刺激。一个个原本活灵活现的亲人，陆续在短时间就阴阳两隔。生死之间竟然是如此"一步之遥"！这种渗透于"童年记忆"里的人生虚幻感和对死亡的恐惧感，在人生的漫长历程中积淀为非同寻常的心理病症。川端康成说："我自己太不幸，天地将剩下我孤零零一个人了"，"把自己胆怯的心闭锁在一个渺小的躯壳里，为此而感到忧郁与苦恼，完全变成一个固执而扭曲了的人"。川端康成还说："这种孤儿的悲哀成为我的处女作的潜流"，"说不定还是我全部作品、全部生涯的潜流吧"。

川端康成还写过一篇小说《肩扛恩师的灵柩》，记述了中学时代为最心仪老师送葬的情形。这也是一段痛彻心扉的死亡记忆。

川端康成在小说《致父母的信》中说："深深刻入我幼小心灵里的，便是对疾病和夭折的恐怖吧。"童年对死亡的记忆，使得川端康成产生人世间"生死无常"的虚无感。认为如同佛教中所阐述的，生即是死，死即是生，生命与灭亡只不过是生命的一种轮回。死亡成为生命的另一种形态！在川端康成的作品里，"死亡"随处可见。《伊豆的舞女》里夭折了的像"水一样透明"的孩子；《母亲的初恋》里死去的民子、《雪国》里病死的行男和堕入火海的叶子、《千只鹤》里为爱为赎罪而死的太田夫人……在川端康成的作品中，同"死亡"的形象发生联系的就有五十多篇，几乎占他全部作品的百分之四十。由此可见死亡主题成为川端康成作品中的"主旋律"。

初恋对人生的刻骨铭心

川端康成一生有缘抑或是不幸结识过四位名叫千代的女性，

她们对川端康成的命运走向，在不同程度上都产生了影响。其中伊豆的舞女千代和岐阜的千代，激起过他巨大的感情波澜。他在中学《校友会杂志》1919年6月号上，发表了第一篇习作《千代》，以淡淡的笔触，描写了他与三个同名的千代姑娘的爱恋故事。

伊豆舞女千代是川端康成上高一时，到伊豆半岛旅行途中邂逅的。他第一次得到舞女的平等对待，并说他是个好人，便对她油然产生了纯洁的友情；同样的，受人歧视和凌辱的舞女遇到这样友善的学生，以平等的态度对待自己，自然也激起了感情的涟漪。他们彼此建立了真挚的、诚实的友情，还彼此流露了淡淡的爱。从此以后，这位美丽的舞女，"就像一颗彗星的尾巴，一直在我的记忆中不停地闪流"（川端康成语）。

岐阜的千代，原名伊藤初代，是川端康成刚上大学在东京一家咖啡馆里相识、相恋的，不久他们订了婚。后来不知为何缘故，女方以发生了"非常"的情况为由，撕毁了婚约。他遭到心上人的背叛，在心灵上留下了久久未能愈合的伤痕。从此，川端康成产生了一种胆怯和自卑，再也不敢向女性坦然倾吐自己的爱心，而且陷入自我压抑、窒息和扭曲之中，变得更加孤僻和相信天命。

爱是不会忘记的！尤其是动了真情的初恋，对于任何"情窦初开"的少男少女，那都是一种痛彻心扉、刻骨铭心。

川端康成在《文学自传》[1]一文中，隐隐约约透出了自己第一次婚姻失败的"蛛丝马迹"：

> 我23岁那年，菊池氏33岁。我到位于小石川中富坂的菊池家造访，在二楼的一个房间里面对面地坐定之后，我突然拜托他说，我领了一个姑娘回来，如果有什么翻译的工作，希

【1】（日）川端康成著，叶渭渠译：《文学自传》，引自《川端康成小说选》，人民文学出版社，北京，1985年。

望代为介绍。菊池氏嗯地应了一声，点了点头，问道，你说领了一个姑娘，是指结婚吧？我说，哦，不是现在就马上结婚。我刚要辩解，菊池氏就抢着说，瞧你，一块生活了，还不是结婚吗？他接着又说，我最近准备出国一年，我妻子说我出国之后，她想回老家去。这期间，我将这房子借给你，你可以和那位女子在这里同居。我已经预付了一年的房租，另外每月还给你50元。本来一次给也可以，不过还是由妻子按月寄给你好。加上你自己拿到50元学习费，大体上够两个人生活了。

……那次谈到结婚问题的时候，菊池氏没有规劝我，他只对我说了一句话。这句话至今还清晰地印在我的脑海里。他说，现在就结婚，你不会被压垮就好。我不曾对过去的事作过这样那样的回忆。过去的事就让它过去好了。压根儿不曾考虑过23岁和16岁的人结婚将会带来什么后果。……这次恋爱，在菊池氏出国还未回来之前就吹了。

川端康成在带有自传性质的文字中，只是"轻描淡写"地一带而过，而这次婚姻对他内心所掀起的倒海翻江般的波澜，在他其后的小说《非常》中得到了酣畅淋漓的表述：

……"16岁！"我喃喃自语道。打算和我结婚的姑娘也是16岁呀。我一向对十六七岁以上的女人不感兴趣，而只对16岁的妙龄少女产生一种近乎病态的爱慕……

回到浅草的公寓时，看到有道子的信……信的内容太出人意外了……

亲爱的朋友，我的郎哥：

感谢您的来信，很抱歉未能回信，您还好吗？我有一事要告诉您，虽然曾与您有过誓言，但我遇到一件非常之事，这事无论如何也不能向您袒露，想必您会疑惑不解，一定会要求我向您表白，与其说出这一非常之事，不如死去更幸福。请把我忘了，当作不在这人世了吧。下次给我来信时，我已不在岐阜，已离家出走……我不知道我将在何方，怎样生活，我衷心祝愿您幸福，再见了，我亲爱的朋友，我的郎哥。

……什么时候寄的呢，我查了信封上的印戳。

——岐阜，10年11月7日，下午6时至8时之间。

这么说是昨晚寄的，昨晚道子在哪儿过夜？

昨晚肯定还在岐阜，那么这封信是在离家出走的途中投寄的，还是寄出去后又折回过家呢？

现在她在哪儿呢，今晚在哪儿过夜呢。如果昨晚在车上，她的身子还是干净的，那么是今晚了？现在九点了，这一时间道子不会安然入睡的。

非常，非常，何为非常。异乎寻常？异乎我之寻常？异乎世间寻常？

…… ……

我把身子蜷缩在斗篷里，在座位上仰面入睡了。

哪些是可能发生的，哪些是不可能发生的，分不清界限了，脑海里充满了幻觉。

——白色墙壁，方形的狭窄的拘留室，苍白的道子和她的男人靠在墙上，暗淡的灯火，养父母报案后被抓到的他们两人。

——为寻找道子，我到处浪迹，波涛的声音，散发酱油味的台桌，旅途中和疲惫不堪的道子邂逅。

——痛哭失声的道子，我和道子过着柏拉图式的非夫妻关系的生活。

——啊，警笛声，被我乘坐的列车轧死的，抱着她的男人的道子。

——北国的皑皑白雪。饱经沧桑回到父母身边的道子，跪在草席垫上，我在他们面前低下了头。

——"虽然她和你有过誓言，但是这女人是我的"。"不，懂得如何去爱她的，只有我"。但是道子却袒护这个男人，扬起双眉，高声笑我。

一个痛苦的化身向我逼来，僵硬地坐在火盆的对面……

从小说《非常》中主人公"我"的身上，我们分明看到了川端康成的身影。

川端康成在《文学自传》一文中，还写有这样的话语：

……只是口头订了婚，我连一个指头也没碰过那位姑娘。正像《伊豆的舞女》中那位14岁的少女一样。直到现在，也是如此。林房雄曾对我的《散去也》评论说：作者对女性的身体具有少年般的憧憬，真是不可思议。也许确实是那样子。……恋爱因而便超越一切，成为我的命根子。从恋爱来说，我觉得至今我还不曾握过女性的手，也许有的女子会说，别撒谎了。但是，我觉得这不单纯是一种比喻的说法，我确实是未曾握过女子的手。人生不正是这样吗？现实不也正是这样吗？或许文学也是这样的吧。莫非我是个可怜的幸福人？

毕生追求纯洁追求完美的川端康成，向往的大概正如他自己所言："柏拉图式的非夫妻关系的生活"？！

川端康成写于26岁时的小说《蓝的海黑的海》，以遗书的形式描绘了对恋爱失欢、人生失意的苦痛哀怨：

……我逃向了回忆的世界。

一个叫喜佐子的女孩在她17岁那年的秋天和我订了婚。后来喜佐子把婚约毁了。但我却并不伤心。因为我想着只要我俩还活着，什么时候一定会再续的。我的院子里开着芍药花，喜佐子的院子里也开着芍药花。我想只要它们的根不枯萎，来年的5月会再次开放吧？而蝴蝶会将我花上的花粉带到喜佐子的花上。

　　然而去年秋天，我偶尔想起来："喜佐子20岁了。"

　　"和我订过婚的17岁的喜佐子20岁了。"

　　"喜佐子没有和我结婚——却能变成20岁，这是什么缘故？使喜佐子变成20岁的是什么人？——总之不是我。"

　　"'瞧瞧，和你订过婚的女孩不是作为你的妻子却能变成20岁！'如此向我挑战的是谁？"

　　对于这样一个无可奈何的事实，这时我是第一次真的从心里明白了。

　　……17岁的喜佐子像小小的玩具娃娃似的出现在我的面前，可是，这娃娃是清澈透明的，透过她的身体便可以看见：牧场上白马在奔驰；月亮正用蓝蓝的手在给自己化妆；夜幕下想转生为人的花瓶，正在追赶着应该做自己母亲的少女……

　　我开始感到自己像是那被紧闭着的满满一屋浑浊的瓦斯。如果有一扇门，我就要立即敞开，将浑浊的瓦斯散布到喜佐子身后那美丽的景色中去。因为所谓生命，在某个瞬间，就是扣动扳机的手指那轻轻的一动，不过如此而已。

　　幸运的是，就在那时，"砰砰"，我死去的父亲敲起门来……

　　父亲望着我静静地说道："我的儿啊，你因为一个17岁的女孩变成了20岁而惊慌失措了吧？尽管这样你却仍然将17岁的喜佐子描绘在这间屋子的一角的虚空里，还在给她注入生命。这样一来，你所在的生的世界上就有了两个喜佐子了吧？"

……　……

"喜佐子喜佐子——"，据说我就这样说着胡话。我那时可是在发着高烧丧失了意识的状态中的。对于这个问题，把它说成是人心中的恶魔的狡猾——之类的，我觉得还是不能完全说透。后来在听伯母讲这件事的时候，我漫不经心地嘀咕道："这就值得去死。"

我决定死大约就在那时吧，还是在那之前就已经有了那样的约定了呢？

总之似乎是两个人像一片黑色的大海一样彼此相信着对方，相信即使我俩死了，这一片黑色的大海也不会消失，在这样的相信中我们决定了死亡。

可是结果怎么样呢？我生还之后，发现大海是深蓝深蓝的。

大海难道不是深蓝深蓝的吗？

就像曾经红红的我的手变成了白的一样，曾经漆黑的大海变成了深蓝。这样想着，我的泪珠像雨点一样落了下来。并不是因为悲伤，而是泪泉的盖子打翻了的缘故。要是我没有生还的话，大海肯定还是漆黑的吧？

大海黑黯黯的，与那广袤的黑相比这沙滩的白是怎样的微不足道啊。

失恋的哀怨痛苦像回旋曲似的不断在川端康成的作品中反复吟唱，长悲当歌，它成为川端康成生命中无以摆脱的不协和音符。也许，川端康成的爱情之花，刚刚绽放就已经枯萎，从那一刻起，川端康成已然变得"妾心古井水，永不起波澜"了。

不断迷惘是不懈追求的折光反照

川端康成的文学创作之路，充满了迷惘与探索。川端康成小学时代，曾幻想当一名画家；上中学后，开始对文学产生浓厚兴趣，立志做一个文学家。他从小博览群书，广泛涉猎日本作家志贺直哉、泉镜花、德田秋声以及许多世界著名作家如惠特曼、乔伊斯、泰戈尔等人的名著，尤其对日本古典名著《源氏物语》、《枕草子》、《万叶集》更是潜心研读甚至可以整段整段背诵。

川端康成在《文学自传》中说："根据我所读的书，也只好顺着文坛流行的东西而随波逐流。让好奇的触角乘上纤弱的游览车，经人生或文学之门而不入。"1920年，川端康成在东京帝国大学学习时（先英文系后转入国文系），在新思潮派名家菊池宽的赞助下，同今东光等人筹办了第六次复刊的《新思潮》杂志。1924年川端康成大学毕业后进入文坛。很快卷入文艺论争的激烈旋涡中。他与横光利一等青年作家创办了《文艺时代》杂

志，发起了新感觉派文学运动，并发表了著名论文《新进作家的新倾向解说》，起到了引领和指导新感觉派作家的创作方法和运动方向的作用。新感觉派文学与逐渐衰落的自然主义文学、正在崛起的无产阶级文学，形成当年日本文坛三足鼎立的局面。但在创作实践方面，川端康成并无多大的建树，只写出《梅花的雄蕊》、《浅草红团》等少数几篇具有新感觉派特色的作品。他甚至被评论家认为是"新感觉派集团中的异端分子"。后来，川端康成自己也公开表明，他不愿意亦步亦趋踩着别人的脚印走，成为任何流派的同路人，而是决心"独辟蹊径"，探索一条自己独特的文学道路。

川端康成从新感觉主义转向新心理主义，又从意识流的创作手法上寻找自己的出路。他首先尝试写出了《针、玻璃和雾》、《水晶幻想》等，企图在创作方法上摆脱新感觉派的手法，引进乔伊斯的意识流和弗洛伊德的精神分析学，从而成为日本文坛最早引入西方现代派创作手法的作家。川端康成这段探索性的创作道路表明，他起初并没有深入认识西方文学的真谛，只凭借自己敏锐的感觉，盲目醉心于借鉴西方现代派，即单纯横向移植。很快，川端康成认识到此路不通，又矫枉过正地全盘否定西方现代派文学而完全倾向日本传统主义，不加分析地全盘继承日本化了的佛教哲理，尤其是轮回思想，即单纯纵向承传。川端康成正是在此两种对立的创作思潮中左右徘徊迷惘探寻。

川端康成曾对自己参加的一场音乐会，作了这样的描述：

……真没想到今晚一位国际知名的音乐家会和一位日本的天才音乐家同台演出。他们当中，一位曾每天从法国穷乡僻壤矫健地徒步8英里，去音乐教师家里学习；一位7岁上双目失明，为维持一家贫困的生活，14岁时流落朝鲜京城，当了琴师。他们两人超越了种族和性别的界限，彼此共鸣，少有地用东西方两种琴和谐地合奏。光是看他们两人——一人身穿带家徽的黑色日本礼服，一人穿黑色西式礼服——在舞台上出现，就会深受感动。

据说合奏的曲子是描写海浪声、摇橹声、翔翔的海鸥、明朗春天的海洋。而且他也在内心世界里描绘了春之海。……有时小提琴听起来就像尺八声，有时七弦琴声又像钢琴声，合奏者如此协调，达到了天衣无缝的地步……

这段描绘，也许可看作是川端康成进行日本古典传统与西方现代文学交融的心理潜台词。

不断迷惘正是不懈追求的折光反照。

川端康成在《文学自传》中，对自己的创作道路进行了这样的概括和总结：

从《新思潮》到《文学界》，我都参加了。恐怕没有一个人像我这样参加过这么多的同人杂志吧。

……我身在各种黄金时期，难道不是个幸运儿吗？例如文艺春秋社逐步走向昌盛……同文艺春秋社另成一派的《不同调》及其后的《近代生活》，尤其是"十三人俱乐部"，他们每月一次在新潮社的会议室里沉湎在天南地北的闲聊之中，我总觉得这种聚会是十分愉快的。同人和俱乐部成员今后就是健在，也再没有机会这样聚集在一起闲聊了。只有20名新进作家结合创办了《文艺时代》，我记得那时我不是发起人，只是参加者之一。我成了与所谓"文艺复兴"的呼声多少有点关系的《文学界》的同人。我也同犬养健（小说家，曾在汪精卫伪政权任官）、横光利一（与川端康成私交甚好的小说家）两位一起参加了堀辰雄（小说家）、深田久弥（小说家）、永井龙男（小说家）、吉村铁太郎（文艺评论家）等人创办的《文学》，接近过它的后身《作品》的流派，同时也曾站在以《近代生活》为主的现代派一边。我交友甚广……

……迄今我漫不经心地参加了一些同人杂志和文学团体。而且这些杂志和团体正是蒸蒸日上，最繁荣昌盛的时候，我都参与了它们的活动。这是没有节操吗？是处世圆滑吗？是投机取巧吗？我自己从来没有这种打算。或许我更多的是天生的傻瓜。只是，我能自我辩护的，是我随波逐流，随风来顺水去。而我自己既是风也是水。毋宁说我总想失去自己，有时却失去不了。我主动参加的只有《文艺时代》。林房雄关于《文学界》的成立，给了我面子，我只是被林房雄的《青年》那种乐观的热情所牵萦。可能不少人会把我看成是一个温和的寡情者、无情的亲切者。我是个可怜的人，对任何人都不会憎恶，不会抱有敌意。在别人看来，我今天似乎同昨天的敌人同舟共济，可我本来就没有什么敌人。纵令我向哪位女子吐露了恋慕之情，遭到了她的婉言拒绝，第二天我仍然满不在乎地同她游玩。先头那个曾拒绝我的爱而离去的女子，在阔别10年之后又来拜访我。妻子一边哭泣一边怒气冲冲地对我说：亏你还高高兴兴地会见她，未免太窝囊了。我遭到妻子的埋怨，才想到：这倒也是啊。也仅此而已。

川端康成对自己在文学道路上的不断探索，做过这样的一番表白抑或是解释：

古贺对我为什么多少怀有好感呢？我不甚明白。可能是他认为我经常追求文学的新倾向、新形式，或者认为我是个求索者。他爱好新奇，关心新人，为此甚至有"魔术师"的光荣称号。古贺立志不断发起先锋派手法作画，努力完成进步的使命。他的作风，在这种思想支配下变幻无常。可能也有人把我同他都称作"魔术师",然而我们果真能成为"魔术师"吗?也许对方是出于蔑视吧。我被称为"魔术师",不禁沾沾自喜。因为我心中的哀叹,没有反映在不明事理的我的印象里。假使他认真想想这些事,那么他就不会被我迷惑了,他是一个天真的糊涂虫。尽管如此,我并不是为了迷惑人才玩弄"魔术"的。我太软弱了,这只不过是我在同内心中的哀叹作斗争的一种表现罢了。他难道不像我,没有悲哀掠过他的心吗?

三岛由纪夫在《川端康成的东洋与西洋》一文中,这样评价川端康成所探索的创作道路:"生于日本的艺术家,被迫对日本文化不断地进行批判,从东西方文化的混淆中清理出真正属于自己风格和本能的东西,只有在这方面取得切实成果的人才是成功的。当然,由于我们是日本人,我们所创造的艺术形象,越是贴近日本,成功的可能性越大。这不能单纯地用回归日本、回归东洋来说明,因为这与每个作家的本能和禀赋有关。凡是想贴近西洋的,大多不能取得成功。"

诺贝尔文学奖的授奖词也正是验证了这一点。

文学创作就是意味着不断地超越。不重复前人,也不重复自己。当一个人有一天发现,他无法超越的人竟然是自己时,这是一种何等锥心刺骨的绝望?古龙在《楚留香》一书中,借侠客之口说过这么一段话:"你不顾一切地向上攀登,山路为生命的一部分。你超过了一个又一个行人,到达绝顶时你却失去了一切。孤独是山峰给征服者唯一的礼物,这时你再想回头已经来不及了……"孤独的身影产生了"高处不胜寒"的虚无!在攀登的过程中,你失去曾经拥有的许多。上山容易下山难。这时你再想回头已经来不及了。以为得到的实际并未得到,不该失去的却已经失去。

弗洛伊德写过一篇《心理分析所遇到的性格类型》,其中有一段，专门分析了"被成功毁灭的人"。弗洛伊德说，心理分析提供了一条原则，人们犯神经症一般都是因为挫折所致。就是说因欲望的满足受到挫折……令人大惑不解的是，人们有时犯病，完全是因为实现了心中蕴藏了很久的某种根深蒂固的愿望。似乎他们忍受不了成功的喜悦。弗洛伊德既分析了文学作品中的形象，如莎士比亚戏剧中的麦克白夫人，易卜生剧作中的吕贝克，也解剖了他接触到的现实病例。弗洛伊德最后总结说："正是良心的力量，禁止了人去享受由于现实情况顺利转变而带来的成功喜悦。"杰克·伦敦就是一个成功后绝望的典型案例。

川端康成在《夕照的原野》一文中，这样叙述自己一次次获奖后的心情："荣誉和地位是个障碍。过分的怀才不遇，会使艺术家意志薄弱，脆弱得吃不了苦，甚至连才能也发挥不了。反过来，声誉又能成为影响发挥才能的根源……如果一辈子保持'名誉市民'资格的话，那么心情就更沉重了。我希望从所有名誉中摆脱出来，让我自由。"

川端康成在《文学自传》中，还说了这样一番话："尽管是个穷学生，我却有这样的虚荣心，也就是说看戏或电影都想坐特等或头等位子，旅行也想住一流旅馆。这可能有我们乡村世家家族血统的关系吧。据说我是什么北条泰时的第31代或32代后裔。后来我习惯了，看廉价电影和乘坐三等火车，也无所谓了，这是30岁以后的事了。"

川端康成回顾自己的创作之路总结说："一切艺术都不过是人走向成熟的道路。"

毕生追求唯美主义的川端康成，正是在摘取了文学王冠上的钻石后，一如那个古龙笔下《楚留香》中的侠客，"会当凌绝顶"给他带来的不是"一览众山小"，而是"高处不胜寒"。

梦境是现实的海市蜃楼

川端康成的作品中，有许多描绘梦境、幻觉，抑或病中恍惚的情景；《抒情歌》可称为是川端康成这类作品中的代表作。

鲍维娜在《情到深处人孤独》[1]一书中，这样介绍了川端康成的《抒情歌》：

> 1932年，川端康成用抒情的笔法写了《抒情歌》。这篇小说写一个被抛弃了的女子对一个死去的男人的呼唤，向他表达自己的衷情。这篇小说超越了时光，把过去和现在、此岸与彼岸、生存与毁灭交融在一起，人物之间产生了离奇的"心灵感应"和"精神交流"，被抛弃的女人从人世向天国的男人表达她失去的爱，终于得到了回报。两人希望幻化成红梅或夹竹桃，让传送花粉的蝴蝶为他们相配，充满了东方神秘主义的色彩。川端康成借助同死者心灵感应的方式，来宣扬他一贯推崇的轮回转世的思想。他说："佛典所阐述的前世与来世的幻想曲，是无与伦比的难得的抒情歌。这个世界再没有什么比轮回转世的教诲交织出来的童话故事的梦境更绚丽多彩，这是人类创作的最美的爱的抒情歌。"

川端康成在《抒情歌》中说了这样一句话："魂魄这种语言，不过是流动于天地间一种力量的形容词而已。"从这篇小说中，朦胧之中恍惚之中似乎听到了一种魂魄的召唤。展开了颇有象征意味的"人鬼情未了"的对话。我摘录其中的一些片断，管窥蠡测地透

【1】鲍维娜：《情到深处人孤独》，陕西旅游出版社，西安，1993年。

视川端康成在人物身上所寄寓的思想情感：

　　被你抛弃的、理解白莲花心的我，是不是正像这句话那样呢？面对名叫白莲花的美丽的森林女神，风神不知不觉恋慕起她来了。不知怎的，这件事传进了风神的恋人花神的耳朵里，花神嫉妒之余，将一无所知的清白的白莲花从宫中驱赶出去，白莲花在野地里哭了好几夜，然后她忽然悟到：既然如此，索性变成花算了。只要这个世界存在，我就作为美丽的花活下去。以花那颗纯洁的心，去承受天地的恩赐。

　　美貌少年阿多尼斯，为了安慰为自己的死而悲伤的恋人维纳斯，转世为侧金盏花。阿波罗悲叹美貌的年轻人希雅辛斯的死，把情人的倩影变成了风信子。

　　由此看来，我把壁龛里的红梅比作你，对着红梅说几句话不也可以吗？

　　释迦对众生说：要解脱轮回转世的羁绊，得做涅槃铁心修行。灵魂必须来回转世，它可能是迷蒙而可怜的。但我觉得，在这个世界上，再没有什么比轮回转世的教诲交织出的童话故事般的梦境更丰富多彩的了。这是人类创造的最美的爱的抒情诗。在印度，自《吠陀经》以来就存在这个信仰，这可能本来就是东方的精神。不过，在希腊的神话中，也有明丽的花的故事，包括《浮士德》的格蕾辛的牢狱之歌在内，西方有关向动植物转世的传说，真是多如星辰。

　　以古代的圣者，或近年的心灵学者来说，考虑人类灵魂的人，一般都是尊重人的灵魂，轻视其他动植物的。人类经历数千年，企图从种种意义上将人类与自然界万物加以区别，并且一味盲目地向这个方向走去。

这种自我陶醉的空虚的步伐，不是至今还使人类的灵魂如此落寞彷徨吗？

也许人类有朝一日会从来路回归的吧。

据说，在这个世界上失去形态的东西的香气，形成另一个世界的物质。这种说法，只不过是科学思想的象征之歌罢了。连我这个才疏学浅的年轻女子，也都领悟到物质的根本或力量是不灭的。为什么必须考虑只有灵魂的力量会熄灭呢？灵魂这个词，难道不是天地万物流动力量的形容词吗？

灵魂不灭这种想法，可能是对生者的生命的执着，和对死者的爱的依恋，因此相信那个世界的灵魂也具有这个世界的那个人的人格，恐怕这是人情的一种悲伤的虚幻吧。

古代毕达哥拉斯一派也认为，恶人的灵魂来世也会被禁锢在野兽和鸟类的肉体之内，备受苦难。

人世间的精神生活，变成死后的灵魂的衣裳。

佛法的轮回转世一说，似乎也是这个世界的伦理的象征。它是这样告诉人们的：前生的鹰变成今世的人，或今生的人变成来世的蝴蝶，或变成佛，全都在于今世修行的因果报应。

心灵学者们说道：这个世界的灵魂同那个世界的灵魂——由热情的精灵组成的一团士兵，为了消除死亡能把人们隔开的传统观念，正在这两个世界之间架桥铺路，以便从这个世界上消灭死别的悲伤。

现在，此时此刻，我听到你从天国表白的爱，我想：与其在阴府或来世成为你的恋人，不如你和我都变成红梅或夹竹桃，让运送花粉的蝴蝶为我们撮合会好得多。

这样一来，也就没有必要去仿效人间悲哀的习俗，对死者这样诉说了。

川端康成在《慰灵歌》、《水晶幻想》等等作品中，都有类似的如梦如幻的描绘。

在川端康成作品中，还创作或抄录了众多关于"梦"的锦言妙句：

梦里相逢人不见，若知是梦何须醒；

纵然梦里常幽会，怎比真如见一回；

偶然忘却恍若梦，何思踏雪会君来；

残露犹自系一命，无奈又过今秋梦；

梦乎现实乎？不知是幻还是真，此世梦将醒；

维摩经十喻，此身恍若置其中，可谓心如梦。

作为析梦大师的弗洛伊德，把文学创作称作"白昼梦"。他在《诗人同白昼梦的关系》一文中说了这样一番话："我们在夜间所做的梦，不是别的，正是幻觉。我们可以通过释梦来说清楚这一点。语言以其无可匹敌的智慧，早就给这种创造出来的虚无缥缈的幻觉赋予了'白昼梦'的名称。"弗洛伊德还说，"想象力强的作家与做白昼梦的人，诗人的作品与白昼梦，如果说我们对这两者所作的比较有价值的话，这种比较会在某点上显示出成效。我们可以先尝试着仔细考察一下作家的作品，审视幻觉同贯穿其中的愿望的关系，然后在这种关系的帮助下，再来研究作家的生平同他的作品之间的联系。"

梦是现实生存场景的"海市蜃楼"，总与现实若隐若现地存在着某种对应关系。"日有所思，夜有所梦"是讲白天挥之不去的思绪化作梦萦缠绕梦寐以求；梦又像是一种预兆谶言，我们会恍惚觉得现实中刚刚发生的一幕，似乎在重复着某个梦境。

川端康成作品中描绘的许多场景，常常给人"缥缈幻真假，虚实有无间"（著名评论家唐达成语），一种"如梦如幻"的感觉。然而，这种生活中的荒诞却是梦境中的真实，突兀转换的时空完全是意识流的，毫无连带关系的人物却被"蒙太奇"地叠加剪辑地链接在一起，看似毫无逻辑却有着耐人琢磨的心理逻辑……这在梦中是常见的情形。

　　维特根斯坦说过这样一句经典之言："梦境是不是一种思考？"

　　西方现代派文学创始人卡夫卡说过这样的警句："梦揭开了现实，而想象隐蔽在现实后面。这是生活中可怕的东西。"卡夫卡说，"梦里总有许多未加工的白天的经验。"卡夫卡还说，"他把他的种种空间经历凝聚成一个超人的时间幻觉。……作家总是力图把他的幻觉纳入读者的日常生活经验之中。"卡夫卡在评价克莱斯特的小说时说，"这是真正的创作……他的一生是在人和命运之间幻影似的紧张关系的压力下度过的，他用明确无误的、大家普遍理解的语言照亮并记述了这种紧张关系。他要让他的幻景变成大家都能达到的经验财富。"卡夫卡这段评价克莱斯特的话，何尝不可以看作是对川端康成作品的评价？

　　《卡夫卡传》的作者雅诺施曾问卡夫卡："人们也许正好在梦里力图摆脱对经验的罪责感？"卡夫卡回答："是的，就是这样。现实是塑造世界的人的最强大的力量。它到处起作用。正因为如此，它有现实力量，谁也不能逃脱它。梦只是一条弯道，人们最后总要回到离他最近的经验世界。"

　　川端康成大概正是绝望于作品中幻觉破灭后的"梦醒时分"。也许从川端康成对梦境的描绘中，我们可以解读一些他自杀的心理潜台词？！

人生旅程中的"迷失自我"

川端康成的短篇《拱桥》、《阵雨》和创作于川端康成自杀前一年的《隅田川》，开篇的第一句话，竟然都是："你在何处？"

人生旅途中，"迷失自我"是一个永恒的主题。埃及金字塔那个著名的"斯芬克司之谜"，猜的是"何之为人"？希腊古神庙前镌刻的碑文，就是"认识你自己"。

"梦里不知身是客，一晌贪欢。"

《阵雨》似写一位"生前友好"的故事，作品中笼罩着浓浓的死亡阴影。其中的意味鲜明地表述了，"我"不知身在何处：无论是在古典的和歌中，还是佛国的慰藉里，看似有自己的影子，又分明寻觅不着。"我"这一存在，到底在哪里迷失了呢？我又到何处去寻找回自己呢？

下面是摘录《阵雨》中的文字：

"人生如行旅，漂泊总不定。客梦草枕上，却见梦中梦。"我想到此歌与慈镇和尚之吟咏"有意今宵应思没"有相似之处，虽然宗祇既不是芭蕉那种梦如荒野贯穿人生般的辞世，其诗境恐也无芭蕉那样清澈澄明，但他能在离乱之世与古典和歌长生共存。我心亦怀之，曾两三次前往骏河的宗长草庵探访，不觉蒙眬浅睡，却做了一场梦。

夜里下了一场雨，明知东京附近现在还不是秋雨轻寒树叶凋零的季节，却总觉得掺杂着落叶飘落的声音。寒雨会把我带进古代日本的悲哀，为了排遣这种情绪，我随手翻阅被称为

"寒雨诗人"宗祇的诗歌，但耳边依然时常听见落叶的声音。虽然现在还不到落叶的季节，再仔细一想，我的书房的屋顶上也没有落叶的树木。这么说，落叶的声音难道是幻听吗？我有点害怕，侧耳细听，一片静寂，但一当我心不在焉地看书，又听见窸窣的落叶声。我不由得不寒而栗。因为这落叶的幻听仿佛来自我遥远的过去。

现在正是寒雨初降时节，我联想到61岁客死异乡的芭蕉和82岁客死旅次的宗祇。多少亲朋成故人。

人大概永远走不回自己的"过去"。任何昔日场景的再现或重游，只会是触景感怀，睹物思情。"行宫见月伤心色，夜雨闻铃断肠声。"

下面是摘录《拱桥》中的文字：

谅亦可哀住吉神，虚幻之舟撑来时。

后三条天皇的"虚幻之舟"原意何指？对于我来说，这"虚幻之舟"只能是指我的心灵、我的人生。

……我为什么如此牵强附会地从灵华的《月中桂》、义尚的和歌墨迹联想住吉呢？大概因为我这个人注定着非去住吉不可吧。

我5岁的时候是否走过住吉神社的拱桥，现在对我也是"梦乎现实乎？不知是梦还是真"。

5岁那一年，母亲牵着我的手去住吉。"牵着我的手"绝非言过其实。我小时候大人不牵着我的手我不敢出门。好像我和母亲在拱桥前面站了好长时间。我记得拱桥又高又陡，可怕地鼓翘起来，令人望而生畏。母亲比平时格外亲切温柔地鼓励我，说行平已经长大了，这座桥走得过去……

……下桥比上桥害怕。我是被她抱下来的……我真的在5

岁的时候走过那座拱桥吗？我连这件事都怀疑，可见记忆力已经很糟糕。也许是我的妄想编织的幻梦……

第二天早晨，我一边念叨着"虽云佛常在，哀其身不显。拂晓人声寂，依稀梦中见"，一边往住吉神社走去。从远处望去，那座拱桥出乎意外地高大，5岁的胆小鬼很难过得去，可是近前一看，不禁失笑。原来桥的两侧都凿有几个踩脚的窟窿眼。我做梦也没有想起还有这样的立脚点。至于拱桥是否还是50年前的老样子，自然不得而知，但桥上有踩脚的窟窿眼使我像傻子一样呆立桥前。

当我手抓栏杆脚踩窟窿眼一步步走上桥的时候，发现窟窿之间的距离比较宽，5岁的小孩子的脚步怎么也够不着。我下了拱桥，长叹一口气，心想我的人生历程中是否也曾有过窟窿眼般的立脚点呢，无奈遥远的悲哀和衰弱仿佛使我眼前一片发黑。

你在何处？

"拱桥"具有某种象征意味。正如时下流行歌曲"涛声依旧"："流连的钟声还在敲打我的无眠，尘封的日子永远不会是一片云烟。月落乌啼，总是千年的风霜；涛声依旧，不忘当初的夜晚……"

《隅田川》则写了生母与养母俩相似与非似的故事，从中又引出了一对双胞胎妓女与"我"和好友须山间的生离死别：

我在梦中所见的素描好像是1508年前的使徒的手。使徒是双手合掌向上。我在梦中所见的手是一只手朝下，画出的是手背，但无疑确是使徒之手，醒来以后，这只手的素描残留脑中，另一只手却印象模糊。

……我突然想起我的朋友须山的手。对了，使徒的手和须山的手很相像。

我目不转睛地凝视着使徒的手。手仿佛渐渐活了。恍惚间须山正对我合掌。

我觉得从合掌的双手中有一股强烈的气息冲我逼来，于是脖子在枕头上使劲往后仰……心里怀疑须山的手居然有如此神圣吗？

我最后一次看见须山的手是在雷鸣电闪之夜，他的右手搭在苍白的额头上，微微颤抖，似乎遮挡白炽狂窜的闪电；他的左手拉着妓女的手。我的手拉着那个妓女的另一只手。那一阵子，须山和我是那一对双胞胎妓女的熟客。那一天夜里，我们带着其中的一个正在浅草的街上走着……

这一对姐妹拿双胞胎做招牌引诱客人，其手法就是故意把发型服饰、穿着打扮弄得一模一样，没有其他客人的时候，我一个人，她们也会双双前来陪酒。这样过从来往，须山和我始终分不清谁是姐姐谁是妹妹。

那天夜间，雷电交加。一个女人说怕打雷不敢出门，于是只有另一个女人出门送我们……

头顶上突然一声暴雷。

"真害怕！"女人一下子同时使劲抓住须山和我的手。

……女人也没有往回走的意思，她紧紧握着我们的手往前走去。

"啊！"须山惊叫一声，右手搭在额头上，好像遮挡雷电。张开的长长的手指颤抖着。我看见闪电照耀的瞬间，手的影子映照在他的脸上。焦雷在头顶上炸裂。挂在铁丝上的街灯似乎被震得摇摇晃晃。

我突然觉得须山就要晕倒，连忙搂住他的后背。也说不定是我自己吓得一把抱着须山。

"喂，放开！快点走！"须山甩掉女人的手，也放开我的手。

……这是我最后一眼看见须山的手。

须山从孪生姐妹的妓女家里出来回去的时候，常常这样对我说：

"你曾经像今天这样堕落过吗？"

"有。打从生下来的时候就开始。"我把脸转向一旁。

"事情坏就坏在她们是双胞胎，而且极尽造化之妙，无可挑剔。你认真考虑过她们的存在价值吗？"

"没有。"我依然冷淡地回答。

……须山去世以后，我还去过孪生姐妹那儿。我告诉她们须山的死讯时，两个人都显得很伤心，其中一个人还从眼里挤出两三滴泪水。她是不是须山格外相好的女人，我分辨不出来。我单独去不如与须山同时去玩得快乐有趣。

霁月清朗，我一边看着合掌使徒的双手，一边回忆着无聊的往事。

你在何处？

三篇故事都写得云山雾罩扑朔迷离。然而，草蛇灰线若隐若现都奏响着"同一主题"："人生如梦，一樽还酹江月。"

这一主题在小说《水月》一文中，得到了更为明确的诠释：

一天，京子忽然想到用手镜给丈夫照一下自己的菜园。对于一直染病在床的丈夫来说，即便是这一点点的小事情，也等于开辟了一个新的生活，因此绝不能说是"一点点的小事情"。

……丈夫死前，映射在这两面镜子里的世界绝不只是京子的菜园。它映射过天空、云彩和雪，映射过远处的山、近处的树林，也映射过月亮，还利用它看过野花和飞鸟。有时人在镜中的道路上行走，有时孩子们在镜中的庭院里嬉戏。

在这么小小的镜子里，会出现这么广阔的、丰富多彩的世界，这使京子也不免吃惊……至于说到手镜，不过是照后脑勺和脖子的玩意儿罢了。谁想到对病人来说，却成了新的自然和人生！京子坐在丈夫的枕旁，和丈夫共同观察着、共同谈论着镜子里的世界。这样，日子久了，就连京子自己也逐渐分不清什么是肉眼看到的世界，什么是镜子映照出来的世界，就好像原本就有两个不同的世界似的。在镜子里创造出来了一个新的世界，甚至有时会想，只有镜子里边反映出来的，才是真实的世界呢。

京子的确感到，这两面镜子所映射过的许许多多的世界似乎都毫不留情地被烧成灰烬了。她感到正像丈夫的身体化为灰烬一样，那许许多多的世界已经不存在了……

外面的世界很精彩，外面的世界很无奈。所谓五彩缤纷五光十色的现实世界，说到底不过是"镜花水月"。

川端康成在《水月》中，说了这样一段意味深长的话："京子发现了一桩奇怪的事：自己的脸庞不用镜子照就看不到。唯独自己的脸庞是自己看不到的。自己把映在镜子里的脸庞当成了自己用肉眼看到的东西，每天在拾掇着哩。京子陷入了一阵凝思：神把人搞成自己看不到自己的脸，这里边究竟含有什么深意呢？'如果自己看到自己的脸，会不会使人发疯呢？会不会使人什么事也干不下去了呢？'"

唯美主义者的告别仪式

宗教禅境对生命观的影响

叶渭渠在《川端康成文学的东方美》[1]一文中，分析了佛教禅宗对川端康成生命观的影响：

> 川端继承日本古典传统的"物哀"，又渗透着佛教禅宗的影响力，以"生—灭—生"的公式为中心的无常思想的影响力，在美的意识上重视幽玄、无常感和虚无的理念，构成川端康成美学的另一特征。

> 川端康成深受佛教禅宗的影响，他本人也说："我是在强烈的佛教气氛中成长的"，"那古老的佛法的儿歌和我的心也是相通的"，"佛教的各种经文是无与伦比的可贵的抒情诗"。他认为汲取宗教的精神，也是今天需要继承的传统。他向来把"轮回转世"看作"是阐明宇宙神秘的唯一钥匙，是人类具有的各种思想中最美的思想之一"。所以，在审美意识上，他非常重视佛教禅宗的"幽玄"的理念，使"物哀"加强了冷艳的因素，比起"物"来，更重视"心"的表现，以寻求闲寂的内省世界，保持着一种超脱的心灵境界。

> 川端美学的形成，与禅宗的"幽玄"的影响是分不开的，具体表现在其审美的情趣是抽象的玄思，包含着神秘、余情和冷艳三个要素。首先崇尚"无"，在穷极的"无"中凝视无常世界的实相。他所崇尚的"无"，或曰"空"，不是完全等同于西方虚无主义经常提出的主张，即指什么都没有的状态，

【1】叶渭渠：《川端康成文学的东方美》，引自网络版《川端康成作品集·代总序》。

而是以为"无"是最大的"有","无"是产生"有"的精神本质，是所有生命的源泉。所以他的出世、消极退避、避弃现世也不完全是否定生命，毋宁说对自然生命是抱着爱惜的态度。他说过："在这个世界上，没有什么比轮回转世的教诲交织出的童话故事般的梦境更丰富多彩。"所以，川端以为艺术的虚幻不是虚无，是来源于"有"，而不是"无"。

作家将美看作只存在于空虚之中，只存在于幻觉之中，在现实世界是不存在的……他在日常生活中"也嗅到死亡的气息"，产生了一种对死亡的恐惧感，更觉得生是在死的包围中，死是生的延伸，生命是无常的，似乎"生来死去都是幻"。因而他更加着力从幻觉、想象中追求"妖艳的美的生命"，"自己死了仿佛就有一种死灭的美"。在作家看来，生命从衰微到死亡，是一种"死亡的美"，从这种"物"的死灭才更深地体会到"心"的深邃。就是在"无"中充满了"心"，在"无"表现中以心传心，这是一种纯粹精神主义的美。因此，他常常保持一种超脱的心灵境界，以寻求"顿悟成佛"，寻求"西方净土的永生"，"在文艺殿堂中找到解决人的不灭之法，而超越于死"，从宗教信仰中寻找自己的课题。

由此可以说，"空、虚、否定之否定"，贯穿了川端的美学意识，他不仅为禅宗诗僧一休宗纯的"入佛教易、进魔界难"的名句所感动，并以此说明"追求真善美的艺术家对'进魔界难'的心情：既想进入而又害怕，只好求助于神灵的保佑"；同时他非常欣赏泰戈尔的思想："灵魂的永远自由，存在于爱之中；伟大的东西，存在于细微之中；无限是从形态的羁绊中发现的。"

老子有言："天下皆知美之为美，斯恶矣；皆知善之为善，斯不善已。故有无相生，难易相成，长短相形，高下相倾，音声相和，前后相随。"在川端康成的观念意识中，"有"与"无"，"生"与"死"都是在辩证与转化中。川端康成的一生都充满了对"唯美主义"孜孜不倦的追求，然而一旦当目标实现之时，他感受到的只是"灰飞烟灭"的虚无和幻影。

川端康成在《临终的眼》一文中，讲述了日本唯美主义画家古贺春江至死不渝的对"事业"的执著：

> 他住院后，几乎每天都在纸笺上作画。多时，一天竟能画十张，连大夫也都感到难以想象，他那样的身心怎么能画这么多呢？我感到奇怪的是，他为什么要画呢？我们到家里去吊唁的时候，看见他的骨灰盒上摆着四五册他的作品集，我情不自禁地长叹了一声。古贺春江本来就是一位水彩画家，他的水彩画具和画笔都被收入棺内了。东乡青儿（日本画家）看到这个就说："古贺到那个世界去，还要让他作画吗？真可怜啊……对他来说或许是痛苦的。"我回答东乡说："他那样爱好画画，倘使身边没有画具，他就会闲得无聊，感到寂寞的。"

> 东乡青儿再三写道：古贺春江也预感到死了。据说今秋他在二科会上展出的作品，阴气逼人，令人望而生畏。可见他早已预感到死亡了。我是个外行人，搞不清那样的事情，可是我听到他画好了以后，就前去观赏。由于我知道古贺的病情，当我一站在103号力作前面，就把我吓得目瞪口呆了。听说，他画最后那幅《马戏团一景》时，就已经无力涂底彩，他的手也几乎不能握住画具，身体好像撞在画布上要同画布格斗似的，用手掌疯狂地涂抹起来，连漏画了长颈鹿的一条腿他也没有发现，而且还泰然自若……听说，与这幅画同一时期写的文章，也是语言支离破碎，颠三倒四的了。仿佛一作完画就要和这个

人世告别似的。他从故乡写来的信，也让人莫名其妙。就是在医院里，除了在纸笺上画画外，还赋诗作歌。我曾劝他的夫人把这些诗歌誊清拿去发表，夫人虽然熟悉自己丈夫的字体，此时也难以辨认了。后来，他越来越衰弱了，在纸笺上画得名符其实的绝笔，只是涂抹了几笔色彩而已。没有成型的东西，也不知道是什么意思。到了这个地步，古贺仍然想手执画笔……追悼会上，有人建议是不是把他那幅绝笔的纸笺装饰起来；也有人反对，说这就像是嘲笑故人的悲痛。这才作罢。就是把画具和画笔收进棺材，或许这也不算是罪过吧。

川端康成在文章结尾处说了这样一番意味深长的话："对于古贺来说，绘画无疑是他摆脱苦恼的道路，说不定又是他堕入地狱的通途。所谓天赐的艺术才能，就像善恶的报应一样。"

写出传世名著《神曲》的但丁，度过的是悲惨的一生。美国诗人惠特曼在让文友们看了但丁的肖像后说："这张脸摆脱了世俗的污秽。他变成这样一张脸，所得很多，所失也很多。"

川端康成在《临终的眼》一文中，还讲述了另一日本画家石井柏亭艺术人生的悲情细节：

> 在祝贺柏亭五十大寿的宴席上，有岛生马（日本小说家、画家）致辞时，一个劲儿地开玩笑说："石井二十不惑，三十不惑，四十不惑，五十也不惑，恐怕从呱呱坠地的瞬间起就不惑了。"……他的画风就好像是他前世的报应。假使把青年时代的梦二的画看作是"漂泊的少女"，那么现在梦二的画也许就是"无家可归的老人"了。这又是作家应该悟到的命运。虽说梦二的乐观毁灭了梦二，但是也挽救了梦二。我在伊香保见到的梦二已是白发苍苍，肌肉也松弛了。

川端康成描述完感叹一声："这位幸福而又不幸的画家"。也许，川端康成从身边众多艺术家对事业执著的"宿命"中，得出了某种"禅悟"。

佛学大师索甲仁波切在《西藏生死之书》[1]中，对人生追求的执著说了这样一番"真知灼见"：

我们常听到这样的话："死亡是真理的时刻"或"死亡是面对面接触自己的时刻"。

在死亡时，身心的一切成分都会离散。当身体死亡时，感官和微细的元素都会分解，接着是凡夫心死亡，嗔、痴等一切烦恼也都跟着死去。最后不留下任何障蔽真性的东西，生时遮盖觉悟心的一切都分解了。当时所显露出来的，是绝对性的本初地，它有如纯净无云的天空。

这称为"地光明"或"明光"的显露，意识本身融入广袤的真理。

在死亡那一刻显露的"地光明"或"明光"，是解脱的大好机会。……有些人认为"地光明"的显露就是开悟。我们可能都乐得把死亡当作天堂或开悟；但除了一厢情愿的希望之外，更重要的是，我们必须知道唯有确实接受了心性或本觉的开示，而且唯有透过禅修建立并稳定心性，将它结合到日常生活中，死亡的那一刻才能提供解脱的真正机会。

川端康成信佛信禅，所以开悟了"放下执著"对人生的重要意义。索甲仁波切说："一个人去世时最理想的方式是放下内外的一切，在那个关键时刻，心没有什么欲望、攀缘和执著好牵挂。"

所谓"放下执著"，就是再不在乎人世间的任何欲望和追求，无牵无挂地独身一人去也！

【1】索甲仁波切：《西藏生死之书》，中国社会出版社，北京，1999年。

死亡获得的"另一只眼睛"

　　川端康成写过带有回忆性质的文章《临终的眼》，光听名字就充满了象征性意味。川端康成说："我曾写过一篇随笔《临终的眼》，但在这里所用的'临终的眼'这个词，是从芥川龙之介自杀遗书中摘录出来的。这个词特别能拨动我的心弦。所谓'生活能力'，'动物本能'，大概'会逐渐消失吧'。"

　　俄罗斯宗教哲学家舍斯托夫在《战胜自明》[1]一文中，说了这样一番话：

　　　　死亡天使降临于人，为的是把人的灵魂和肉体分开，而使他全身长满眼睛。为什么这样，天使为什么需要这么多眼睛，他在天上什么都能看得见，而在地上什么也看不清吗？事情往往是这样，死亡天使由于随着灵魂出现，所以自信他的到来要比人尚未到谢世期限早得多，它不能触动人的灵魂，甚至也不和灵魂见面，而是在离开之前，悄悄把自己无数眼睛中的一双眼睛留给了人。于是，人突然开始从高处看到所有活着的人看不到的东西。

　　蓦然间临近的死亡，如同醍醐灌顶突然赋予了人生另一只开悟的眼睛。

　　川端康成的小说《少女开眼》，不妨看作是《临终的眼》的另一形式的姊妹篇。作品讲述的是艺伎阿岛的女儿初枝眼睛复明

【1】（俄）列夫·舍斯托夫著，董友等译：《在约伯的天平上》，生活·读书·新知三联书店，北京，1989年。

的故事。这倒与美国的一篇著名小说《眼镜》有着异曲同工之寓意。《眼镜》讲的是有一个先天高度近视的小女孩，从小就帮着母亲当洗衣妇。从她记事的时候起，天天面对的都是堆积如山的脏衣服，还有就是一盆盆由清变浊的洗衣水。这种近距离的劳动，当然与眼力关系不大，所以小女孩也对她的高度近视并没有什么强烈感觉。事情发生在有一天，这个小女孩的母亲突然感觉到女儿太可怜，一直到十几岁了，都没能好好看看这个世界，于是，母亲领女儿到城里买了一副眼镜。小女孩一路戴着眼镜看到街市的繁荣，很高兴。可回到家后，小女孩看到自己家的破败、肮脏，把新买的眼镜摔得粉碎，嘴里嚷着："我不要戴眼镜。我不要戴眼镜。"

人生能够存活下去，很大程度上可能就是取决于生活得浑浑噩噩，对自己的生存环境视而不见，生活在幻觉之中。有时候，让人看清一个残酷的世界是残忍的。这可能性就是另一层含义上的郑板桥的"难得糊涂"。

川端康成面对身边众多同道的自杀，曾说过这样的话："1927年，芥川35岁就自杀了。我在随笔《临终的眼》中曾写道：'无论怎样厌世，自杀不是开悟的办法，不管德行多高，自杀的人想要达到的圣境也是遥远的。'我既不赞赏也不同情芥川，还有战后太宰治等人的自杀行为。……'有牵挂的人，恐怕谁也不会想自杀吧。'"

言犹在耳，川端康成却也步先驱作家的后尘走上了自杀的道路。

川端康成在诺贝尔奖授奖仪式的庄严场合，在演讲词《我在美丽的日本》中，讲述的却是一休禅师两次企图自杀的情节：

"一休"作为童话里面的机智和尚，为孩子们所熟悉。

他那无碍奔放的古怪行为，早已成为佳话广为流传。他那种"让孩童爬到膝上，抚摸胡子，连野鸟也从一休手中啄食"的样子，真是达到了"无心"（原注：佛语，不起妄心的意思）的最高境界了。看上去他像一个亲切、平易近人的和尚，然而，实际上确实是一位严肃、深谋远虑的禅宗僧侣。还被称为天皇御子的一休，6岁入寺院，一方面表现出天才少年诗人的才华，另一方面也为宗教和人生的根本问题所困惑，而陷入苦恼。他曾疾呼："倘有神明，就来救我。倘若无神，沉我湖底，以葬鱼腹！"当他正要投湖时，被人拦住了。后来有一次，由于一休所在的大德寺的一个和尚自杀，几个和尚竟被株连入狱，这时一休深感有责，于是"肩负重荷"，入山绝食，又一次决心寻死……

日本的作家，也许有着无以解脱的自杀魔魇：三岛由纪夫剖腹自杀了；太宰治投河自杀了；北村透谷因寻求个性解放的理想破灭而自杀了；有岛武夫因人生不得志郁闷而自杀了；芥川龙之介也在事业大获成功后服安眠药自杀了……

芥川龙之介在遗书《给一个旧友的手记》中写道：

　　我阅读了恩培多克勒的传记，觉得他想把自己当作神灵，这种欲望是多么陈旧啊。我的手记，只要自己意识到，就决不把自己当神灵。不，是把自己当作一个极其平凡的人。你可能还记得，20年前在那棵菩提树下，咱们彼此谈过艾特纳的恩培多克勒吧，那时候，我自己是很想成为一个神的。

川端康成在读过芥川龙之介的遗书后说："……顿时又觉得没什么了，芥川是企图说明自己是一个平凡的人。"这一点引起了川端康成极大的共鸣。

芥川龙之介在遗书《给一个旧友的手记》中还写道：

所谓生活能力，其实不过是动物本能的异名罢了。我这个
人也是一个动物，看来对食欲色欲都感到腻味，这是逐渐丧失
动物的本能的反映。现今我生活的世界，是一个像冰一般透明
的、又像病态一般神经质的世界。我深深感到我们人类"为生
活而生活的可悲性"，人若能够自己心甘情愿地进入长眠，即
使可能是不幸，但却肯定是平和的。我什么时候能够毅然自杀
呢？

川端康成对同道文友们自杀的剖析，也许可作为他内心世界的
写照：

梶井和古贺虽然隐遁渡世，其实他们是雄心勃勃的。但他
们两人，尤其是梶井，或许被恶魔附体。他们大概不希望我在
他们死后，写悼念他们的文章。古贺自杀已经有好几年了，他
平日像口头禅似的说，再没有比死更高的艺术了，死就是生。
不过这不是西方式的对死的赞美。他出生于寺院，出生于宗教
学校，我认为那是佛教思想深深渗入他身心的表现。古贺最后
也认为病死是最好的死法。简直是返老还童，他是经过连续20
多天高烧，神志不清后才断气的，好像安息了似的。也许这是
他的本愿呢？

川端康成说："芥川无论作为作家还是作为一般文人，我都不
那么尊敬他。……他死前发表的《齿轮》，是我当时打心眼里佩服
的作品。要说这是'病态的神经质的世界'，那么芥川的'临终的
眼'是迄今令人感受最深的了。它让人产生一种宛如踏入疯狂境地
的恐怖感觉。因此，那'临终的眼'让芥川整整思考了两年才下决
心自杀的。或者说，是隐藏在还没下定决心的芥川的身心之中。这
种微妙复杂的感情，似乎超过了精神病理学。"

川端康成曾在自己的文章中引用芥川龙之介遗书中的话："也

许你会笑我，既然热爱自然的美而又想自杀，这样自相矛盾。然而，所谓自然的美，是在我'临终的眼'里映现出来的。"

川端康成还说："在修行僧的'冰一般透明的'世界里，燃烧线香的声音，听起来好像房子着了火；落下灰烬的声响，听起来也如同电击雷鸣。这恐怕是真实的，一切艺术的奥妙就在这只'临终的眼'吧？"

鲍维娜在《情到深处人孤独》一书中，对川端康成自杀时的矛盾心理作了这样的剖析：

川端康成如同海明威一样，在获得文学界的最高殊荣——诺贝尔文学奖之后，毅然自杀。对自杀的思考，很容易诱发他们潜意识里由来已久的自杀念头。他们在作品中已经多次描绘过自杀的行为，而且已经形成自己的死亡观及死亡模式。他们经常为自杀的冲动所左右，这种强烈而持久的念头形成不易，要消除也十分困难。尤其对一个思想情感丰富而复杂的作家而言，"本我"与"超我"之间的矛盾斗争一直处于激烈而不可调和中。

贝雷斯德在《小说的实验》中说了这样一句话："我们最优秀的小说家往往就是实验家。"川端康成说："'临终的眼'可能还是一种实验，它大多与死的预感相通。"

川端康成在临终前还这样说："对'我办事决不后悔'这句话，我也并非念念不忘，只是由于可怕的健忘，或者缺少道德心，我才抓不住后悔这个恶魔。我每每觉得事后考虑一切事物，该发生的发生了，该怎样的也就怎样了，毫无奇怪之处。也许这是神灵的巧妙安排，或是人间的悲哀。"

川端康成《临终的眼》一文，有一个令人深思的结尾：

尽管如此，我还是想染笔于《小说创作方法》，我突然捡起桌边的《创作》十月号，将申特·J·阿宾的《戏曲创作方法》浏览了一遍。文章是这样写的：

"几年前，英国出版了一本题为《文学成功之路》的书。几个月后，这本书的作者，作为作家没有获得成功而自杀了。"

也许，我们不妨把这一结尾看作是川端康成的一个"自杀预言"？